漫娱图书
SINCE BOOKS

小同桌

My Classmate

姜之鱼 著

长江出版社 CHANGJIANGPRESS　漫娱图书

TAN YE X JIANG RAN

My Classmate

有声音通过话筒传来，有人捏爆了气球，而他们似乎被隔绝在空间之外。

不知道谁开了窗户，有冷风吹进来，下一刻窗户又被关上，江然脑袋清明了一瞬，心却跳得更快了。

新同桌

Xin Tong Zhuo

I

第一章 Chapter 01

九月初的城市依旧热浪翻滚。

江然放下手里的画笔，推开房间门，整个别墅里静悄悄的，似乎只有他一个人在家里。

哪承想刚下楼梯，沙发那边就有声音传来。

“我已经和学校那边打了招呼，这两天过去就行，你是插班生，要处理好同学关系，至于成绩，也没什么。”

卢敏也不知道自己为什么生了个这么笨的儿子，在学习上脑子转不过弯来，想起之前医生的话，她的脸色又沉了下来。

江然下楼站在客厅里，没出声。

“你哥哥也在那边上学，有什么事可以找他。”卢敏转过头，声音温柔。

江然的反应慢一拍：“我没有哥哥。”

卢敏瞥了他一眼：“这话我不想再听到，你已经这么大了，他虽然只比你大几个月，那也算是你哥哥。”

江然说：“你还没结婚……”

卢敏被他这么直白的话呛了一下，转移话题问：“学校要求住校，你想住校还是住家里？”

江然本不想再说话的，估计说多了又会吵起来，只好轻声开口：“住校。”

江家家里有钱，也不小气，这栋别墅装修得奢华又有格调，放置的一些装饰品价格不菲，楼梯旁的墙壁上挂着他曾经画的画。

卢敏看了一眼江然，动了动手指：“住校也行，你在学校注意点，不要惹事，也不要乱来。”

江然“嗯”了一声。

卢敏还要说什么，放在一旁的手机响了，她没有耽搁，嘴角浮上一丝笑意，接起了电话。

她的情绪表露无遗。

没几秒，卢敏挂了电话，从沙发上站起来，叮嘱道：“我还有事先走了，今晚不回来，有什么事找孙姨，缺什么就说。”

江然看着她强势的背影：“我想学美术。”

“这个话题我们已经讨论过了。”卢敏开门的动作停下来，“不要任性，好吗？”

她没有等江然回答，直接离开。

厨房里的孙姨端过来一盘西瓜，心里叹了口气，连她都觉得这对母子的相处模式不对。

江然回到画室，看到地面上沾染的颜料，原本的灵感跑得丝毫不留，心里一阵烦躁。

他平时很少出门，也没什么朋友。因为每次和一个同学熟悉后，卢敏就会去调查对方，这件事就像是压在他胸口上的一块大石头。

卢敏会专门抽空跟他分析这个同学有没有深交的必要，简单的同学关系被她加上了一层家世关系。

就连他想学画画也被管，画画用的工具、画的风格种类，卢敏全部都规定好，不允许有任何更改。

久而久之，江然就不愿意多说话了，大多时候他都是一个人躲在家里画画，孤僻又寂寞。

今天卢敏接到的电话肯定是新欢的，这说明他今天是自由的，自己干脆直接去学校好了。

得知江然的打算，周叔询问：“今天天气这么热，要不过两周再去学校？”

江然说：“没事，不怕热。”

周叔当然知道他在说假话。

眼看着距离校门越来越近，江然把手上剩下的一半雪媚娘吃掉，说："周叔，今天就让我自己过去吧。"

"行，那我待会儿就停在最近的地方，下车的时候东西可不要忘了，要是有什么想吃的就给周叔打电话。"

"嗯，好的。"

江然推门下车，和周叔道别，朝学校看去。

这一片是老城区，和别墅区对比鲜明，街道两旁都是各种小店，还有小孩在大街上跑来跑去。

大学的校门有些旧，但还是能看出来当年的光鲜亮丽，有一种内敛感，从这里能看见里面高高的几栋教学楼。

江然站在门口待了几秒，撑开太阳伞。他怕热，也怕太阳晒。

他走到最近的一栋教学楼下，站在阴影里，然后拨通了一个号码："……嗯，老师，我快到了。"

电话那头的老师说："就在最近的行政楼，估计你刚来不认识，在楼下等我，我去找你。"

"好，谢谢老师。"

挂断电话，江然松了口气，将伞收了起来，准备把褶皱捋好。

身后有人说话："一个大男生打什么伞。"

另一道阴阳怪气的声音响起："也许人家觉得自己是女孩子，哈哈哈。"

江然回头，看到两个男生边走边说，越过他停在了花坛边上。他们身上有股很重的汗味，令人作呕。

见他表情懵懂，两人心里不爽，笑道："长得还不错，哪个班的？问你话呢。"

江然抿紧嘴唇，不理会他们，径直朝教学楼里走。

身后有跟上来的脚步声。

江然知道这些人的心理，他们实际上完全就是欺软怕硬，平日里最喜欢欺负看上去乖乖的好学生，从中获得成就感。

江然再傻也知道跑，很快就跑到了楼梯转角。

不承想，粗犷的声音越来越近，对方甚至想要揪住他的衣服：“跑什么跑，是看不起我们还是怎么的，做个朋友不行啊？”

“别碰我！”江然猛地回头。

“怎么不能碰你了？”

“还挺清高。”

江然的手渐渐握紧，忽然将还没来得及收好的伞往后一砸，离得最近的男生的脸被砸了个正着。

“敢打我！”男生叫了一声，立刻和另一个人怒气冲冲地上前，“你胆子不小啊。”

江然又将伞砸向他们的脸。

更靠近他的男生被一根伞骨戳到了鼻子，疼得叫出声来，松开手，十分狼狈地捂着脸。

一个篮球从一侧飞旋着砸了过来。

很快，篮球从眼前掠过去，江然才反应过来，看向另一侧。

楼梯上的男生身形修长，穿了件红色球衣，居高临下地望着他们。他跳下一层台阶，稳稳当当落在走廊尽头的窗台边，窗外的阳光打在他身上，地上留下一片阴影。

“谈——”对面的人惊叫出声。

篮球精准地落在说话的人的脸上，那人被砸了个正着。

另一人瞪着眼：“……谈哥，您今天回学校了啊？”

两个人都在心里叫苦，他们哪知道自己今天这么倒霉，居然碰上了谈野，谈野不是之前一直在休学吗？怎么今天在学校？

整个学校没有谁不知道谈野的大名，谈野在学校凶神恶煞，人如其名，直到休学之后，他们才松了口气。

今天是撞枪口上了。

谈野挑了挑眉，手插在兜里，视线从他们身上转到了警惕的江然身上。

江然因为惊讶而瞪圆的眼睛大大的，清澈干净。他的手握着伞柄，骨节分明，苍白得连血管都看得见。

谈野随意一瞟："还不过来？"

原本战战兢兢的两个人上前一步，伸手将还在发愣的江然往窗台那边一推，催促道："没听见谈哥叫你？"

江然猝不及防，踉跄了一下，差点摔倒，手下意识地往前一撑。

谈野被伞戳了一下，皱眉闷哼一声。

"还不起来。"他扯了扯嘴角，语气有些恶劣，"再不起来——"

他的表情有些吓人，江然连忙起身，脸色有些难看，他收回手，握紧伞柄的掌心有些黏腻。现在的大学生都这么可怕吗？

谈野看他抿紧嘴巴的模样，若有所思，他这副样子，不知道的还以为自己欺负他了。

谈野又看向战战兢兢的两个男生："我不在学校的这么点时间，还挺好玩啊？"

"这不是还被他打了吗？"两个男生叫苦不迭。

"是你们先动手的。"江然说。

"对不起……对不起这位同学。"两个男生脸上还有被打的痕迹。

谈野骂道："滚！"

两个男生赶紧跑了，恨不得瞬移。

楼梯间恢复安静。

谈野问："你这么小，是我们学校的吗？到这儿来干什么？"

江然心想他明明不小了。

他很少和人红脸，也吵不过别人，往往别人说三句话，他才回一句话。所以江然直接无视了这个问题："刚才谢谢你。"

谈野的目光在江然低垂着的眉眼间转了转，江然白白净净的，睫毛还挺长，让他想起家里出生没多久的妹妹。穿着一身名牌，浑身上下都写着"我是有钱小少爷"几个字，就差没挂牌子了。怪不得被人盯上。

"江然？"上方突然有人喊。

江然扭头，看到一个中年男人站在那里，矮胖矮胖的，戴着眼镜："你是江然吧？我是刚刚跟你打电话的张老师，张德胜。”

谈野跟着转头。

张德胜也看见了他，拧着脸警告道：“谈野，你要是再惹是生非就回家去。”

自己这个学生可真的是麻烦一个，偏偏成绩又好，打又打不得，骂了又心疼，张德胜都觉得带完这一届得回家休息几年才行。

谈野跳下去把篮球捡回来，敷衍道：“知道了知道了，我哪有惹事。”

他用手扯了扯头发，眯起眼，狭长的眼尾格外帅气，黑发从指间穿过，光影之下显得肆意而放浪。

张德胜白了他一眼，对江然笑笑，说：“江然，你跟我上来，我带你去教务处。”

江然“哦”了一声。

上了楼梯后，张德胜想起什么，回头瞪了谈野一眼，说：“数学老师今天带病上课，你别不去。”

江然已经走到了转角处，下意识地回头看。

谈野抬头，对上那双眼，心想，这家伙明明刚刚还有点害怕的，这会儿又开始偷看了，他忍不住勾唇。

没等几秒，谈野又想起一件事，说：“原来你是我们学校的啊。”

话音刚落，谈野就看见楼梯上的人气得“蹬蹬蹬”跑上去了，他摸了摸鼻子，这个同学脾气还挺大。

谈野又想起他应该是转到自己班上的，这么个脾气，他一点也不喜欢，迟早教江然做人。

正想着，江然又从上面跑了下来。

江然在口袋里掏了掏，谈野看着他掏了半天，耐心一点点被磨尽，凶巴巴地问：“你到底想干什么？”

江然摸出来一掌心的糖，他摊开手递过去：“刚刚谢谢你。”

谈野似笑非笑：“你几岁了，还吃糖？”

江然到现在才想明白，这个男生是故意的。

他把手收回来，说："刚才就只是给你看看，一颗也不给你。"

江然第一次被人这样误会。他的个子并不矮，只是刚才的男生很高，以前别人也只是夸他可爱而已。

他气得脚步飞快，跟着张德胜直接上了楼。

过了一会儿，江然又觉得自己这样不好，他和张德胜说了一下，重新去了楼下，回来时却叹了口气。

张德胜说："刚才那个男同学脾气不好，这两天刚回来上课，要是对你做了什么你就和我说，我不会偏心的。"

他很喜欢这个乖巧的转学生，带着偏爱，自然随和许多，说话也很温柔。

一直到张德胜说了很久，江然才反应过来，解释说："没有，他刚刚帮了我一个忙。"

听见他的话，张德胜一时有些诧异，不过也没有再问，转而说起转学的相关事宜。

"你妈妈跟我提过你的学习成绩，还有你以前的学校，可能对成绩要求不是那么高，不过你放心，来我们这儿，想不提高成绩都不可能。"

张德胜自夸起来。

他继续说："你妈妈本来想让你一个人住一间宿舍的，但是现在学校里没有空宿舍，所以你只能和别人一起住。"

江然脸上的笑意收了一点。

他没想到卢敏居然和张老师也说了那么多，好像即使到了另一个地方，他也脱离不了她的管制。

谈野没直接去班级，而是回小超市里洗了个澡。

宿舍楼旁边开了家小超市，方便学生们买东西，现在是他奶奶在看着。

小超市里面有一间屋子，不过谈野平时不住这里，他和同学们一起住宿舍里。

他的微信里消息一直没停过。

什么时候来上课啊？

谈神，咱班上要来一个转学生你知道吗？

回来的第一天，想你！

谈野洗完澡刚出来，看到跳跃的消息，挑了挑眉，脑海里蓦地蹿出来今天碰到的转学生。

正想着，一个老太太从外面进来，嘴里念叨着："刚刚你们在花坛那边吵什么啊？"

谈野伸手扯了件T恤套上，他的动作恰巧露出线条好看的腰腹。

他随性地把一小截袖子撸到了肩膀上，整理一下头发，说："没吵什么，帮助同学。"

也算是帮助同学了。

谈野之前休学将近半年，虽然平时不住在学校里，但他经常来奶奶这儿帮忙，对学校里发生的事也一清二楚。

他平时的作风在老师眼里是惊世骇俗的，也就奶奶对他的话从来都坚信不疑。

老太太眼睛有点花，刚刚离得远也没看清，只看到他们在说话，她一向相信孙子，所以也没怀疑，而是笑笑："帮助同学好，下次带同学来这里玩玩。"

谈野说："行。"

过了一会儿，老太太又开口："是不是上课时间要到了啊，你可要好好听课。"

谈野应和道："马上去。"

老太太眯着眼："好好好。"

刚说完，下课铃声就响了。外面来了辆送货车。谈野靠在柜台上，摸了根雪糕，三两下吃完，然后出去搬箱子，少年蓬勃的生气显露无疑。

教务处在三楼。

张德胜对江然的第一印象极好。从教务处出来时，江然站在一边，背脊直挺，像棵小白杨。

张德胜笑着说："我现在直接带你去班上。"

江然应道："好。"

张德胜又道："你刚转过来，如果有什么不习惯的，可以告诉老师，老师会帮你的，如果有困难也别憋在心里，我们都很随和包容的……

"如果遇到不好的事情，你就和我说，学校里对于一些事的处理非常严格。"

江然跟在身后，不动声色地打量着学校。

张德胜很啰唆，他就没停过说话的嘴："书和资料待会儿班上的同学帮你去拿。"

江然一个个记在心里，应和道："好。"

学校财大气粗，每个学院都有一栋大大的教学楼。

很快，从楼梯转角下去，一班就到了。

每个班级有固定的上课教室，原本座位不固定，来得早抢到哪个位置就坐哪儿，后来有人因为座位吵得不可开交，张德胜便改了规定。

今天下午是满课，现在是下课时间，走廊上打打闹闹的男生们看到张德胜出现，都故作淡定地停下来，又看向他旁边的江然。

江然跟在他身后进了教室。

原本喧嚣吵闹的教室安静了几分，只余下细细碎碎的议论声——

"我们班怎么来了个转学生？"

"转学生长得好好看啊。"

"安静！"张德胜拍拍讲桌，开口道，"这位是咱们班新来的同学，大家欢迎一下。"

他转向江然："你做个自我介绍。"

江然点点头，缓声开口："大家好，我是江然。江水的江，然后的然。"

女生们都奋力鼓起掌来。

江然穿着简单的白衬衫，身材清瘦，皮肤很白，袖口卷在手肘处，俨然是漫画里走出来的少年。

张德胜环视了教室一圈：“你先坐那里，最后一排靠窗的位置。”

他想了想，又补充道：“要是不习惯就和我说。”

江然乖巧点头：“好。”

虽然不知道为什么张德胜的表情有些不对劲。

话音刚落，角落里就有人吹口哨：“转学生胆子挺大的啊。”

张德胜脸色一凝，准确地捕捉到罪魁祸首：“袁丁！我还没找你呢，之前的含羞草怎么又死了？”

袁丁当即答道：“那不能怪我啊！”

他暑假忘了带回去，两个月都没浇水，含羞草又不是仙人球，当然会干死，而且枝干上还长刺了。

教室里笑声一片。

江然走到了最后一排，停在靠窗的两张并排的课桌边。

两张桌上都放了东西，靠窗的那张课桌只堆着几本书。窗台上放了两盆含羞草，还有一盆疑似洋葱的东西。

靠外面的课桌上东西很乱，书随意摆着，夹杂着各种试卷，桌洞里还有系着蝴蝶结的小蛋糕、各种巧克力和信，都是没拆开的。想必自己的同桌是个受欢迎的人。

歪坐着的袁丁提醒江然：“外面这桌有人了，你就坐里面吧，我估计你晚上就得换座位。”

江然礼貌地说：“谢谢。”

江然走到里面，从口袋里拿出湿巾纸，将桌子和椅子都擦了一遍，然后才坐下来。

看他这么仔细，连桌角都不放过，袁丁摸出手机，“噼里啪啦”地打字：你有同桌了。

他想了想，继续打字：还挺好看的，就是有点弱弱的。

袁丁对于江然的评价与众不同。

对方回了个句号。

临近上课时，班长宋桥抱来了一摞书："江然同学，这是你的书。"

宋桥抬抬眼镜，对新同学格外和善："还有一些是需要自己去买的，我都写在这张纸上了，对照着买就行了。"

江然记下："我知道了，谢谢。"

宋桥又开口："你坐这里要小心，有事和老师说。"

他说完就离开了。

江然一愣，没想明白他的意思，这个位置有什么问题吗？

袁丁拿着根雪糕晃进来，打招呼："江然，刚才我还没自我介绍，我叫袁丁，袁世凯的袁。"

"你好。"刚刚张德胜喊袁丁，江然还以为是花园的园，他问，"窗台上这几盆草是你的？"

袁丁将雪糕几口吃完，扔了棍子，含糊不清道："不是，这是班里的公共财产，我只负责养好，还有这个。"

他往旁边侧了侧，露出桌洞里的玻璃缸。

狭窄的空间里，有只鸡蛋大小的乌龟正趴在石头上一动不动，袁丁轻轻伸手一拨，小乌龟从石头上翻了下去，四脚朝天。

袁丁大笑："这可是班宠。"

江然看到他桌子里面还放着两本书，一本叫《龟病图说》，一本叫《孵化宝典》。这是把教室当成了动植物园吗？

江然琢磨着袁丁的名字也挺适合这个工作的，突然想起什么，半晌问："你之前为什么说我晚上就会换座位？"

袁丁想也不想就回答："因为你同桌脾气不好。"

想了想以前想坐这儿的那些人的结果，他又加了一句："就你这小身板儿，顶不住的。"

袁丁看向江然，预备看到转学生害怕惊慌的表情。

这一等就是半天，江然慢吞吞地"哦"了一声，好奇地问："他会打人吗，难道必须要交保护费才能坐这里？"

想了想，他露出担忧的表情。

袁丁：……

袁丁：“也不用这么担心。”

袁丁的话只让江然忧愁了一会儿就忘了，但好像周围的人都这么觉得。

坐在江然斜对面的孟白日嚼着口香糖，眼神一直在江然身上打转，他戳了戳袁丁：“兄弟，打个赌，这位能待多久？”

袁丁答：“估计一小时不到吧。”

江然看起来就是个乖学生，这种学生一般都不想和霸道的人坐在一起的，前面几排的绝佳学霸区才是他的归宿。

两个人的说话声不小，很快旁边几个男生都凑了过来。

“我出一包瓜子，押一节课。”

“天这么热，我出个西瓜吧，就两节课。”

江然听着他们叽叽喳喳毫不避讳地打赌，说不上来什么感觉，只是在心里笑了两声。

上午本来有一节英语课，英语老师叫王玉文，刚毕业就带了这一届学生。

张德胜一回办公室就唉声叹气的：“转学生和谈野坐一块儿，这要是上学期还好，谈野休学在家。”

王玉文也挺吃惊：“不换个位置？”

虽然江然的成绩不太好，但是之前的学校对江然的评价挺好的，他长得也乖巧，和调皮捣蛋的谈野相比，让人生不起气来。

张德胜喝了口茶：“现在让谁和他换位置？他们心里都不快活。”

“也是。”王玉文收拾好自己上课要用的东西，“不行再说，谈野休学过一次了，总不可能做出太过分的事。”

此刻在教室里看了一圈没见到新面孔，王玉文问：“江然同学不在吗？”

袁丁答：“去楼下拿书了。”

王玉文点点头，拿出一张试卷，进入正题：“行，今天我们讲试卷，上次还剩下一小半。”

英语题目讲起来快，没多久就只剩下作文了，还没说完，门口出现了一个身影。

“报告。”懒洋洋的声音。

教室里顿时喧闹起来。

谈野靠在门框上，头发被风吹得很乱，帅气的脸上还带着点没有消下去的狠戾。

消息灵通的男生迅速和同桌讨论起来：“他来了他来了。”

“真的吗，又出什么事了？”

“不知道哎。”

王玉文也有点愣神，她道：“行了，进来吧。”

谈野大步走进教室。

时隔一学期，谈野终于回来上课了。后排的男生们忍不住了，狂拍桌子，发出巨大的响声，伴随着口哨声，像是一场欢迎会。

谈野随意地坐在椅子上，他个子高，一条腿抻不直，干脆放在过道上。

王玉文烦不胜烦，提高嗓音：“都给我安静！再拍桌子，就都给我带着桌子去走廊上拍一节课！”

教室里终于安静下来。

袁丁偷偷回头：“谈神，你马上就能看到你的同桌了。”

谈野头也不抬地“嗯”了一声。

他推了推自己桌上的东西，看到里侧的那张桌子被收拾得整整齐齐的，和他杂乱的桌子形成了鲜明对比。

谈野挑眉：“谁弄的？”

孟白日背靠在他桌上，低声道：“还能有谁，就是新转来的同学，他可龟毛了，东西本来在他桌上，他就收拾好放了回来。”

谈野斜靠在椅背上，往旁边的桌子瞥了一眼，东西少得可怜，倒是很整齐，就连笔也摆得整整齐齐。

王玉文很快就将试卷讲解完了，看着下面有些昏昏欲睡的学生，敲敲桌子，叮嘱道：“今天就不学新内容了，你们自习。”

一听自习，本来犯困的同学们都精神了。

正巧教务主任过来找王玉文，等她一离开教室，教室里面就叽叽喳喳吵了起来。

袁丁从包里摸出一个小盒子，一边给小乌龟喂食，一边观察周围的动静。

刚还在打瞌睡的孟白日一个激灵，已然清醒。他从桌洞里掏出一副卡牌，低声呼唤道："老师走了，新搞到的，专门定制的。"

还有一段时间才下课，有点难挨。

袁丁啐了一口，随手摸了一张卡牌，吐槽道："这么少女心，还弄粉色的，这背面的女生是谁？"

"这你都不知道，美少女战士。"孟白日翻白眼，"我找隔壁班女生借的，爱玩不玩。"

袁丁：……

隔壁班女生偏多，可爱的小玩意儿很多。

孟白日得意扬扬，转向谈野："谈神，来玩吗？"

谈野没兴趣："你们自己玩。"

"就让我们以此欢迎你的回归。"孟白日说，"我今天一定要让袁丁输。"

袁丁冷笑："你说的话就像你的名字。"

刚开学那会儿，孟白日就因为自己的名字得到了一个外号：白日梦。

说是这么说，最后桌子还是摆了起来，过道对面的王犇也被拉进来："三牛同学，来来来。"

王犇同学的名字太难念，很多同学一开始都不知道怎么念，多亏他自我介绍才知道这个字读 bēn。

当初体育老师点名的时候不认识怎么读，直接叫他"王三牛"，"王三牛"这个外号应运而生。

王犇也心痒："来几局？"

孟白日想了想："五局吧，省得袁丁哭，我看你们今天都没有赢的机会。"

王犇嘻嘻笑，推了他一把，将自己的桌子往他们那边凑了凑，又将卡牌摆在桌面上。

江然抱着一摞书回来的时候，还没有下课，走廊上静悄悄的，偶尔能听到其他班的读书声。

门才刚推开一条缝，他就听见一道模糊的声音：“这局我肯定赢！”

“赢了。”

熟悉的声音紧跟其后。

“谈神，你今天手气这么好。”孟白日不可置信地问，“这都第几次了啊？”

袁丁心都在滴血：“我今天什么运气，抽到的卡一次比一次烂，再来再来，我就不信了。”

说完，就有男生笑起来。

江然推开门，看到后面一群男生弓着身子，往圈子中间探头，不时地发出“哎呀，牌出错了”的声音。

他抱着书走过去：“同学，让让。”

外围的几个男生见他回来了，都让开一点，回到了自己的位置，江然也看清了这到底是什么情况。

他瞥见坐在自己旁边位置上的男生，有点眼熟，惊讶地瞪眼：“是你。”

谈野也讶异：“同桌？”

袁丁问：“江然，你认识谈神啊？”

江然虽然不知道他们为什么叫谈野“谈神”，听起来有点中二，但还是说：“见过一面。”

坐在外面的孟白日腾出一只手去拉江然，说：“你站那儿什么也看不见的。”

江然往后一躲，避开了他的手。

见周围的同学都盯着自己看，他垂下眉眼，解释说：“我平时不喜欢别人碰我，不好意思。”

孟白日他们都没听明白，但是也理解，正要问问为什么，桌上的情况又变了。

谈野摸了一张新卡牌，扬唇道：“不好意思。”

又是一阵惊呼声，众人的注意力迅速转移。

江然没再继续说话，从后面绕回自己的位置，甩了甩胳膊，然后将书放好，翻出一张试卷准备写。

“都围在那儿干什么？”王玉文的声音突然响起。

“哗啦啦——”一群人如鸟兽散，孟白日飞速地往桌子里藏东西。

孟白日小声抱怨：“王老师来了怎么没人报信啊？”

袁丁也委屈：“我都给你使眼色了，你没看见。”

王玉文一下子火了，瞪眼道：“我让你们自习，就出去了一会儿，你们在这儿玩游戏？都给我到办公室来！”

不过几秒钟，后排的座位空了一小半。

办公室里，王玉文喝了口水，继续教育学生：“一天到晚就知道玩，我看你们是一点都不担心自己的成绩，干脆回家去算了，在学校待着有什么用？”

一众萝卜头低头听训。

“都给我写检讨，今天晚自习结束之前必须交给我。”王玉文坐下来，没好气道，“每个人都必须写。谈野，你也是。”

谈野一脸无辜：“哎。”

王玉文这一次显然被气得不轻，足足训了十五分钟，才让他们回去。

江然正在写试卷，听到身旁传出拖动椅子的声音，他转过头，看到谈野把手撑在桌上眯着眼，手背上有一道伤痕，不大，新添的。

前面拉拉扯扯的袁丁和孟白日正在互相推卸责任，并强烈控诉写检讨的惩罚。

秉着第一天上学得处好同桌关系的原则，江然想了想，轻声开口：“你没事吧？”

谈野把手伸出来，江然忍不住往旁边挪了挪。

谈野看他这动作，皱眉说：“我又不打你。”

江然假装镇定："我没这么想。"

谈野在他脸上细细打量，右手按在他的桌面上："小同桌，请你帮个忙。"

江然心中警铃大作："什么忙？"

谈野指了指手："受伤了，老师还罚我写检讨。"

言下之意非常明显。

江然之前就观察过，伤口只不过是一道不太明显的红痕，和野猫抓的差不多，根本影响不到写字。他拒绝道："那你去医务室看看。"

下课铃声陡然响起，谈野站起来准备出去，复又想起了什么，单手插兜靠在桌上，居高临下地看着江然。

江然不由自主地屏住呼吸，语气疏离又客气："我不会帮你写检讨的。"

"这么无情啊。"谈野眨眼，低声说，"可我是因为你受伤的。"

江然一愣，没明白他的意思。

"谈哥，谈神。"窗外有人扔了个纸团过来，砸在两个人的桌上，蹦跳着又掉落到地上。谈野直接将纸团扔了回去。

窗外的男生号了一声，看到谈野转头对他露出凶狠的表情，闭嘴后退了一步。

谈野重新转回来，他的手还停在半空中，收回手时犹豫了一下，一脸暴躁。

江然被他吓了一跳，连忙说："教室里不准打人！"

谈野一脸冷漠，丢下一句："辛苦了，小同桌。"

等江然回过神的时候，面前已经没人了。

他心里不舒服，谈野说因为他受伤是什么情况？

江然仔仔细细地想了好几分钟，也没想明白这之间的关联，只好皱眉看着桌上的白纸。

其实他从来都没写过检讨。

在以前的学校，老师们都很照顾他，他也从不做出格的事情，更别说会有人威胁他帮忙写了。

袁丁从小卖部回来，看江然正拿着笔写个不停，他叼着棒棒糖凑过去：“写什么东西呢？”

只见白纸的正上方写着“检讨”二字。

“你刚来就写检讨啊。”袁丁有点不敢相信，将新弄来的一盆多肉放在窗台上，细心地摆好位置，“犯什么事了？”

江然含糊道：“帮别人写的。”

虽然江然做题目时的正确率很低，但是写检讨就像写作文，还算简单。

江然把检讨收起来，又拿出一张试卷。

袁丁看到上面的题目，说：“这张试卷我们也做过，老师说可难了，难度比平时的提高了百分之十。”

江然当然知道，来之前他就打听过，他看了眼题目，比之前学校讲的难度高很多，他的学习进度明显落后了。

袁丁见他写题，想明白了检讨是怎么回事，语重心长道：“谈野的脾气就这样，但是人其实很好的，你别硬着来。”

江然说：“你之前说我晚上会换座位。”

袁丁碰了碰含羞草：“那不是通常情况嘛，现在是特殊情况。”

他哪知道两个人认识。

袁丁闲来无事，给新的多肉起了个名字，叫“小花”。他用胶带将纸条贴在花盆上，然后给江然科普了一下谈野的大事记。

“刚开始大家都看脸，很多女生跑来我们班送礼物，谈野一个都不理……”

说着，袁丁摸出一袋瓜子：“嗑吗？”

“不了。后来呢？”

“后来谈野休学了。”袁丁嗑瓜子嗑得啪啪响，又把瓜子壳吐出去，“这什么瓜子，十个里有九个是空的，买亏了，不是说这种瓜子好吃吗？”

江然瞥了一眼：“你手里拿的是冒牌瓜子。”

这节课是数学课，谈野和孟白日踩着铃声回教室，后面紧跟着数学老师。

数学老师没发现多了个新同学，敲敲黑板："这节课讲错题，错得少的题目我就不说了，自己找别的同学问问，错得多的我说一下。"

孟白日坐在位置上动来动去，忍不住回头道："待会儿放学去哪儿玩啊，哥？"

谈野头也不抬："不玩。"

孟白日悻悻地转回去听课。

谈野的桌子又恢复成了一开始的模样，江然将检讨扔给他。

"你真写了？"谈野有些惊讶。

修长的手指接过那张写了几行字的白纸，上面的字迹工工整整，措辞也十分恳切，一看就是个三好学生写出来的。

谈野挑眉问："平时写过很多次？"

江然说："没有，我从没写过检讨。"

他说得又快又急促，下一秒，就听到了谈野刻意压低的轻笑。

江然绷紧了脸，坐正，目不斜视，一本正经地转移话题："老师要讲题目了，你也认真听。"

谈野嗤笑一声，同桌有点傻是怎么回事？！

数学老师絮絮叨叨地说了将近十分钟这次小考的情况。

江然听了一会儿，见他准备开始讲试卷，这才举手道："老师，我还没有试卷。"

数学老师觉得这学生眼生，半天他才想起来，说："哦，你是新同学是吧，没试卷没事，和旁边的人共用一下。"

全班人的视线齐刷刷地转到后面，"旁边的人"谈野正趴在桌上睡觉。

江然沉默了几秒，拿起桌上的笔，戳了谈野一下，压低声音道："谈野，试卷借我用用。"

大家伙儿都屏住呼吸，上一个这么做的同学已经转班了，眼前这个才转学的同学不会再次转学吧！

大概是感受到了大家的视线，谈野动了动，从桌上慢慢抬起头，语气淡定："都看我干什么？"

全班同学再度齐刷刷转回去面对黑板，如同一个个被吓到的小鹌鹑。

数学老师也知道谈野什么性格，解围说："孟白日，你和袁丁看一份，匀一张给江——"

他话还没说完，"啪嗒"一声，江然的桌上被拍了一张皱巴巴的试卷。

谈野收回手，偏头看向江然，懒洋洋道："试卷没写，同桌帮我改改。"

他的声音里还带着起床气，有些冷，有些沉。

教室里安安静静的，江然被这么多人看着，抬眼又撞上谈野漆黑的眼睛，拒绝的话到了嘴边变成了一个字："哦。"

数学老师又扣了扣讲桌："先看看试卷，十分钟后我再开始讲错题。"

试卷是空白的，很皱，不过还算干净，江然将试卷展平，放在两个人的桌子中间，虽然估计谈野不会看。

他学习的时候一向很认真，今天是转学第一天，自然更加动力十足。快速地看了一眼题目后，他便翻出新买的草稿纸开始演算。

谈野昏昏沉沉睡了一会儿，睁开眼，瞥见江然写得忘我，一会儿咬着笔，一会儿奋笔疾书，比班上的书呆子还勤奋，用力的时候手背骨头微微凸起。

他凑过去一看，第一题就错了。

江然已经开始做第二题，没多久又得出一个错误的答案，但依旧兴致勃勃，继续演算第三题。

谈野：……

谈野终于看不下去了，屈指敲敲桌子。

江然听到声音才反应过来，歪过头看他："有事吗？"

谈野靠在椅子上："你算错了。"

江然歪着头看了半天也没发现自己错在哪儿，有点别扭："哪里错了？"

就连错在哪儿都要问别人，他有点受挫。

好在谈野没为难他，骨节分明的手指点在其中一道公式上："从这里开始，都错了。"

江然的视线顺着转过去，他划掉错误的公式，拿出一张干净的草稿纸顺着重新计算。

教室最后排一向是被老师遗忘的地方，谈野歪着头看江然做题，扫了一眼江然新算出来的步骤，轻笑出声。

听到同桌的笑声，江然偷偷摸摸看了一眼，见他盯着自己的草稿纸，心想肯定又算错了。

他有点窘迫，耳后根都开始发热，握着笔不知道是重写还是干脆不写了。

江然怀疑自己是不是脑子有问题，他父母都是名校博士，而他学习时总慢一拍，卢敏以前也带他去医院检查过，但是没给他看检查结果。

思考了几秒，江然划掉刚刚计算的内容，又重新认认真真地下笔。

谈野又笑了一声，心想怎么会有这么笨的人啊？

连续两次，江然再傻也忍不住了，抬眼看他，面色不愉："你别笑了。"

谈野睁眼说瞎话："没笑。"

江然有点懊恼，嘴硬道："我只是做错了而已，你难道没有做错题目的时候吗？"

谈野认真地思索了几秒："没有。"

江然无语道："你好好听课。"

谈野双手搭在脑后，靠在椅子上，狭长眼尾带了点玩世不恭："哎，你说你是不是小管家？

"在家管得多了，上学也要管同学？"

江然：……

江然干脆扭过头去不说话，反正老师待会儿也会讲这道题，他总会知道到底该怎么做。

"看完了吧？"数学老师出声问，"我喊到哪道题，不会的就举手。"

江然准备举手。

数学老师继续说："前五道选择题是基础题，我看过，就几个人错了，我就不说了，第六题哪些人错了？"

江然：……

江然慢吞吞举到一半的手停住。

谈野见他这样，心里觉得好笑，有意逗他："怎么办，老师不讲解这道题。"

江然嘴一抿："我下课去问。"

谈野当即顿住了。他一这样就有点凶，江然有点发怵，毕竟谈野人高马大的，要真动手他打不过。

江然小声问："你想干什么？"

谈野看到他的表情，突然想吓他，他的胆子太小了，反应还有点慢，像袁丁的那只小乌龟，被碰到时半天才把头缩回壳里去。

教室前方回荡着数学老师浑厚的男高音，他拽走江然手中的笔，说："草稿纸拿过来。"

笔在谈野手中灵活地转了两下，江然想拿回来，显然没听清他的话："什么？"

谈野干脆伸手拿走了他的草稿纸，恶狠狠地说："还想不想听题了？"

在江然以前读的学校里，很多学生都在混日子，江然和他们格格不入。

他很努力地学习，刚开学的时候，同学们还会调侃："我们之间混入了一个好学生。"

等第一次考试成绩下来后，所有人的表情都是一样的——这是个装学霸的学渣。

江然实在是不明白，为什么自己那么认真，结果考得比别人还差，别人也会在背后说他装样子，他后来就习惯了。

"怎么，不想听？"耳边响起谈野的声音。

江然回过神，摇了摇头，有点纠结地陈述事实："你的试卷一题没写。"

他肯定是个学渣，江然在心里给他贴了个标签。

谈野面露凶光："不写我就不会做了？"

说的也是。

江然离他远一点："那、那——"

前面的孟白日听到动静，偷偷偏过头，不可置信地问："今天太阳从西边出来了？谈哥居然会给人讲题。”

谈野冷冷扫他一眼：“你不说话没人把你当哑巴。”

孟白日嘿嘿笑：“那不是觉得稀奇嘛。”

他话音刚落，谈野扬高了声音：“老师，孟白日上课打扰我和同桌学习。”

孟白日、数学老师：……

全班同学都好奇地回头看，毕竟以前还没有发生过这样的事。

孟白日实在是被惊到了，半天都说不出话来，勉强挤出几个字：“哥，你这也……太过分了吧，都是兄弟……”

见到谈野又想举手，他连忙说：“不说了不说了，我不说了还不成吗？”

今天是刮的什么风？孟白日腹诽，幸好数学老师知道他们是在开玩笑，没搭理。

江然在一旁只觉得好玩。

他一直都没有什么知心朋友，就连转学也只有当初的同桌问了一下，再没有后续。像孟白日和谈野他们这样的相处方式，说不羡慕是不可能的。

过了一会儿，江然憋不住好奇，问：“你平时不给别人讲题目吗？”

谈野转了转笔：“讲啊。”

江然“哦”了一声，谈野又道：“你不是人吗？”

谈野看他呆呆的样子，越发觉得好玩，不知想到了什么，眼里带了点笑意。

空调的扇叶上下摇动，窗台上的含羞草时不时地闭合叶子又舒展开来。

谈野的性子懒，讲题目也是，挑着重点讲，写的字也是龙飞凤舞的，比医院里医生开的药方还难认。

江然努力辨认半天才看懂，原来这是个“解”字。

江然：……

幸好他刚刚没有问谈野这是什么字。

一道选择题没有多困难，谈野说了一遍后就扔了笔：“听懂没？”

江然慢吞吞地点点头：“嗯。”

的确是听懂了，谈野讲题目的时候会让人不自觉地认真听，顺着他的思路思考。

谈野只觉得江然慢得像只蜗牛似的，他不禁又想去碰他的触角，才刚抬手，就见面前的人脸色变了，眼睛里俱是小心，往后退时撞上了椅子，发出不小的声音。

在教室后门巡视的班主任张德胜恰巧看到这一幕，当即就觉得不妙，于是敲了敲窗户。

坐在窗边的陈一一连忙开窗。

张德胜低声道："怎么回事儿？"

陈一一摇摇头，就听见张德胜开口："让谈野晚自习前来我办公室一趟。"

教室里没多少人发现这一段插曲。

谈野的语气不怎么好："躲什么？"

江然也意识到自己的反应太大，他喉咙紧了紧，低下头，闷声道："我不是故意的。"

谈野若有所思，视线在他苍白的脸上定格了几秒，将试卷推过去："我睡了。"

江然松了口气，他最怕被人逼问，更怕对方刨根问底，他不想解释，也不想别人用异样的眼光看自己。

前桌的孟白日和袁丁自然听到了全程，他们十分默契地对视一眼，都看到了对方眼里的不敢置信和吃惊。

孟白日拿出手机，发消息：谈哥认识这个转学生？

袁丁：不知道啊，看起来像是不熟，班里来了转学生还是我告诉他的。

孟白日动了动，想往后看又忍住，打字：那居然会给转学生讲题，真稀奇，谈哥以前不是最懒的吗，女生来问他他都不会讲的。

以前女生们带着各种各样的试卷资料想问谈野题目，没一个成功的，反而还要被嘲讽不会写就回家。

孟白日平时都只能在谈野心情好的时候问问，而且谈野不会讲详细的解题思路，他能得到简略步骤就不错了。

他真想知道转学生有什么特别之处。

距离放学还有十几分钟，教室里的同学们变得毛躁起来，有互相传纸条的，还有交头接耳的。

孟白日问：“今晚吃什么？”

坐在过道对面的王犇招了招手，压低声音道：“隔壁的程建想和谈哥约球，就在这周末。”

孟白日扭过上半身：“程建？”

袁丁也加入讨论：“他配吗？”

他们一唱一和的，江然半天才听懂。

虽然他们说话有点不礼貌，但是没有让他厌恶的感觉，不像有的同学，说起脏话来不堪入耳。

“谈哥还在睡觉呢，让他哪儿凉快哪儿待着去。”王犇道，“上次他朋友输得很惨，他还没听说吗？”

江然的注意力被他们吸引。

袁丁搓了搓手，鄙夷道：“我看他是想帮忙找回面子吧。”

江然问：“打球也会这么严重？”

孟白日吃惊道：“你不会真以为是约球吧？”

隔壁是指距离他们学校不远的另一所大学，约球并不是单纯地想打球，只是编个借口找碴儿罢了，他们打球时非常不规矩，很容易受伤。

孟白日好奇地问江然：“你以前是哪个学校的？”

江然想了想，说：“嘉学国际。”

孟白日从记忆里翻出这个学校，有些惊讶，说：“我听说你们有马术课，还可以打高尔夫是不是？”

江然点头：“有……”

那所大学的课程种类繁多，学生可以自己选课，课余生活也十分丰富，江然之前还选过一门插花课。

孟白日咂咂嘴，仔仔细细地打量起江然来。

“这种学校学费很贵吧？”袁丁一下子就想到了这个问题。

孟白日也心生好奇：“你们一年交多少学费啊？”

江然说：“也不是很贵。”

他掰着手指头算了算。

其实江然自己也记不清了，就说了一个大概的数字：“就这么多。”

袁丁、孟白日：……

有钱真好，孟白日叹了口气。

他突然想起一个问题：“哎，你之前的学校听起来挺好的，你怎么转到我们这儿来了？”

江然抿着嘴巴，片刻后说：“就这么转了。”

半天没听到后面的内容，孟白日开始自说自话：“是不是上课太累了，还是没意思，你想体验平民生活——”

就在这时，一本书砸到他头上。

孟白日下意识地就要骂人，话都到了嘴边还是吞回了肚子里，他对上了谈野漆黑的眼睛。

原本在睡觉的谈野不知什么时候坐了起来，他眯着眼道：“问什么问。”

孟白日有点委屈：“我这不是关爱同学吗？”

谈野淡淡瞥他一眼：“你现在转回去听课就是最好的关爱，哪儿来这么多废话。”

孟白日：……

谈野又说：“不要打扰我同桌听课。”

听到动静，数学老师往这边看了一眼，说：“孟白日，现在还没放学，后面这么好看，不如以后的数学课，你就看着后面的黑板上课好不好？”

孟白日连忙转回去。

谈野偏过头，就看到江然惊讶又无措的表情。他本想说别和孟白日瞎扯，话到了嘴边又变成了硬巴巴的警告：“上课再和别人讲话就打你！”

江然一听，脸皱成一团，严肃地看着自己面前的试卷，不敢再开小差。

过了一会儿，他偷偷用余光看谈野，发现谈野又趴在桌上闭眼睡觉了，如同睡神。

江然犹豫了一下，伸手将谈野桌上堆得乱乱的东西整理了一下，这样空的地方就多了，趴着睡不至于碰到脸。

他动作轻，也没碰到谈野。

江然刚准备收回手，谈野就睁开了眼，他吓了一跳，小声说："你、你醒了……"

他皮肤很白，染上红晕后就有些微妙的感觉。

谈野凝视着他，过了好一会儿，才开口："别人问你什么都说，你是问答机器人吗？"

江然有点茫然。半晌，他才意识到什么，瞪大眼，反驳说："我没有。"

谈野仔细看江然的表情，发现这位新同桌的反应偶尔会慢半拍，真的很神奇。他又问："刚刚碰我东西想干什么？"

江然实话实说："你桌子太乱了，这样睡觉脸会被碰到。"说完又伸手指了指。

谈野眉头一皱："声音跟蚊子哼似的，没吃饱？"

江然瞥到他吓人的表情，连连摇头，憋了老半天，提高音量，又重复了一遍。

巧的是教室里刚好安静下来，不少同学都回头，眼神诧异地看着他们，江然竟然从同学们的眼中读出了一丝敬佩。

过了一会儿，江然才反应过来，脸也跟着烧起来了。

莫名的，谈野嘴角勾起一点弧度："这么大声，全班都听见了。"

教室里议论纷纷。

坐在窗边的陈一一最为八卦，想起之前张德胜让她叫谈野去办公室，直觉肯定有事发生。

"谈野以前不是不喜欢别人碰他东西吗？"

"转学生的日子估计不好过了，刚转来就这么惨，深表同情。"

"刚刚到底发生了什么？"

讲台上的数学老师咳嗽两声，说：“好了，刚刚讲到这一题……”

注视他们的视线越来越少。

江然拍了拍脸，呼出一口气，松开握着笔的手，感觉舒服了一点才低头去写试卷。

至于谈野，他是不想理了。

孟白日和袁丁对视一眼，说：“看来过两天新同学就要离开了。”

下课后，陈一一直接走到谈野桌前：“谈野，张老师让你晚自习前去他办公室。”

谈野问：“什么事？”

陈一一摆摆手：“张老师没说。”

谈野扯了扯头发，拿着篮球离开了教室，也没等晚自习，直接大摇大摆地进了办公室。

张德胜还没离开：“这么早来？”

谈野说：“您都叫我了能不来？”

张德胜转过身，指了指对面的椅子，示意他坐下：“今天上课怎么回事儿，你对新同学不满意？”

谈野眼前浮现出江然窘迫的模样，他勾唇道：“满意啊，哪里都满意。”

“你可别来虚假的那一套。”张德胜啐道，“新同学性格很温和，成绩上你多关照——算了你平时少说点话就行了。”

谈野：……

张德胜说：“别让我看见你欺负人，不然你就回家待着。行了，你去吃晚饭吧。”

谈野莫名其妙地被警告了一番。

江然没上晚自习，直接回了家。

因为刚转学过来，他还没有搬进宿舍，所以暂时走读，张德胜让他过两天再上晚自习。

江家距离学校有点距离，所以他下星期必须要住宿，否则来回太折腾了，而且江然也不想住家里。

回到家的时候，家里除了孙姨没有别人。

江然吃了饭才上楼洗漱，他上了楼梯后又重新返回楼下，去了厨房门口，问孙姨："今天我妈没回来吗？"

闻言，孙姨将水龙头关了，转过身说："太太说今晚回来迟，可能回来都半夜了。"

那估计是不回来了。

江然又问："今天有没有其他人来家里？"

"有。"孙姨犹豫了一下，想起什么，还是开口说，"路员傍晚和太太一起回来的。"

江然"哦"了一声，他对路员没有什么好感，但没再问什么，直接回了自己的房间，看到里面没有人动过的痕迹才放下心，留下孙姨在原地叹了口气。

江然刚躺到床上，手机就响了一声。他打开一看，是袁丁发来的好友申请，他今天放学的时候告诉了对方自己的微信号。

丁丁花没死：你这个微信昵称也太省事了吧。

江然：你的昵称……

看起来似乎怨念挺深的，让他想起今天窗台上的几盆花，长得都挺好的，看起来不像要死的样子。

江然给他改好备注。

袁丁：先拉你进班级群。

江然的微信昵称很简单，就是他的名字，微信联系人也很少，大部分都是同学，也基本是不聊天的。

班级群里有三十多个人，江然只加了袁丁一个人，其他人他都不认识，光看头像和昵称也一个都对不上号。

很快，他又被拉进了另外一个叫"和尚庙"的微信群。

两个群里都在刷消息欢迎他，一下子就冒出几十条消息，江然压根看不过来。

袁丁：第二个群里是没有班主任的，可以放飞自我，你如果有什么劲爆的消息，就得注意不要发错群了。

江然：班主任不知道？

袁丁：知道也没用啊，而且都心里有数的，怎么可能会什么都在班群里说，我们又不傻。

说的也是。

江然将袁丁说的都记下来，然后又收到了他分享的几个同学的名片，其中就有孟白日和王犇，还有谈野。

他一一加上，到谈野的时候停住了。

今天数学课上那件事还是让他耿耿于怀，谈野明明就是故意的，他肯定都听到了，还让自己再大声说一遍。

这么一想，江然就一点也不想加他了。

好在袁丁也没一个一个地问他加上好友了没，而是说了一些注意事项和其他的小事。

江然仔细看完，又在班群里看了下同学们的插科打诨，放下手机后看了会儿书才闭眼睡觉。

也许是转到了新学校，江然晚上做了个梦。

他梦见今天白天发生的事情，梦里的场景又突然跳跃到了以前的学校，最终醒来的时候天才蒙蒙亮。

江然摸了摸额头的冷汗，去浴室里洗了个脸才清醒，接下来毫无睡意。

TAN YE × JIANG RAN

新室友

Xin Shi You

II

第二章 Chapter 02

江然上学路上闲得慌，走在路上还念叨着做题的事，到学校的时候谈野还没来，他松了口气。

袁丁后脚也进教室了，他先是给花草一一按顺序浇水，然后又给小乌龟喂食。他问江然："你来这么早啊？"

江然"嗯"了一声："你每天都浇水吗？"

"现在天气这么干燥，不浇水会死的。"浇完水后袁丁才坐下来，"以前还有一盆含羞草的，但是暑假忘了带回去，放在教室里就干死了，枝干都长刺了。"

江然想了想那个画面，没再问。

袁丁啰啰唆唆地说了一堆，突然转换了话题："对了，老师昨天发的试卷你写了没？"

江然点头："写了。"

"哇，你这么认真。"袁丁立刻露出笑容，"借我看看行不？"

江然疑惑："你确定？"

袁丁不以为意："这有什么确定不确定的。"

江然不确定道："……那你不要后悔。"

"不会的。"袁丁接过他的试卷就开始抄，"反正肯定比我自己写的好，我好多空着的地方。"

闻言，江然露出了奇怪的表情。

他觉得今天讲试卷的时候，袁丁可能会哭。

袁丁抄完将试卷还给江然，又问："对了，你宿舍安排好没，你什么时候搬进去？”

江然说：“过两天。”

过两天是周五，下午有自习课，加上放学的一小时，搬宿舍的时间很充裕，班主任让他那时候把东西搬到宿舍去，晚上就可以住了。

课表上的课程都安排得满满的，有些科目会安排两节连在一起的连堂课。

谈野是踩着点过来的，看见江然趴在桌上热爱学习的样子，笑了一声，又想起昨天张德胜交代的话，还没人能让他照顾呢。

袁丁正巧回头：“江然，喏，试卷还给你。”

谈野伸脚踹了下袁丁的椅子：“你拿他试卷干什么？”

袁丁被他的语气吓一跳：“这不是昨晚追剧去了，没写完，只能靠同学了。”

谈野扬起眉，忍住笑。江然的正确率，超过百分之十都是老天开眼。

江然接过试卷，半天才明白谈野这个笑容是什么意思，皱皱鼻子不想和他说话。

早读课结束，张德胜把江然叫去了办公室。

教室里吵吵闹闹，孟白日问：“谈哥，我觉得新同学挺好的，要不你就高抬贵手？”

谈野瞥了他一眼。

“你看，你以前的同桌都是事儿多的。”袁丁凑过去，“江然不一样，这么好的同学，每天都认真听课，走了多可惜啊，谈哥你怎么想的？”

谈野：“有时间写写试卷。”

袁丁：“我试卷都抄完了。”

谈野同情地看着他。

中午放学，袁丁自告奋勇地带江然去食堂。

“咱们学校别的不说，食堂很好，以前食堂的负责人被家长们举报过一次，校领导没办法，高价请了大厨。”

江然眼睛亮了亮。

袁丁说："你也很期待是吧。"

两个人一起离开。

孟白日在后门叫谈野："谈哥，怎么还不出来？"

谈野说："去食堂。"

孟白日停住："去什么食堂，今天不是说好了，去外面庆祝一下吗？"

谈野说："去食堂庆祝。"

孟白日：……

班里的人已经离开了大半，一部分往校外去，一部分往食堂去。

孟白日走到半路上，还是忍不住疑惑："谈哥，你怎么突然要去吃食堂，你之前还差点砸了人家的场子。"

谈野抬了抬下巴："换换口味。"

食堂里人很多，江然和袁丁一起排队。他不知道这里的菜好不好吃，提前看了半天，才选了一个套餐，两菜一汤，只要八块钱。

江然晕晕乎乎地端着盘子，一转身发现袁丁不见了，食堂里人又多，压根找不到对方。

正在纠结的时候，身后忽然响起一个声音："挡路了。"

江然连忙让开，一回头才发现是谈野，他一只手轻轻松松地端着餐盘，方圆一米之内没有一个人，就连排队的队伍都往旁边挪了挪，斜着继续排。

谈野饶有兴趣地看着他："找什么？"

江然急忙说："你看到袁丁了吗？"

"哦，他被人叫走了。"谈野睁眼说瞎话，忽然低笑了一声，"你是准备在这儿站着吃？"

江然摇摇头："没有……"

话音刚落，他手上的餐盘就被端走了，谈野一手拿一个餐盘，转过身往外走。

江然急忙跟在他身后："你把饭还给我……"

谈野没说话，环视了下整个食堂，停在一张桌边，琢磨着哪里有空位。

下一秒，旁边桌子的两位同学赶紧离开了。

“这个凶神怎么来食堂吃饭了？”

“你看他是不是抢了别人的饭，那个同学真可怜。”

“不至于吧，一份饭才多少钱……”

谈野丝毫不知自己又被添了一桩罪行，稳稳当当地把餐盘放在桌上。

江然走到他身后，有点害怕，最后心情沮丧地准备回去重新再买一份饭。

“去哪儿？”身后的声音阴沉沉的。

江然抿着嘴巴。

谈野眯眼，指了指对面的椅子：“坐。”

江然不太懂他想做什么，站在原地没动。

谈野问：“我是会吃了你还是怎么？”

江然赶紧摇摇头，他愣了一下，坐在了对面，心想难道是因为自己这个同桌这么凶，所以找不到人一起吃饭吗？

虽然班主任提前说过同桌脾气不好，他还是觉得谈野有点喜怒无常，上一刻还在好好说话，下一秒就变了表情。

谈野垂眸看向江然，问：“光看着不吃，你是要成仙？”

江然说：“没有。”

谈野凶名在外，所以他们这一桌方圆几米远都没有人，对于敢坐在他对面的江然，大家也都投去敬佩的眼神。

不多时，学校贴吧里就多了个帖子。

【爆料】谈野刚回来就有了新目标吗？

虽然帖子才发出来几分钟，但是回复很多。

首楼是一张偷拍的照片，楼主手机像素和拍照技术都不错，谈野和江然的侧脸一览无余。

【1L】：敬楼主这个勇士。

【2L】：楼主你胆子真大。

同情之余，同学们实在忍不住八卦的心。

谈野班里来了个转学生的事儿还没有传开，也就同一层楼的几个班知道，直到有人出来回答，大家才知道照片里的另一位是转学生。

【178L】：来得迟，今天没去食堂，这幅图可以清晰地看出来，谈野看上了转学生的饭，但为了不坏自己的名声，又假意让转学生坐在自己的对面。

这层楼很快就有新回复：不是吧，他们两个是一起吃饭的，你们来食堂就知道了。

【232L】：你们只顾着看这个，我看到了转学生脚下的鞋，这个牌子特别贵。

【233L】：也许是转学生雇了谈野当保镖呢？

猜测众多，帖子很快成了热门帖。

食堂里，江然已经开始吃饭。他心大，一转眼就把谈野抛在了脑后，只是吃了一口后他就觉得味道不怎么合他的口味。

江然的情绪都表现在面上。

谈野很少在食堂吃饭，毕竟他奶奶也在学校里，他要么出去吃饭，要么回小超市吃饭。

他问："怎么不吃了？"

江然摇摇头："不好吃。"

谈野皱眉："这么挑食？"

江然神情严肃："我不挑食。"

就是味道不好，他不喜欢。

谈野一听他反驳就皱眉头，像个阎罗王："你这还不是挑食？"

江然鼓了鼓两腮，也有点委屈。

谈野语气很凶："我还没凶你。"他凶狠道："快吃。"

江然虽然害怕，但就是不吃。

谈野盯着他看了会儿，最后自己也不吃了。回去的路上，谈野不知怎么的，准备去操场，还要把江然也带上，江然就算拒绝也没成功。

操场的旁边是篮球场，虽然是大热天，但也有不少人正在打篮球，热火朝天的。

谈野转头问："会打篮球吗？"

江然摇头："不会。"

但他会打高尔夫，会打保龄球，还会一些其他的。

谈野不知道，又给他补上了一个"弱鸡"的人设："那你待会儿就看着我打。"

江然扭头仰了仰，谈野看着他，听到他慢吞吞回答："好。"

谈野：……

篮球场很快就到了，谈野是闲不住的性格，让江然坐在场边上就进了里面。

孟白日不知什么时候也过来了，坐到江然边上："你怎么也来看谈哥打球啊？"

江然说："他让我来的。"

孟白日愣了一下，没想明白，指了指球板下站着的一个男生，介绍说："那个人你应该不认识，我们学校篮球队的，本来校队的名额应该是谈哥的，刚巧他休学了。"

江然顺着他手指的方向看过去。

那个男生穿着球服，侧对着他，不知道在干什么，等男生转过身来，江然愣了一下。

"就是他，路清徐，别看这名字人模人样的，人却不太行。"孟白日吐槽说，"就他那技术，谈哥甩他十八条街，他还是个学渣。"

江然问："学渣？"

孟白日以为他不知道，心想他也太天真了一点："就是成绩特别不好，他和他的朋友就是一群菜鸡，菜鸡互啄还挺好看的。"

江然迷蒙起来，卢敏很喜欢路清徐，但是从没说过路清徐成绩差，既然都是一样差，为什么卢敏那么不喜欢自己啊？

江然有点低落，他一直以为路清徐成绩很好，自己成绩这么差，卢敏不喜欢很正常，结果今天孟白日说路清徐也是倒数。

孟白日不知道他怎么突然心情不好了，连忙转移话题："咱们谈哥，那可是学校里的风云人物，开学后没多久，每天都有女生在我们班门口晃来晃去。"

当然，后来谈野凶名远扬，就很少有女生敢过来了。

江然果然很容易就被转移注意力。

过了半小时，谈野从场上下来，额头上都是汗，但是整个人活泼又生动。

三个人一起回去。

身后突然有人叫了一声："江然。"

江然转过身，路清徐站在不远处，抱着一个篮球，笑着说："你妈之前说让我照顾你，你要是有什么问题就到九班找我。"

江然抿着唇。

谈野来回看了两眼，心想路清徐在他面前说什么呢，当即嘲讽道："我同桌会找你？"

孟白日一听也附和："就是。"

路清徐：……

江然还没来得及说什么，就被谈野勾着肩膀带走了。

孟白日落在后面，心想才两天时间，江然和谈野关系就这么好了，真的震惊。

而江然一直到回到教室还是蒙蒙的。

谈野身上都是汗，回教室没一分钟又出去了。

夏季午休时间很长，距离上课还早。

江然没吃几口饭，肚子饿，回到教室里翻了翻书包，里面也没装吃的，他一时间连小超市也没想起来去。

一直到教室里人都快来齐了，袁丁才姗姗来迟，激动地说："江然不好意思啊，我刚到食堂不久就被人拽走了。"

江然说："没关系。"

袁丁又问："听说谈哥和你一起，他没回教室啊？"

江然看了眼旁边："他回来又走了。"

袁丁"哦"了一声。

反正谈野的行踪一向都是不固定的，除非是和他们一起行动，今天去食堂已经是奇迹了。

袁丁伸手戳了戳含羞草："估计快要下雨了。"

江然问："天气预报说了吗？"

"这不就是现成的天气预报？"袁丁一咧嘴，"我养花两年了，都能看得出来了。"

果然，十多分钟后开始下雨，从小雨转成大雨，雨点噼里啪啦地拍打在窗户上。

江然揉了揉肚子，开始写题目。

"砰——"

后门突然被撞开。

教室里的同学齐刷刷地转头看着那里，谈野手上拎了个袋子，里面不知道装了什么，身上湿湿的，有的女生都忍不住红了脸。

"看我干什么？"谈野心情十分不好。

他径直走到自己的位置上，新换的T恤已经湿透，贴在身上。雨水顺着头发往下滴，谈野伸手往上捋了捋头发，尽显桀骜不驯。

江然被惊到，发现自己没纸巾，想了想，从口袋里掏出一条暗色的格子手帕："你……擦擦？"

谈野侧眸，伸手把江然桌上的试卷推开，然后把手中的袋子扔到江然桌上，动作一点也不斯文，反而粗暴。

"这都什么年代了还带这玩意儿？"谈野吐槽了一句，看了看，接过江然手中的手帕，摸起来很柔软。

江然下意识地问："这……什么？"

他伸手碰了碰，袋子虽然淋了雨，但是上面没有多少雨水，也不知道谈野怎么拿的，里面装了个长方体的盒子，摸起来还有点温度。

谈野刚用手帕擦干净脸，语气还有点凶巴巴的："不要就扔了！"

江然"啊"了一声。

袁丁从外面回来，震惊道："谈哥你怎么淋雨来的，我借你伞，你回小超市换件衣服吧？"

谈野拒绝："不用。"

他又转向江然："赶紧打开！"

江然"哦"了一声，扯开袋子，然后把里面的盒子拿了出来，轻轻一弄，盖子就开了。

浓郁的饭香沁入鼻尖，饭盒里装了好几样菜，荤素搭配着，还是热的。

不仅是江然没反应过来，就连袁丁都愣在那里，来回在两个人身上打量，心想这是怎么回事儿。

江然结结巴巴问："给、给我的？"

谈野眉眼一瞪："不然给谁？"

江然被他凶得莫名其妙。

多年来，卢敏从不会在家里做吃的，家里以前有个保姆，照顾了江然很多年，却在几年前被辞退了，江然那次和卢敏吵了起来，最后还是没有用，照顾他的人换成了孙姨。

"快吃。"谈野催促。

江然从里面拿出来筷子，听话地吃了一口。

"又不好吃？"谈野仔仔细细地看他的脸色，"你还跟我说不挑食？"

"……没有。"江然赶紧否认。

还挺合他的胃口的，和孙姨做的菜有点像，但是味道更重一点，可能是调料的缘故。

饭盒不大，五颜六色的菜放在一起，杂乱却很吸引人，直接唤起了江然的饥饿感。

虽然饿，但江然动作依旧斯文，看起来赏心悦目，让一向急性子的谈野恨不得直接把饭菜塞到他嘴里去。

谈野按捺住催促的心思，狐疑地问："这么好吃？"

他怎么觉得和自己平常吃的一点区别都没有。

江然眼睛亮晶晶的，夸奖道："好吃。"

谈野心里一痒："给我吃一口。"

在江然还没反应过来的时候，谈野直接夹了一颗丸子送进嘴里。

江然张了张嘴，没说出话来。

谈野咬了咬丸子，发现和自己吃的一点区别都没有，很快就失去了兴趣："算了，你自己吃吧。"

江然"哦"了一声，他又吃了几口，一转头，对上谈野的视线，江然扬起一个笑脸："谢谢。"

距离上课还有十几分钟的时间，教室里人已经基本来齐了，此刻都悄悄地看向后面。

"谈野是不是转性了？"

"我只怕他下一秒就把饭盒倒扣在新同学脸上。"

"……这应该不会吧？"

一班的同学虽然不像外班同学那样误解谈野，但谈野喜怒无常，平时他们不会当着他的面调侃。

有女生过来送东西："谈野，你怎么身上全湿了，这是纸巾，你赶紧擦擦吧。"

谈野却一副无所谓的样子。

雷阵雨一阵一阵的，不过几分钟时间已经变成毛毛细雨，随后就停了下来。

江然忽然停下手上的动作，扭过头看着他，说："你还是回去换一件衣服吧。"

谈野说："你吃你的，别多管闲事。"

江然摇头，认认真真说："不行，你给我带了饭，你这样会生病的。"

他说话前言不搭后语，谈野却听懂了。

谈野突然笑了，脸上的笑却又很快消失殆尽，他敲了敲桌子，威胁说：“再不吃——”

江然说：“不行。”

他坚持一件事的时候非常固执。

就像他想学美术，卢敏却不同意他当艺术生，故而两个人僵持许久，他经常问同样的话，让卢敏不胜其烦。

谈野也烦：“你怎么这么多话？”

江然眨了眨眼，一本正经地说：“可是周叔跟我说过，不能穿湿的衣服，淋雨后一定要洗澡，还要吃药预防感冒，不然到时候……”

他絮絮叨叨着，谈野一个头两个大，他最烦人念叨了。

前面的袁丁听到江然的话，捂住嘴，生怕自己笑出来被谈野听到，那自己可就成炮灰了。

江然继续说：“……所以你不能穿着湿衣服。”

谈野倏地一下站起来，拖拉椅子发出刺耳的声音。

江然猝不及防，吓得一颤。

“你怎么——”谈野在看到江然的表情时硬生生把到嘴边的话咽了回去，“啰啰唆唆像个唐僧。”

江然瞪大眼睛看他湿漉漉的贴在身上的衣服。

谈野烦躁地抓抓头发，自己就这么吓人？

江然鼓起勇气开口：“你不要生气。”

他说话的时候轻轻柔柔的，和谈野的暴躁形成鲜明对比。

谈野僵硬道：“我没生气！”看江然欲言又止，他最终一揉头发，“我回去换衣服。”

谈野一离开教室，袁丁立刻就转身：“江然，你胆子也太大了吧，你怎么说出那么多话的？”

江然说：“不多啊？”

袁丁：“……你还是赶紧吃吧。”

江然点头，他把饭吃得很干净，然后方方正正地盖好盒子，又系上了袋子，打了个非常漂亮的蝴蝶结。

江然用水漱了漱口。他生活习惯非常好，以前小时候反应更慢，被卢敏很凶地教育过，现在这些习惯已经刻入了骨子里。

谈野回来的时候换了件衣服，头发也擦过了，虽然没干，他坐回自己的位置上：“吃完了？”

江然“嗯”了一声，小声问：“饭盒要洗吗？”

谈野心情不悦：“洗什么洗？”

不过一下子他就精神了，扭过头看江然，问：“你还会自己洗东西啊？”

江然说：“这不是很简单吗？”

谈野想嘲讽，但是看到他有点笨的样子，还是忍住了：“你还是写你的试卷吧。”

提到试卷，前面的袁丁回头：“江然啊，下午讲试卷，今天真是多谢你了。”

江然只是温和地笑笑，和他说实话：“我写的可能是错的。”

“可能”基本等于肯定。

袁丁十分大方：“没事，写了就行。”

讲试卷的时候，老师最喜欢叫人起来说答案，他昨晚只顾着追剧，试卷没写完。

谈野嗤笑了一声：“等会儿有你哭的。”

袁丁说：“谈哥你也不能这么诅咒我吧？”

谈野说：“我会诅咒你？你脸真大。”

袁丁：……真绝情。

孟白日从厕所回来就听到这句话，哈哈大笑，嘲讽了袁丁一番，两个人原本就喜欢打闹，这下又打起来了。

这个班级很活泼，江然觉得转学也不错。

下午第一节课老师讲的就是昨晚发的试卷。

王玉文有个习惯，她喜欢让学生说答案，比如选择题这么多，她就会随机点一排同学，让他们一个个地往下说。

今天她照例点："从第二组开始。"

袁丁对江然的英语非常有信心，江然这么乖巧，一看就是好学生。

不一会儿，就到袁丁了，袁丁站起来，念了答案。

王玉文忍无可忍地打断他："袁丁，你昨晚是不是闭着眼写的试卷？"

袁丁睁大眼睛："啊？"

王玉文说："十题里有六题都是错的，就你这个正确率，正式考试的时候怎么办？"

袁丁一脸蒙。

孟白日憋住笑，安慰道："袁丁同学，学习这种事，不仅看努力，还看天赋的，你突然变傻也是没办法的，这都能错这么多。"

话才说完，他的椅子就被踢了一脚，孟白日回头看一眼，对上谈野不悦的眼神。

谈野说："就你话多。"

孟白日：……

王玉文说："你坐下来吧，下一个。"

江然在王玉文说袁丁的时候就有点担忧，但是一听到居然还对了四题，不由得点点头。

他站起来正要念答案，旁边横过来一只手，突然拽走了他的试卷，还扔了张试卷过来。

江然都没反应过来，讲台上的王玉文看见了，说："谈野你干什么啊，知道你没写，还拿别人试卷。"

教室里的其他同学憋着笑。

谈野说："我会没写试卷？"

王玉文问："那你干什么拿别人的试卷？"

谈野想了想，没说话。

"你看你，说不出所以然了吧。"王玉文说，"江然，你继续吧。"

江然想去拿自己的试卷，奈何谈野不给，他只能拿起谈野扔过来的那张试卷，上面只写了他要念的十道题，他乖巧地念出答案。

王玉文点点头："都正确，坐下来吧。"

江然坐下来后才懵懵懂懂地反应过来，看向谈野，夸奖道："你好厉害。"

而前排的袁丁还在纠结，为什么自己念的错了一大堆，这不科学。

周五中午，江然被袁丁带着一起去看宿舍。

袁丁说："你以前的学校宿舍肯定很豪华。"

江然回忆了一下："对。"

虽然他那时候不在学校住，但是学校的宿舍要么是双人公寓，要么是单人公寓。

"我们学校宿舍就和普通的一样。"袁丁带着他经过广场，走过操场旁边的一条大道，就到了宿舍楼。

宿舍楼在学校最里面，他们班的宿舍在三楼，不高也不低，宿舍是标准的四人间，有空调，上床下桌。

江然还从来没住过这样的宿舍。

袁丁叮嘱说："我们晚上会强制熄灯的，宿管阿姨还会在外面视察，一听到你说话就会抓住你。

"不过小声地说没关系，再说了谁会一熄灯就睡着啊。对了，还有卫生间里热水全天供应。"

江然一一记下："都记住了。"

"你是后来的，刚好填了我们宿舍的空。"袁丁拍了拍靠阳台的床，"很久没人住了。"

江然点点头："晚上我就搬进来。"

他从小到大还没住过校，也许会有非常不同的体验。

他打量了一下整个宿舍，看到对面的桌上放了很多运动产品："那个床位的人也是我们班的吗？"

袁丁眨眨眼："是啊。"

他没说是谁。

江然很快就移开了视线，看了眼自己的床位，想着要准备什么东西，好打电话给周叔。

看完宿舍，两个人一起去教学楼。

江然个高清瘦，长得又好看，穿着简单清爽的 T 恤和牛仔裤，一路上收获无数视线。

尤其是经过女生宿舍阳台下的时候，上面突如其来的欢呼声把江然和袁丁都吓了一跳。

袁丁非常嫉妒："我每天从这下面经过七八回，什么时候能有一次你这样的待遇，晚上做梦都笑醒。"

江然说："也许他们都是因为你欢呼。"

袁丁摆手："商业吹捧要不得。"

这条路经过操场，再过去一段就是篮球场。

袁丁张望了一眼，吆喝了一声："哎，谈哥他们在那边打球，走，我们过去看看。"

江然不太想去。

不远处，谈野正倚靠在篮球架下，仰着头，手里捏着瓶矿泉水往嘴里倒，只见喉结上下滚动。不多时，一瓶水就只剩下一半。

旁边的孟白日转着篮球玩，看到袁丁和江然，叫了一声："袁丁，快过来！"

袁丁："来了伙计！"

两人说话间，谈野抬眼，视线落在他们这边。

江然说："你们打球，我就不过去了。"

他还想回去看书，不能浪费每一分每一秒。

袁丁说："不打也可以看啊。"

篮球架下，孟白日拍了拍篮球，感慨道："长得好看真好，穿什么都好看，我是真的服。"

江然的胳膊和腿又长又直，站在那儿就是一道风景线。

谈野没说话，将剩余的水喝掉，而后捏着瓶子，丝毫不差地扔进不远处的垃圾桶里，发出沉闷的响声。

孟白日鼓了鼓掌："谈哥，转学生看起来还蛮不错的样子，脾气也好，比以前那位好太多了。"

想起谈野之前的同桌他就不爽。

谈野毫不客气地评价："你就像个小鸡仔，呱唧呱唧地说个没完。"

孟白日："我……"

孟白日一脸蒙，看着谈野直起身，慢条斯理地朝场外走去。

袁丁带江然坐在场边，谈野一走过来就坐在了江然旁边。他身上带着股热气，江然小心地往旁边挪了挪。

谈野不爽："过来。"

江然不是特别懂篮球，看了会儿就没兴趣了，袁丁也进场和孟白日一起打球去了。

他站起来，谈野问："去哪儿？"

江然说："数学老师上午留了一张试卷，我想早点写完，晚自习还要写其他的作业。"

谈野听着就头疼，没好气地说："我就问了三个字，你回了一大段。"

江然被他说得不好意思。

谈野又说："反正你写的也是错的，别写了。"

江然握紧拳头："写错题怎么了？"

他声音有点重，比平时语气凶狠许多。

谈野说："我又没说什么，你怎么比我还凶？"

江然又气又恼，气是气自己怎么做题做错还被他发现了，恼是恼自己为什么不能写对题目。

"谈哥过来打球啊！"一个男生叫道，顺势将手中的篮球扔了过来，大概技术一般，篮球歪向了正站着的江然。

江然侧对着球场，还在说话：“我回去了。”

谈野忽然伸手拽了他一下，篮球擦着江然的肩膀飞过去。

“你怎么回事儿？”他问。

江然呆了好一会儿才回过神，往后退开，认认真真说：“我后面没长眼睛啊。”

谈野坐在台阶上，手撑在地上，忍不住笑出声，江然实在太好玩了。

江然不知道他笑什么，说：“我要回教室了。”

谈野的笑容很快隐去，将他们扔过来的篮球一脚踢远，站起身，说:“别乱跑。”

他们隔着些距离，加上周围吵闹，谈野声音有点轻。

谈野临走前扔了件东西给江然，江然差点没接住。

恰好袁丁下场，跑过来说：“江然你要不要打球？你要是想回去就先回去吧。”

江然盯着手里的矿泉水瓶，纠结道：“谈野把东西放在我这里了，我待会儿再回去吧。”

袁丁说:“噢，我还以为你觉得无聊了，你刚刚站起来，我以为你想回去。”

江然说：“刚刚是这么想的。”

江然忍不住用手拍了一下额头，他怎么就听了谈野的话。

篮球场里，孟白日扔了球过去，说:“谈哥你看什么呢，别被球砸到了。”

回应他的是谈野投篮成功的动作。

江然坐在场外，看着追逐篮球的人。

谈野在其中很显眼，他个子是最高的，动作流畅，投篮的时候张扬又嚣张。

围观人群时不时爆发几声尖叫，旁边有女生在讨论：“谈野真帅啊！要是没有那么凶就好了。”

“我反正只敢送东西，不敢和他说话。”

江然看了会儿，拿手机出来做题。

他手机里软件不多，刷题的学习 APP 倒是不少，江然没事做就会在上面刷题。

篮球场里十分吵闹，但一点也没影响到江然。

陈一一转头看到江然坐在那里，蹭过去问："江然，你在这里干什么啊，你不去打篮球吗？"

江然和她从没说过话，但是认识她，实话实说："我帮谈野拿东西。"

陈一一差点把眼珠子瞪得掉下来："你认真的吗……拿水啊？"

江然手一滑，选错答案，他干脆关了软件。

陈一一想起之前张德胜让她叫谈野去办公室的事，也不知道张德胜和谈野说了什么，她后来从外面回来，看到谈野从办公室出来的时候表情很奇怪，反正是她从来没见过的表情。

陈一一自顾自地说："你听说了吗？前两天谈野把外班两个男生凶了一顿，那俩男生都不敢多嘴。"

江然想了一会儿，问："他经常凶人吗？"

陈一一说："那倒不是，看情况。"

江然问："这次是因为什么？"

"听说是他们先做错了，好像在欺负别人？"陈一一捧着脸，看球场里身姿矫健的少年们，"啊，年轻真好。"

江然提醒道："你也年轻。"

陈一一笑了两声，想起来什么，提醒江然："你住校的话，要办一张一卡通，卡丢了就去挂失，不然里面的钱会被别人用掉的。"

江然抿唇笑："好。"

陈一一对江然印象非常好，还准备再说些什么，就看到谈野大步朝这边走过来，她眨眨眼就跑了。

九月中旬，天气依旧有点热。

谈野半路上拿着水离开了，江然自己一个人回的教室，回来后便坐在位子上写试卷。

袁丁拿着一根雪糕进来：“你回来这么早啊。”

江然“嗯”了一声：“回来写作业。”

说到作业，袁丁就想到了前两天那张英语试卷，十题错六题的壮观场景。

他坐在自己的桌子上，面朝江然：“江然，问你个问题啊……你以前在学校里排名多少啊？”

江然垂眸：“我成绩不好。”

袁丁看到他失落的样子，直觉自己问得不太恰当：“没事，到了咱们学校，成绩提高很快的。”

江然被他安慰得又高兴起来。

袁丁问：“今天在篮球场的时候，谈哥和你说什么了？”

江然答：“让我别乱跑。”

袁丁“哦”了一声，解释道：“他的潜台词就是篮球不长眼，你被砸到了还得送你去医务室。”

江然不懂他为什么要这么解释。

袁丁一口一口吃完雪糕，又叮嘱说：“其实我建议你今晚别住宿舍，等下周一再过来。”

今天是周五，明天就放假了。

江然认真地考虑了一下他的建议，觉得还是很有用的：“好，那我星期一再入住。”

傍晚放学，周叔把江然的东西都送到了 301 宿舍里。

江然的东西不多，但是比较零碎。

他们进去的时候，谈野正在宿舍里。看着几个男人来来回回，谈野的表情有点一言难尽，他踢了一下桌子，有些暴躁。

江然愣了一下：“原来这个床位是你的。”

谈野眉眼一挑，乐道：“怎么着，知道怕了？”

江然歪着头思考了一下，发现自己也没有多怕，就摇头说：“没有。”

谈野：……

这个新同桌是真的有点傻。

江然转头就和周叔去整理自己的东西了。

谈野放在桌上的手机响了一声。

他滑开屏幕，一个备注为“老头子”的人发了消息过来：什么时候回家？

对方又发了张委屈的表情包。

谈野：你家也不缺人啊。

老头子：兔崽子，你非得和我犟是不是……听说你多了一个新同桌，怎么样？

谈野：……

老头子：你可别又发疯把人气走了，到时候我可救不了你。

谈野“啪”的一下把手机扔到了一边。

周叔整理了一下床铺，见谈野脸色不好，笑着说：“不好意思，请这位同学多担待一下，我们家江然以前没住过校。”

江然扯了扯他的衣服：“周叔。”

谈野打量了周叔两眼，心想江然家里的人看起来还挺聪明的样子，江然怎么那么笨？

谈野随意地“哼”了一声。

踏入社会多年的周叔一眼就能看出来，谈野桀骜不驯，但人不坏，他心里的那点担忧也消散了一半。

江然又从桌上拿了瓶酸奶，轻声说：“周叔，我们出去吧，我还想买点书。”

周叔点点头。

谈野莫名想笑，买什么书，题你会做吗？

二班体育委员人高马大，黑壮黑壮的，叫张立华，他刚打完球回来，洗了个澡，端着盆子准备去水房洗衣服。

张立华迎面撞上江然，多看了两眼，一直到那个小白杨似的背影消失在楼梯口。

张立华八卦心起，三两步走到 301 宿舍门口，冲坐在椅子上的人问：“哎，谈哥，新同学是你新室友啊？”

谈野没搭理他，手机里的游戏声不绝于耳。

张立华是个话痨，自顾自地说：“新同学长得挺好看啊，我们班女生这两天去厕所的次数都变多了。”

二班的女生想去厕所会经过一班门口。

谈野掀了掀眼皮，看了眼喋喋不休的张立华，手上动作没停：“这么说他还挺受欢迎啊？”

张立华说：“对啊，你不知道，现在的女生都喜欢这一款。”

谈野淡淡地答：“哦。”

张立华又问：“对了，谈哥，你觉得和他做同桌怎么样，他事儿精吗？要不要把他赶走？”

张立华拍了拍脸盆。

谈野：……

谈野终于抬头，一脸“你有事吗”的表情。

张立华顿了顿，琢磨着自己用词不当：“对不住，我刚没想到好词。”

谈野感觉他这张嘴就没什么好话。

张立华一手抱着脸盆，一手挡住半边脸，低声说：“新同学细皮嫩肉的，我看一点儿也不禁凶。”

谈野关了游戏，皱眉说：“你——”

张立华问：“我？”

谈野勾了勾手指。

张立华干脆进门，靠在门边。

谈野踹了他旁边的门一下，张立华猝不及防一屁股摔坐在地上，手中的脸盆砸到自己脸上，劈头盖脸迎来一股自己的汗臭味。

张立华有点儿蒙：“……谈哥咋回事儿？”

谈野道：“你刚说什么？”

张立华从地上爬起来，一脸郁闷：“我该庆幸你没踹我吗？”

怎么突然就翻脸了。

谈野将腿伸直，搭在对面的椅子上，微微眯眼："你刚想干什么？揍我同桌？"

张立华：……我不是我没有。

谈野又说："我同桌我管。"

周五晚上只有两节晚自习。

江然认认真真地写了两节课的作业，和他相比，谈野就比较随意了。

谈野虽然在学校里，但是往往第一节晚自习结束后才来，有时甚至第二节晚自习快结束了才出现。

他们的位置在后门边，谈野直接进来就行。

谈野溜进来后，对江然说："别多话。"

江然答："……哦。"

江然一开始还挺不赞同他这种做法的，后来怕自己多说什么惹谈野生气，反正又不关自己的事。

张德胜偶尔会抽空来教室外溜两圈，观察班上的学生有没有认真学习，今晚也不例外。他背着手出现在教室后窗处，死亡视线扫过整个教室，很快就看到几个打瞌睡的，还有一两个玩手机的。

张德胜又看向最后一排，江然正襟危坐，认认真真地写着什么。

虽然以前就得知他成绩很差，但是张德胜坚信那是因为私立大学的教学质量可能不行。到了自己的班级，差生都能逆风翻盘。

要不是没有座位，他才不会让这么乖的孩子和谈野做同桌，好在现在看起来挺好。

晚自习很快结束。

袁丁把窗户关上，问："江然你今晚回家吧？"

江然点头："回家。"

"那你注意安全。"袁丁叮嘱说，"周一见。"

江然开心地笑："周一见。"

学校离家里远，每天晚上周叔都会开车过来接江然，周叔开了十几年的车，很稳。

江然刚收拾好东西，谈野站在窗外扔了件东西到他的桌上，发出清脆的响声。

江然眨了眨眼："晚自习都结束了。"

谈野扬眉："我能不知道？"

江然心想也是，干脆拿着自己的东西往外走，然后发现谈野就在他身后不远处。

他停下来问："你也要离开学校吗？"

谈野嘴角噙着一抹笑，意味不明地说："你这么关心我去哪儿干什么？"

江然歪歪头："没有关心啊。"

谈野：……

谈野突然笑了一声，江然没懂他为什么笑，但是莫名地觉得有点不对劲，他耳朵动了动，继续往前走。

谈野双手插兜，跟在他后面。

学校里大部分学生都住校，晚上校门口没有多少人，路清徐早早地上了车，开始玩手机。

他今晚要去江家，所以干脆和江然一起回去，也不知道江然在干什么，动作这么慢。

没等几分钟，周叔下了车，路清徐看到他招了招手："小然，这儿。"

也就只有称呼江然时，他才会叫这么亲热。

路清徐往车窗外看了一眼，向来乖巧的江然和一个高个子男生站在一起，路清徐仔细看了看，发现那人居然是谈野，两个人在说话。

路清徐自然是非常熟悉谈野的，谈野在学校里风头无两，不管是成绩还是其他方面，其他人仿佛永远也比不上。

江然和谈野道别："我回家了，你也要早点回去，袁丁说外面不安全。"

谈野说："我就是不安全分子。"

江然走到车边，周叔已经打开了门，他正准备上车就看到里面坐了个人，靠在椅子上玩手机。

"怎么不上来？"路清徐嘴角带笑。

江然一点也不喜欢他。

以前卢敏没恋爱时，还比较关注他，自从认识了路清徐的爸爸路员之后，就经常在他面前提起路清徐，就连转学都要让他转到路清徐的学校来。

江然以前还想过自己坐车回家，后来被卢敏否决了。要是自己坐车，就不会碰上路清徐了。

他心情不好地上了车。

车缓慢地往马路上开，江然按下车窗，经过谈野身边时，他忍不住挥挥手："周一见。"

路清徐瞥了一眼，这个傻子人缘还这么好？

路清徐问："阿姨让我照顾你，你怎么不来找我？"

江然关上车窗，疑惑地问："我为什么要找你？"

他只是非常认真地问路清徐，但这话在路清徐耳朵里仿佛嘲讽似的，路清徐太阳穴跳了跳，果然不能和傻子多说话。

路清徐狠狠地按了按手机，屏幕上是路员发来的微信消息：和江然坐上车了没？

他回道：上了。

路员又叮嘱他：你不要惹江然生气，他比你小，还有你也知道的，多担待一下。

路清徐冷哼一声，他知道路员在想什么，想讨好江然，想无所顾忌地和卢敏在一起。

回到江家的别墅，江然一下车就往家里跑，把路清徐甩在后面，路清徐脸色就更不好看了。

客厅里，卢敏正在和路员说话。

江然进门听见两个人的笑声，抿了抿唇，路过客厅时被卢敏叫住："江然，怎么不打招呼？

"我教你的你都忘了？"

江然不情不愿地叫人："路叔叔。"

卢敏脸色这才好看点："待会儿下来一起吃饭。"

江然实话实说："我在学校吃过了。"

路员在一旁说："阿敏，既然小然吃过了就别勉强了，小孩子吃多了不舒服。"

卢敏点点头，正要说什么，看到后面进来的路清徐，笑了笑："清徐来了。"

路清徐很礼貌："阿姨好。"

卢敏很喜欢聪明的孩子，偏偏自己的儿子有点傻，她恨铁不成钢，不过她还年轻，还可以有更聪明的孩子。

三个人说了会儿话。

路清徐瞥了眼要上楼的江然，开口说："阿姨，今天放学我看到江然和我们学校的混混在一起，这个混混在我们学校风评不好。"

江然睁大眼，瞪着路清徐，就知道他不是个好人，谈野虽然凶凶的，但是几天时间相处下来，谈野也没做什么坏事。

江然否认道："你瞎说！"

路清徐说："难道你今晚不是和他一起走的吗？"

江然一怔，非常不开心："他不是坏人……"

"这是真的吗？"卢敏看向江然，"我给你转学是准备让你好好学习的，你怎么和这样的人混在一起，难道你还想继续考倒数第一？"

江然茫然地答："没有……"

卢敏冷冷吩咐："明天我会和你老师提这件事。"

江然突然很生气，"噌噌噌"地跑上几层台阶，大声叫道："我不会考倒数第一的！"

声音回荡在别墅里。

江然一生气就喜欢咬指甲，他去洗手间洗了手，坐在床边咬了半天拇指指甲，才终于安静下来。

这次考试他一定不会是倒数第一的。

江然想了想，拿手机在网上搜怎么提高成绩。网页上跳出来很多个链接，点进去都是在线课程和一些家教的联系方式。

江然嘀咕道："家教？"

他从没请过家教，一时间想起了学校外面挂着的各种家教的宣传海报，应该是有用的吧。

江然一下子来了兴趣，搜到了一个在宁城很有名的教育机构。

他问客服："真的能提高成绩吗？"

客服说："我们精英辅导名声在外，高校名师指导，针对您的特点设计辅导方案，成绩没有提高费用包退。"

江然说："那我报名。"

客服让他交了半期的费用，不多。

江然呼出一口气，他咧了咧嘴，走到桌边准备写几道题目，刚坐下来就发现哪里不对劲，愣在椅子上想了一会儿。

照片不见了。

原本桌上摆着一张江父和他的合照，现在那里光秃秃的，什么也没有。

江然在房间里翻找了半小时也没找到，他急得眼圈发红，拿着手机跑下楼。

卢敏正在吃饭，看到江然闯进餐厅，心中柔软了几分："想想还是饿了，饿了就过来吃饭吧。"

怎么说江然都是她的亲生儿子。

江然鼓着脸问："我的照片呢？"

卢敏问："什么照片？"

江然急切地念叨着："就是放在书桌上的照片……明明昨天晚上还在的，刚刚不见了……"

客厅里一时间只有他的说话声，路员和路清徐两个人都没有说话，毕竟这是他们母子之间的事儿。

卢敏看了他一眼："扔了。"

江然道："不可以扔……"

卢敏有些生气："留着照片干什么，反正也没什么用，你也别想找回来了，不吃饭就回房间。"

江然怔怔地站在原地，半天才明白卢敏的意思，往后退了几步，就往外面跑。

卢敏问："江然，你去哪儿？"

江然叫道："我要去找回来。"

话音刚落，卢敏猛地放下筷子，发出"砰"的清脆的一声响，她怒道："这么晚了出去找什么，一张照片丢了就丢了，没了你会死还是怎么样？"

仿佛是为了配合她的话，外面突然打起了响雷。

夏末初秋的雷阵雨，频繁却没有道理。

江然跑到院子外的时候，雨刚好落下，雨越下越大，连带着风也凉凉的，他没带伞，也没有带钥匙，只能半路返回去按门铃。

客厅内，路员开口缓和气氛："可能是小然想通了，不去了。清徐，你赶紧去开门。"

路清徐还没站起来，卢敏冷声说："不用去，让他好好冷静冷静，这么大了还不懂事。"

大雨瓢泼，江然等了一会儿没人过来开门，他又伸手按了按门铃，还是没有人开门。

明明都在家里的……

江然站在院子外有点不知所措，他用手挡在头顶，照片和其他的事情挤在他的脑袋里。

江然很快全身都湿透了，他摸了摸口袋，发现自己刚刚把手机带出来了。

他松了口气，打开手机，找到家里的电话。

电话过了会儿才被接通，听筒里面传出来卢敏的声音："我希望你好好想想，你不是一个小孩子了，今天只是一个教训。”

她说完就挂断了电话。

江然一句话都还没来得及说，他觉得特别委屈，如果不是卢敏扔了照片，他根本就不会出来。

他用手一抹眼睛上的水珠，微弯着腰挡住雨水，不让手机淋到雨水。

明明都习惯了的，但他还是难受。

江然不停地在手机屏幕上滑着，半天才找到周叔的手机号，打过去：“周叔？”

周叔温声问：“小然怎么了，这么晚打电话过来。”

江然说：“我被锁在门外了……”

周叔本来正在自家床上躺着，一听这话赶紧坐起来：“家里没人吗？还是出门没带钥匙？”

他记得今晚卢敏也在家。

江然说不清楚：“家里有人，但是他们不开门……周叔，我不想回家了……”

“这……”周叔也生气了，看了一眼外面的大雨，一边穿衣服一边说，“小然你等等，你先找个地方避雨，我过来接你。”

江然立刻说：“好。”

他挂断电话，小心地用手包着手机，然后小跑去了不远处的公园亭子里。

此时接近十点钟，相隔一段距离的别墅灯火通明，江然还能看到自己房间里的灯亮着。

十分钟后周叔就到了，看到江然浑身都被淋湿的模样，乖巧又可怜，他也心疼：“太太这是想干什么啊！”

以往他就不说了，没立场，今天实在太过分了。

周叔清楚卢敏对江然的严厉，虽然有点苛刻，但的确是希望江然争气点。江然的努力他都看在眼里，而且这压根就不能怪到江然身上。

只是这次太过分了，下这么大雨，把江然关在门外，明明人都在里面却不开门。

周叔打着大伞，他带了毛巾过来，帮江然擦了擦脸上的水：“先擦擦。”

“我自己来。”江然轻声说，他又擦了擦头发，身上的湿衣服黏黏的，很难受。

上车后，雨被挡在车外。

“要不去我家里，还是去别的地方？或者去酒店住？”周叔问，“要赶紧洗个澡才行，还得吃点药，预防发烧感冒。”

江家在别的地方也是有房子的。

江然却摇摇头，沉默了半天，他闷声说：“我想去学校。”

棒棒糖

Bang Bang Tang

III

第三章

Chapter 03

学校外只有零星的几家店亮着灯。

因为今天只上两节晚自习，所以现在还远远没到熄灯时间，和女生宿舍楼的安静相比，男生宿舍楼里很吵闹。

半路上雨停了，天气又逐渐闷热起来。

江然手上拎着个袋子，里面是周叔买的药，他一步步上了三楼，还没到走廊就听见了不知是谁的大嗓门发出的声音。

“怎么这个插座坏了？！”

“完了，你没有电了！”

江然忽然就放松下来，301 宿舍就在楼梯口斜对面，一眼就能看到。

宿舍门是关着的，他上前正准备敲门，结果门一推就开了。

扑面而来一阵凉气，白炽灯很亮，里面的人目光齐刷刷地看向门口。

袁丁一脸震惊：“江然，你怎么了？”

此刻的江然很狼狈，像是刚从池塘里捞出来的一样。

江然摇头表示自己没事：“我想洗澡。”

袁丁赶紧站起来，从柜子里拿了条新的毛巾出来：“谈哥正在里面，我催催。”

他还没到卫生间门口，门就开了。

江然也跟着往那边看，谈野正用毛巾擦着头发，毛巾遮住了半张脸，随着他的动作，有些没被擦掉的水珠往下滚落。

他一抬头，看到呆愣地站着的江然，也惊到了：“你怎么在这儿？”

江然被他一问：“我……”

袁丁赶紧开口：“江然你先进去洗个澡吧，穿着湿衣服太久明天要生病的。”

江然“哦”了一声，从谈野身边经过的时候，他下意识地往旁边侧了侧，没想到谈野抓住他的胳膊。

谈野再次问：“你怎么在这儿？”

江然小声说：“我没带钥匙。”

谈野狐疑地看着他，少年的头发搭在额头上，衬得皮肤更加苍白，乌黑的眼睛睁得大大的，茫然又失措，跟个小可怜似的。

谈野道：“去洗澡。”

江然点点头。

等卫生间的门关上，谈野随手把毛巾扔在桌上，问袁丁：“什么情况？”

袁丁摇头：“不知道，我刚抬头就看到他站在门口，听他说没带钥匙所以淋了雨。”

谈野眯起眼睛，晚自习结束时还不到九点，之前江然提过他家距离学校也就半小时车程，时间明显对不上，怎么可能是没带钥匙。

谈野又问：“还说了什么？”

袁丁实话实说：“没了。”

他看向谈野，调侃道：“谈哥，你对新同桌还挺关心啊，看来老张可以放心了。”

谈野丢了一记眼刀过去，袁丁闭了嘴。

没多久，孟白日串宿舍回来：“隔壁有人在吃螺蛳粉，不知道多可怕，被宋桥赶到阳台上去了。”

班长宋桥一向严于律己。

袁丁差点笑出来：“螺蛳粉那味道……在宿舍吃不是让人赶吗，而且现在还得开空调。”

孟白日说：“你看张立华他们宿舍就不一般，我去瞅了一眼，四个人一起吃，牛吧？”

袁丁点头："厉害。"

两个人嘀咕了一会儿，袁丁想起来什么，又活蹦乱跳地跑到卫生间门外敲了敲门："江然，你是不是没拿衣服进去？"

里面的水声停了，江然扬高了声音："我忘了。"

袁丁说："你柜子里有衣服吗？"

江然想起来："没有。"

袁丁说："要不你穿我的吧，就是我个子比你矮一点，可能有点紧——"

他说着就回到了自己的柜子旁开始翻找。

孟白日听到江然的声音愣了一下："他不是回家了吗，怎么又半路回宿舍了啊？"

袁丁"嘘"了一声："不知道。"

看江然刚进宿舍时的模样，应该是发生过什么事情，恐怕要等会儿再问了。

袁丁挠挠头，拿了两件衣服转身正准备朝卫生间走，就看到谈野倚在那边的墙上，然后叩了叩门。

江然还以为是袁丁敲的门，只把门开了一条缝，说："谢谢。"

一只手递进来了衣服。

江然关上门，穿上才发现衣服大了，比他平时的要大一号，肩线也宽一点，不过不耽误什么，只是袁丁明明说他穿会小才对……

门外，谈野大剌剌地坐在椅子上继续回手机上的消息。

袁丁默默地放下了自己的衣服，孟白日戳了戳他，低声说："刚刚我眼花了没？"

袁丁："应该没有。"

卫生间的镜子起了一层水雾，只能模糊地照出人影，江然拉了拉衣服的下摆。这件 T 恤是纯黑色的，上面有蜜蜂图案，想想袁丁这么有童心，也挺正常，只是他总觉得在哪里见过这件衣服。

江然打开门的时候，宿舍里的三个人都朝他看过去。

他向袁丁道谢，袁丁只是摆手，一句话都说不出来，指了指斜对面。

江然顺着看过去，谈野正阴沉着脸坐在那里，看着怪吓人的。

袁丁小声提醒："衣服是谈哥的。"

孟白日很吃惊，他拉着袁丁出去："我想吃螺蛳粉了，你跟我去小超市买。"

现在小超市快关门了。

袁丁"哦"了一声。

江然的耳朵动了动，原来是自己感谢错了对象，一时间还有点不好意思，赶忙对谈野道："谢谢你，谈野。"

谈野冷笑一声。

江然说："我刚刚不知道，你别生气。"

谈野想嘲讽他，看他今晚有点可怜，还是忍住了："这衣服你穿着像个初中生。"

江然：……

他是个很有礼貌的人，衣服既然穿了，他现在也没办法脱掉，大晚上再让周叔送衣服过来很麻烦，只能明天再说。

谈野靠在柜门上，看江然收拾他的桌子。江然将各种各样的东西理得很整齐，很多生活用品的颜色看起来很清爽，他的桌子和一般男生乱糟糟的桌子完全不同。

瞥见桌角放着一个塑料袋，谈野眯了眯眼："买了药？"

江然"啊"了一声，打开塑料袋："周叔路上给我买的，怕我晚上会发烧，我待会儿要吃了才行，这个是防止感冒的……"

谈野觉得他又开始啰唆了："那你还不吃？"

江然说："不急呀。"

谈野"哦"了一声，心想自己干什么要多管闲事。

外面宿管阿姨吹了一声哨，还有五分钟就要熄灯了，等熄灯后就不准再讲话了，虽然大多数人都不会把它当真。

江然的桌上还有一瓶水，是他中午放的，没想到这时候派上用场了。

他吃完药，发现谈野正盯着他。

江然问：“怎么了？”

谈野瞪眼：“没事。”

江然“哦”了一声，有点莫名其妙。

临近熄灯，孟白日和袁丁踩着点回来了，两个人带着一身味道钻进了卫生间洗脸刷牙。

外面走廊传来最后时刻狂欢的吵闹声。

“明天早上不用上课，睡到自然醒再回家。”袁丁出来时，感慨说，“啊，自由！”

“还是谈哥好，可以直接住学校里，都不用多跑。”孟白日躺在床上，十分艳羡。

“你可以住这里。”谈野瞥一眼。

“那还是不要了。”孟白日悻悻开口。

谈野十分嫌弃，上了自己的床。

没过多久，宿舍里的灯都熄灭了，一片黑暗中，唯有阳台外的朦胧月光透进来。

袁丁和孟白日是真的话多，两个人明明睡对床，却能隔空对话。他们压着声音，不知道在讨论什么，只能听到叽里呱啦的声音，很吵。

江然第一次睡这么小的床，还是在这样的环境下，本来以为自己睡不着的，结果没一会儿就有了睡意。

第二天，江然因为生物钟醒了。

他不上课的时候一向都是八点醒，吃完早饭后走一走消消食，就回房间里看书做题。

即使是在宿舍里，也不例外。

宿舍里还有呼噜声，另外三个人都没起，江然轻手轻脚地进了洗手间，洗漱的声音也放小很多。

等他出来时，就看到谈野撑坐在床头看着他，江然吓了一跳。

谈野有起床气，声音沙哑："我真想揍……现在才几点，你怎么醒这么早，你是公鸡，需要打鸣？"

江然：……

他才不是公鸡。

江然走到他床边，轻声问："今天食堂开门吗，我想去买早点吃，你要不要吃？"

谈野又躺回床上："吃什么吃。"

江然心想还是你自己买早点吧。

他没打扰谈野继续睡觉，离开了宿舍，小心地把门关好，走廊上已经有人拖着行李箱准备回家了。

江然也想回家，他想回自己的房间，可是昨晚连家门都没进去，今天回去肯定是要挨骂的，还是不回去了。

江然没一会儿就把这事抛到了脑后。

今天没多少人起来吃早饭，所以食堂里只准备了几样早点，也就开了两个窗口，一个是卖粥的，一个是卖包子豆浆的。

食堂很实惠，一块钱的包子个头很大，比得上外面卖的两个包子的大小。

江然要了一碗粥，喝完后，他擦干净嘴，又打包了一份粥，然后买了几个包子和几杯豆浆，才慢慢走回宿舍。

宿舍里的人还在睡觉，江然也不知道他们为什么这么能睡，他把东西放自己桌上，拿出单词书开始背单词。

他才背了几个单词，身后的床上就传来动静，谈野下了床，顶着揉乱的黑发准备去洗漱，看到江然坐得笔直，他暗骂了一声。

袁丁和孟白日也迷迷糊糊地醒了，他俩躺在床上玩手机，就是不想下床。

谈野从卫生间出来的时候，清醒不少，他嗤笑："你可真好学。"

江然认真地说："我不想考倒数第一。"

他还记得昨天晚上卢敏说的话，以前他成绩不好，现在到了新的学校，他一定要好好学习。

谈野看到他溜黑的眼睛，愣了一下。

他避开江然清澈的眼神，视线落在桌上的包子豆浆上："你吃过了？"

江然这才想起来："这是我给你们带的早餐，待会儿就凉了，你们快点吃吧。"

他推了推那碗粥："你要不要喝？"

谈野探头看，里面只有这一份粥，是给他的。

谈野莫名心情爽快了点儿，嘴角一勾，手指拎着袋子："吃啊，为什么不吃，我快饿死了。"

江然点点头，转过身去继续背单词。

谈野：……

袁丁正好要下床，坐在床边上打呵欠，说话口齿不清："谈哥你之前都不吃早饭的。"

谈野的目光冷冷扫过去："你好意思说我？"

袁丁一脸蒙，这事有什么不好意思的?

周六，很多本地学生都回家了，还有一些出去玩了，只剩下一小部分同学还留在学校。

江然犹豫了很久，才决定不回去。

周叔把他的东西全都带了过来，衣服带了一整个季节的，还把周五晚上江然带回家的书也拿了过来。

大箱子小箱子被一个个搬进宿舍，江然又把衣服一件件挂在柜子里。

孟白日有拖延症，中午才收拾好自己要带回去洗的衣服，坐在椅子上喘气儿。

"你衣服怎么都这么好看？"孟白日凑过去，看到上面的牌子，顿时长叹一口气，"我爸什么时候才能告诉我家里有金矿？"

这一件衣服的价格抵得上他一柜子的了。

还有鞋，他一直放在购物车里的限量联名款，就这么出现在了他室友的衣柜里。

行吧，江然和谈野一样都是有钱人。

江然半天才懂他的意思，忍不住笑。

他还穿着谈野的 T 恤，大大的衣摆垂在臀侧，原本谈野穿着到肩膀下面一点的短袖，他穿就快到手肘处了。

孟白日说：“谈哥的衣服你穿着还大呢，你多高啊？”

“之前测好像是 175 吧。”江然低头看，“也没大多少。”

孟白日点头：“也是，谈哥个子在咱们学校算是高的，但属于正常人范围。学院里还有一个更高的，是体育生，又高又壮，已经一米九多了。”

江然惊了下：“那谈野站到他身边也显得矮啦？”

刚从外面进来的谈野，听到江然在说自己矮，发出一声冷笑。

江然马上闭紧嘴巴，眨了眨眼，觉得不好意思。

谈野把篮球一扔：“怎么不说了？”

江然：……

孟白日心想自己居然躲过一劫，忍不住偷笑了一会儿，赶紧拖着行李箱走了。

江然收拾好衣服，然后拿着一套衣服进了卫生间。换好之后他又顺便把衣服全都洗了，出去后把衣服挂在了阳台上。

谈野已经不在宿舍里了。

江然点了点自己的东西，感觉还缺点什么，突然想起来宿舍不远处还有个小超市，应该没关门。

外面吹着闷热的风，江然走进小超市。

小超市占地面积不大，货架上的商品种类却很多，从文具到小吃，还有生活用品，林林总总，什么都有。

江然正在打量，就看到谈野从里面的一间房走出来，懒懒散散地靠在收银台边。

他怎么也在这儿？

看见江然，谈野也愣了一下，目光从他身上的衣服上掠过，眼神锐利。

才一两个小时不见，就换了衣服。

江然原本想说的话也被堵了回去，他往后退了一小步。

谈野看到他的动作，眯了眯眼，他将身体转向江然：“买什么？”

江然张了张嘴：“那个……”

完了，他忘了自己要买什么了！

半天没等到回答，谈野不耐烦了，他在收银台边上拿了根棒棒糖，递给江然：“我看你挺适合买这个吃。”

江然拿着棒棒糖，扔也不是，吃也不是，最后还是没丢掉。

他对着货架，指了几样东西，谈野就非常不上心地拿下来，堆在台子上：“欸，昨晚去哪儿了？”

江然一顿。

谈野看着他：“可别想撒谎。”

江然纠结了一小会儿，放轻声音：“回家后想出去找东西，没带钥匙，又下雨了，然后就来学校了。”

谈野看他刚刚又纠结又犹豫的模样，情绪全都表现在脸上，他屈指在台子上轻叩，发出一阵有节奏的敲击声：“找什么？”

江然说：“一张照片。”

他抱着东西结账，准备吃完饭重新回去找。

谈野很熟练地扫码。

江然好奇地问：“这家店是你的吗？”

“当然不是。”谈野随口一答，看到他有点蒙，又补充道，“我奶奶的。”

江然点点头，他刚刚差点以为，自己是遇到电视上那种小偷趁店主不在，假装店主的桥段了。

谈野说：“47 块 5。”

好便宜，江然差点脱口而出，结完账后拎着袋子神清气爽地直奔宿舍。

江然把东西放好，然后带着宿舍门的钥匙离开了学校。

才走到半路，他就接到了周叔的电话。

“小然，照片找到了！”周叔大声说，“我现在在过来的路上，你就在学校待着，不要出去。”

江然眼睛一亮：“那我去学校门口。”

周叔原本想自己送进去的，但还是应道：“好，我十分钟后就到了。”

周叔和小区物业打过招呼，查了监控，就请人去找，不久之前有人传信过来说找到了。

十分钟后，江然看到了周叔。

周叔已经把照片擦干净了，放在一个纸盒子里：“被雨水浸泡过，我拿去修复了才送过来的。”

江然接过来，是一张完整的照片。

他伸手碰了碰，大概是因为照片外面包裹了一层压膜，所以损伤并不严重。

江然对周叔笑：“真好，谢谢周叔。”

周叔在江家待了快二十年，可以说是看着江然长大的，他摸了摸江然的头，心思通透的人现在已经很少见了，希望江然能好好长大吧。

两个人聊了一会儿，周叔还有事，江然就带着照片回宿舍了。

周末的校园很安静，唯一热闹的便是篮球场，几个男孩子正在打球。

正聚精会神走路的江然突然被谈野挡住，谈野的视线在他脸上转了一圈，他问：“找到了？”

江然点头，往宿舍里走：“找到了，我要回去放好，不能再弄丢了。”

清瘦的身影消失在尽头。

“谈哥，这才打了多长时间就不打了？”球场上的人看到谈野起身离开，问道。

谈野头也不回，摆手离开。

宿舍里，江然放好照片。

想到谈野昨天还借他衣服穿，怎么着也要好好谢谢谈野，江然才刚到篮球场边上，前面就传来孟白日的叫声：“江然！”

“你不是回家了吗？”江然纳闷。

“有事，又回来了。”孟白日喘着气，他是从学校外面一路跑进来的，一脸急切，“谈哥呢？”

江然看了眼篮球场，没看到谈野，猜测说：“不知道，可能在小超市。”

孟白日点头，转身跑着离开，江然摇摇头，也跟着往小超市走。他才刚到小超市门口，就看到孟白日和谈野在说什么。

孟白日：“……谈哥你是不是忘了之前答应的事了？”

谈野：“记得啊。”

江然一脸疑惑地看着两个人，谈野只是和他对视了一眼就转身进了小超市里面。

孟白日本来也要进去的，看到江然后问：“哎你怎么也来了，买东西吗？那你快买。”

江然问：“你们要出去？”

孟白日点头，随口一说：“去打球。”

江然没继续问。

没等多久，谈野推着摩托车从小超市里出来了。

江然之前来这里就看到了这辆摩托车，和他以前见过的不一样，应该是改造过的，虽然他不懂这方面，但这辆摩托车看起来非常帅气。

谈野眯眼，偏过头道：“上来。”

孟白日一愣，转而十分惊喜：“谈哥，你终于肯让我们坐你的宝贝车了啊。”

没承想谈野瞥他一眼：“没说你。”

孟白日：……

谈野看向江然，江然拒绝：“我不坐。”

“江然也去啊？”孟白日回过神，纠结地问，“这样不好吧，万一……”

谈野没说话，他直接取下另一个头盔递给江然，拍了拍后座：“上来。”

江然反应一向没他快，问：“你们要去哪儿？”

谈野说："我又不会卖了你。"

江然：……

孟白日站在原地，视线在他们身上来回打转，莫名其妙之余又夹杂着一丝震惊。

他问："你们坐摩托，那我怎么办？"

谈野戴上头盔："我管你怎么办。"

孟白日：……

他眼睁睁地看着两个人飞快地消失在自己的视线内，无奈地走出学校打车，还没上车就开始心疼车费。

江然一点儿也不清楚谈野要去什么地方，刚出学校时谈野开的速度并不快。

没多久，谈野就停了车。

江然松了口气："到了？"

谈野回头看他，透明的镜片后是一双清亮的眼眸，还带着点劫后余生的庆幸。

他语气有点揶揄："没到，只是提醒你，要提速了。"

江然刚放下去的心又提了上去。

谈野习惯性地嘲讽："你要是掉下去，我可不救你。"

江然：……

这人怎么老吓人。

他心跳得飞快，不住地想待会儿速度到底有多快。

"走什么神？"谈野双手抓着车把，"准备好。"

江然还没说出一声"好了"，摩托车就已经冲了出去，迎头而来的风吹动着他们身上的衣服，发出奇怪的声音。

"……你慢点！"江然忍不住叫了一声。

回答他的是更快的速度。

不知过了多久，眼前的景象开始变化，不再是市中心吵闹的街道，路口基本没有红绿灯，路上也没有其他车。

谈野将摩托车停下：“傻了？”

江然蒙蒙地下车，呼吸到清冽的空气才清醒了点儿：“这是哪儿？”

谈野说：“打高尔夫的地方。”

江然“哦”了一声，打量了一下周围，才想起来自己好像来过这里一次。

他以前有一次生日的时候，没想到去哪儿玩，就请大家来了这里，时间隔了这么久，江然都快忘了。

张立华正在门口等他们，对谈野道：“你室友也来了啊？”

江然不认识他，但知道他是对面宿舍的，也在教室走廊上看见过，于是打招呼：“你们都是来打球的吗？”

张立华说：“对啊。”

球场上早站了一群人，他们染着五颜六色的头发，男男女女都有，活像是彩虹队。

红头发率先发问：“你们这是带了个老师的跟屁虫？”

江然的乖巧几乎是摆在面上的，他们一眼就看出来他是个什么样的人。他们最讨厌的就是老师口中的好学生，而江然在他们眼里就是。

江然道：“我成绩很差的。”

对面的人却以为江然在嘲讽他们，怒目而视。

江然被瞪得不明所以，看向谈野：“他们……以为我是好学生？”

谈野轻笑：“夸你聪明。”

江然也习惯被陌生人当作好学生了，之前袁丁刚认识他时就这样误会过，事后还不可置信地问了他好多遍。

没多久，对面处在中心位置的男生走过来：“我还以为你不会来，我成虎的面子看来还是可以的。”

谈野冷着脸：“废话真多。”

成虎笑了笑，指指脚下的草地：“等了几个星期，终于可以开场了。”

谈野挑眉：“就你还会打高尔夫？”

成虎：……

对面立刻叫嚣起来："虎哥别跟他讲道理了，给他点颜色看看，让他这么嚣张！"

成虎比较淡定，不会被两句话激得跳脚："怕你们不懂规则，我就先说说。"

谈野打断他的话："不用。"

成虎僵硬着脸，气极反笑："行啊，既然你不怕，我怕什么。咱们今天来玩个大的，赢了你说了算，输了我说了算。"

他挥了挥手中的球杆。

孟白日姗姗来迟，从外面跑了进来："我都差点让司机超速了！"

他抹了抹额头。

江然小声问："比打高尔夫？"

张立华脸色也不好看，点点头："不然来这里干什么，我们很多人都没打过，成虎故意的。"

他们就算放假出去玩也是去唱歌之类的，哪里会打高尔夫。

江然低声问："他们会打吗？"

张立华想了想："应该平时也不怎么打，但是这显然是给我们下套，肯定私底下练过，不然不可能赌这个，不管怎么说，肯定比我们好。"

江然想想也是，又问："那谈野会吗？"

张立华没回答，孟白日摇摇头，小声回答："不知道，反正我没见他打过，应该是不会吧……"

听他这么一说，江然也跟着担忧。

高尔夫的比赛规则分好几种，江然当初请的老师在国际比赛上拿过奖，他自己学了两年都不觉得自己打得好，更别提没打过的了。

谈野嗤笑，对成虎说："可以啊。"

他话锋一转："不过……你们确定会打？"

成虎脸色一冷："看看不就知道了。"

江然偏头望着身边的谈野，他身后是一片青山绿地，他下巴微微抬起，丝毫看不出紧张。

谈野见江然一脸疑问，道：“想问就问。”

江然没想到他突然转头，放轻声音询问：“你真的要跟他们比这个？”

谈野觉得他比自己还紧张，嘴角不禁轻轻勾起，故意问：“害怕？”

江然摇头：“我不是要说这个，我想问你们是必须要自己上场吗？”

谈野歪头，扫了眼对面。

对面的成虎哈哈大笑：“哈哈哈哈，你们今天来了几个人，随便你们谁上，反正谁来都一样！”

江然了然地点头，谈野见他伸手指了指成虎手中的球杆，似乎是下定决心了——

“谈野，我可以帮你赢。”

高尔夫球场很大，今天球场的人不多，这一片就只有他们这一堆人。

江然并不是说说而已，他怕谈野不相信，又解释说：“我学过两年的高尔夫，刚刚他们说那些人都是临时抱佛脚练的，所以我应该比他们厉害。”

江然说话语速快了点儿，说到这里，他望向谈野。

谈野夸他：“你怎么这么聪明。”

旁边听了一耳朵的孟白日忍不住了：“谈哥，这都什么时候了还在夸江然呢？！”

张立华也搭腔：“对啊，江然，你真的会打高尔夫吗？”

孟白日插嘴：“我们江然好歹学过两年，吊打他们还不容易？”

谈野立马目露凶光，朝两人看去：“急什么，鼓励同桌不重要？”

孟白日无话可说。

张立华挠挠头，压根不懂这是什么情况，他不在一班，也只是偶尔见到江然。

成虎等一群人忍不住了，大声叫道：“你们磨磨唧唧这么久，定下来谁上没有？”

其他人附和道：“看样子是那个好学生上。”

“看模样就知道是个书呆子，身上没几两肉，我看连高尔夫都是第一次见吧。”

“学习比不过好学生，这种还能比不过？”

两边的人离得不是很近，江然说话又斯斯文文，比较轻，他们只能根据情况猜测。

谈野扭头，眯眼看向对面这群人，少年眸光锐利，暴戾的情绪混在眼睛里，轻轻一眨，又陡然消失，毫无痕迹。

“这样，你们输了，请他吃饭。”谈野忽然将手放在江然肩膀上。

成虎：“你想得倒挺美！”他气道：“我会输？”

他可是为了这次比拼特意练了一个月，当初谈野说让他选比什么，他就知道自己赢定了。

成虎又挑衅道：“你们输了呢？谈野，你们输了——就给我们这个数！”

他右手伸出来比画了一下。

成虎不担心谈野没钱，谈野经常开的那辆改装后的摩托车不便宜，卖掉的话能拿到不少钱。他可都惦记很久了。

江然有点不好意思，低声问：“干什么让他们请我、请我……吃饭？”

谈野挑眉：“不喜欢？”

江然实话实说：“我才不想和他们吃饭，会吃不下去的。”

谈野愣了一下，然后放肆大笑，江然有时候说的话都是金句。

周围的同学都憋不住。

“你不用这么实诚，这是对你的肯定！”

“都怪他们长得不好看，影响人的胃口。”

江然呼出一口气，谈野道：“输了也没事，还有我。”

江然心想你就别装了，刚刚孟白日都和他说了，谈野没打过高尔夫，而且谈野看起来也不像是会打高尔夫的样子。

谈野感受到了江然的不信任的眼神，他没解释，只是扬眉一笑，从孟白日手里接过高尔夫球杆，单手挥了挥，递给江然。

孟白日说："江然，你别紧张。"

一个暑假没碰高尔夫，江然都有点手生了。他比画了几下，才找回曾经的手感，抬头看向对面："你们要怎么比？"

成虎一瞪眼："什么怎么比，看见那个洞没，发球台在这儿，谁用更少的挥杆次数把球打进那个洞里就算赢。"

江然看了一下，点头表示知道了。

高尔夫比赛很少有人一杆入洞，就算是职业赛，都只有近千分之一的概率，所以一般要挥打多次。

成虎算是个新手，挥杆的次数肯定比不过他，江然说："来吧。"

成虎咧嘴："来啊，待会儿可不要哭着找老师。"

他摆手，其他人自觉后退了一些，都紧张地盯着前面的江然和成虎。

谈野定睛看着前面，以往看起来乖乖巧巧的江然此刻却仿佛发着光。

孟白日道："我感觉我都恨不得上场了！"

张立华说："那你上吧。"

成虎等不及，凹了个造型让朋友拍下来，他比画了好几次，终于一杆打出去，球意料之中没有进洞，成虎又连续打了七次，球才滚入洞里。

江然都不忍再看。

"嘿嘿。"成虎扛着球杆回来，还挺自豪，"乖乖认输回家写作业吧。"

他之前偷练时，打十次球才进洞。今天算是超常发挥了。

江然不想搭理他，径直走到他刚才的位置，把球放在发球台上。

他回头看了一眼，谈野对他点了点头。

江然其实还是很紧张的，他深呼吸几次，一杆打出去，动作标准，和成虎刚才的造作形成鲜明对比。

对面的人又开始起哄："离洞还挺远的呢。"

"搞半天也就花架子多。"

谈野冷眼扫过去："你们要是不想闭嘴，我有的是办法让你们闭上。"

一群人才安静下来，但仍小声嘀咕。

江然一点也不担心，眯眼看远处，心里思索着，等了几秒才重新挥杆，这次依然没进。

孟白日感慨道：“江然这样子真像电视里那些职业选手，不过他更帅。”

刚才成虎居然打了八次，简直就是耻辱，亏他还偷偷练过，也太废物了吧，孟白日不禁对江然充满了信心。

他刚抬起头，就看见小小的球在空中划过一条线。

成虎本来都搬了张椅子坐在那儿了，看到球后下意识地站了起来，伸长了脖子去看。大概是意识到自己有点长他人气势，他又赶紧坐下。

“进了！”孟白日激动地跳起来。

“什么？！”成虎视力没他好，听见叫声猛地一拍大腿，疼得他面部扭曲。

江然抿唇笑，拿着球杆走回来，声音里带着兴奋：“我赢了。”

大家反应过来：“江然只打了三次球就进洞了，成虎你看看你打的什么玩意儿？”

“嗐，还是咱们江然厉害。”

“江然你也太牛了吧，我宣布从今天起你就是我江哥了！”孟白日说着就要冲上去，却被谈野拽了回来。

谈野走到江然面前，问：“感觉怎么样？”

江然说：“真好。”

他第一次发现赢的感觉这么好。

对面的成虎整个人都不好了，谈野表情冷漠：“认输吧。”

成虎眼神凶恶，开口道：“还没结束呢，三局两胜，这才第一局，这么着急输给我？”

谈野嘲讽：“你怎么不说五局三胜？”

成虎被他气得不行，转头对准看起来比较好欺负的江然，威胁道：“小子，你敢让我请你吃饭吗？”

江然“啊”一声：“你都输了为什么不请？”

他思路一向很简单。

成虎：……

他的小弟们已经被激得直接开骂，似乎想要否决掉之前的赌约。

成虎的脸色十分难看，他看向谈野，微微一愣，后背猛然汗毛直竖。

“请就请！”成虎呛道，而后又放话，“谈野你不要太嚣张，有本事你等着！”

他直接掉头就走。

谈野吹了声口哨：“你还会回来的是吗？”

一群人骂骂咧咧地离开了，张立华和孟白日拿着球杆跃跃欲试，半晌，他们俩终于认清事实。

孟白日忍不住吐槽：“看江然赢得那么轻松，我还以为难度不高……”

为什么他比成虎打得还差？！

江然微微抬头，问谈野：“我刚刚打得怎么样？”

谈野看他求表扬的模样，轻笑了一声，恭维说：“小同桌，你怎么这么厉害，有空教教我。”

成虎他们离开后，几个人试了试高尔夫，都觉得没意思，不过他们还在兴头上，于是又撺掇着说要去庆祝，最终大家决定去唱歌。

孟白日打算得很好：“这儿能打到车吗？现在还早，还是晚上再去玩吧，这个天气适合吃烧烤。”

光唱歌多无趣，虽然已经不像暑假那样热了，但吹着微风吃烧烤也很不错。

这时有工作人员过来，江然和工作人员聊了几句，再回来的时候，孟白日他们还在讨论烧烤的事。

谈野看向江然：“哎，会唱歌吗？”

江然十分直接：“不会。”

他虽然听歌，但没学过，平时如果有空闲时间，他不是在做题就是在画画。

“这可不行啊。”张立华听见他的回答，“怎么可以不会唱歌，没事，今晚包你学会一首。”

孟白日也出声：“我这人别的不会，就会唱歌，人送外号‘情歌小王子’。”

谈野一脚踢过去：“做白日梦呢。”

孟白日赶紧跳着躲开：“谈哥你不能这样，我这个外号可是女生们公认的。”

众人嘻嘻哈哈地准备离开高尔夫球场。

成虎来得最早却没有结账，江然看了一眼，低声说：“要不我结吧？”

谈野并没回答这句话，而是挑眉问：“你觉得这话被他们听见会怎么样？”

江然愣了一下。他往后看了看，孟白日他们正在和张立华说结账的事情，每个人都主动参与，又抱怨接下来一段时间要吃咸菜馒头了。大家虽然这么调侃着，但还是很开心。

他们和江然以前接触的同学不同，那些富家子弟最喜欢在这类事情上争面子。

江然正思考着，谈野已经递了一张卡给工作人员。江然没看见那张卡长什么样，心想谈野不会接下来也要吃咸菜馒头吧。

谈野叫他：“走了。”

身后不远处，孟白日小声说：“我很想知道，今天江然和成虎比赛的时候，谈哥是什么想法。”

张立华说：“担心？”

“怎么就担心了……”孟白日忍不住反驳，“虽然他情绪不明显，但我察觉他今天还挺开心的。”

张立华附和：“你观察这么细致。”

孟白日点头：“那当然，谈哥肯定对我们相当不满，我们真是一群不合格的兄弟，唉！”

张立华说：“看不出你还有自知之明。”

孟白日说：“我这是在自我检讨，谈哥看到我们就差没皱眉了，我怀疑回去后要——”

身后突然传来声音：“那你写个检讨吧。”

孟白日正要摆手，突然听出来声音不对，一转头就看到谈野不知什么时候走到了他后面。

孟白日：……

众人约好晚上八点去 KTV 唱歌。

才走到宿舍楼下，江然就接到了孙姨的电话，他心知只能迟点去了。于是他给谈野打了个电话：“你们先去，我待会儿再过去。”

谈野眯眼：“要是不来……”

江然说：“我当然会来的。”

他现在并不像当初第一次和谈野见面时那样害怕对方，而且也知道谈野虽然看起来凶神恶煞的，但人很好。

江然回了趟家。

偌大的江家别墅里只有几个人，家里看着冷冷清清的，江然都习惯了。

卢敏一心扑在工作上，除了应酬之外，偶尔也和路员出去约会，而且她有别的住处，江然不在家的时候她很少回家。

江然问孙姨：“是发生了什么事吗？”

两个人一起上了楼，孙姨低声说：“这个画室，之前有人想进去，这次让你回来就是问问要不要锁起来。”

江然一开始没反应过来，而后就皱起了眉，也猜到孙姨说的是谁了，心里涌上一股不开心。

他伸手推开画室的门，他画完画后会整理好工具，所以画室看上去比较整洁，上次的那幅画还摆在画架上。

江然想了想，说：“锁起来吧。”

孙姨说：“这样也好，钥匙小然带着吧。”

省得到时候有人找她要，逼得紧了她又不能不给。

江然“嗯”了一声，他收拾了一些简便的工具装进袋子里，然后把房间门锁上，回了学校。

将画具放到宿舍，一切都收拾妥当后，江然去了唱歌的地方。

临近九点，江然一路从大厅过去，顺着找孟白日之前说的包厢。

这里的包厢排序有些乱，他来来回回差点迷路，正要回头看看的时候，听到了一阵嬉笑声。

江然走了几步，看到几个穿着皮夹克、染着各种颜色的头发的男生，他有点犹豫，停了下来。

江然正准备从另一边离开，下一刻就看到了一个熟悉的人，路清徐被一群人推搡到了墙上。

为首的黄毛男生瘦瘦高高的：“怎么，几天没见，不认识我了？”

路清徐微低着头，眼中闪过恨意，他用手握成拳，最终开口说：“怎么会不认识李哥。”

被称作“李哥”的男生嗤笑了一声，另一个红头发男生立刻上前，动作粗鲁地强迫路清徐把头抬了起来。

“李哥不找你，你是不会主动吗？”有人嘲讽说，“你之前求帮助的时候可不是这副样子。”

路清徐脸色当即一变，他深吸一口气：“我这段时间也给了李哥不少好处吧，难道不够吗？”

不远处的江然愣了愣。

李哥笑着说：“谁会嫌多呢。”

上了他的船，就别想轻易下去了。

“要怪就怪你自己。”一群男生大声笑起来，“今天怎么就敢来这里玩，碰上咱们李哥了。”

路清徐狠狠地瞪了开口说话的人一眼，那人愣了一下，随后骂骂咧咧道：“你小子什么眼神，看不起我？”

那人当即要打路清徐，路清徐挣扎起来，但他毕竟势单力薄，不过一会儿，他就被打败了。

路清徐被人拽着头发，脸疼得有些扭曲，混乱中，他对上了江然的视线。

路清徐一瞬间愣住了，难堪和屈辱在眼中闪过，他也没想过会被江然看到。

江然也没想到，他虽然不喜欢路清徐，但他更不喜欢仗势欺人的小混混，一看就很不好惹，也不知道路清徐怎么惹上他们的。

江然拿出手机，冲他们喊了一声："我已经报警了，警察马上就来了！"

有人反应过来："什么？"

"谁敢报警？"

等他们齐刷刷地转头时，只看到一个转身跑开的背影。

江然头一次跑得这么快，也是巧，他没多久就看到了孟白日订的包厢。他直接推门进去，里面音乐震天响，各色灯光快速变幻着。

江然下意识地捂住了耳朵，里面的人齐刷刷地看过来，孟白日偷偷地说："你要是觉得吵，我们就把声音放小点儿，没事的。"

江然摇头："其实你们这个不算什么。"

孟白日说："那你有事就叫——就找谈哥。"

江然点头："好。"

孟白日指了指："谈哥在那儿。"

江然顺着往那边看，谈野倚在沙发上，闪烁的光恰巧从他那儿离开，他整个人都隐在黑暗里。和旁边疯狂欢呼的同学们相比，他反而过于安静。

江然坐到他旁边，但是中间隔了段距离，都可以坐得下别人了。

谈野放下手中的饮料瓶，给江然拿了点儿吃的，又问："今天你功劳最大，想要什么？"

江然说："我什么都不缺。"

他觉得谈野看起来比自己穷多了，尤其今天打高尔夫的钱还是谈野刷卡付的。

谈野：……

孟白日凑过来：“两位大哥，你们坐在这儿聊得这么开心，要不要唱一首啊？”

张立华也跟着凑热闹：“对啊对啊，不能光我们唱，江然你不是不会吗？干脆学一学？”

江然连忙摆手：“不了。”

他对唱歌一点兴趣都没有。

孟白日劝了一会儿，发现他不是一般的难劝，最后放弃了。

时间过了一半，江然实在无聊，拿手机出来玩，看到有一个陌生人申请加他微信好友。

瞥见微信界面，谈野双眼一眯：“你是不是没加我微信？”

江然“啊”了一声：“好像是。”

上次他有偏见没加，后来就一直忘了加。

谈野“哼”了一声。

江然说：“我现在加就是了。”

谈野面上这才好看点。

江然从班级群里找出谈野的微信，然后发送了好友申请：“你快同意。”

谈野说：“不同意。”

江然：……

谈野看他一脸蒙的样子又哈哈笑起来，拿出手机通过了他的好友申请，给他改了个备注——小同桌。

江然眼尖看到了，有点不太满意：“你怎么备注这个？写我名字不行吗？”

谈野：“不行。”

江然：……

反正他犟不过谈野。

江然坐在沙发上，和 KTV 的氛围格格不入，别人在吵在闹，他却安安静静的。

谈野偏过头看了他一眼，江然正在看屏幕上的歌词，十分专注，认认真真地端坐在那里，就像是在教室里上课一样。

谈野莫名地想笑，恐怕也只有他来 KTV 是这么个样子了。

江然伸手准备拿饮料喝，没等他碰到，另外一只手把饮料拿开，递了一罐啤酒过来。

谈野故意诱惑他：“尝尝吗？”

江然摇头：“你自己喝吧。”

谈野问：“你喝过吗？”

江然答：“没有。”

他平时会自觉地不碰这些，而且比起喝饮料，他更喜欢的还是白开水。

谈野把啤酒倒进杯子里，江然看着他的动作，心想他刚刚还直接喝，现在这么多此一举，也不嫌麻烦。

下一秒，谈野直接把杯子递给了他。

江然喝了一小口啤酒，谈野问：“怎么样？”

江然抿抿嘴，喝了几口水才缓过来：“不好喝，苦。”

谈野被他皱紧的脸逗笑。

纸条

Zhi Tiao

IV

第四章

Chapter 04

回到学校后，江然和班里同学的关系又亲近了不少。

袁丁的成绩在班里属于中下游，但他一直自得其乐，自从知道江然成绩很差后，比江然还着急。

所以一看到江然在发呆，他就出声提醒："江然，你今天的题目做了吗？"

江然回过神："你要抄吗？"

袁丁恨铁不成钢："我写完了，我是担心你没写完。我们学院非常严格，除了期末考，还有期中考，你知道吗？"

江然迟钝地点点头："知道。"之前宋桥和他说过。

说到班长宋桥，江然觉得他真是一个很神奇的人，他独来独往，似乎和男生女生交往都不深，就连袁丁都不知道宋桥的很多事情。

袁丁羡慕地看着他："你长着这么张脸，不能成绩差。"

江然：……

他正要拿作业出来写，突然被按住。

谈野不知道什么时候从外面进来："袁丁，你的乌龟跑了，还不赶紧去找。"

袁丁慌慌张张地转身检查："啊，什么？"

江然明明看到小乌龟还在石头上趴着，他小声问谈野："你干什么要骗他？"

谈野没回答，他坐下来，漫不经心地说："江然。"

江然"嗯"了一声："怎么了？"

谈野问："你的成绩从小到大一直这样？"

江然回想了一下："也不是，好像小学我还拿过奖状，上初中后成绩就开始下滑，然后就……”

说起来还怪羞愧的。

谈野摸了摸下巴，若有所思。

袁丁逗弄了小乌龟几下，回头控诉他：“谈哥你也太会骗人了，还是不是兄弟。”

他正要再理论几句，上课铃响了。

等教室里安静下来时，谈野才转向江然，一字一顿道：“没人告诉你，你的学习方法不对？”

江然一愣：“没人跟我说过。”

谈野皱眉，声音沉了沉：“真的？”

江然认真解释：“我初高中时一星期有七八节其他课程，比如马术一类的，语文、数学课什么的只占一半，英语课最多。”

所以他英语最好，虽然这个好和其他人比起来也只是一般。

谈野皱了皱眉，心道江然的父母真的是一点都不上心，但凡父母多留心，都会发现这种情况不正常。

“我都没生气，你生气做什么？”江然看着他，“你生气的样子凶巴巴的。”

谈野冲他龇牙咧嘴，江然不知道为什么觉得很好笑。

看江然笑得这么开心，谈野倒觉得神奇，他手指在桌上叩了叩，咳嗽几声：“你现在是我的同桌，我自然要负责你的成绩。”

江然诧异：“这么好？”

前面的袁丁也回头：“谈哥你怎么这么好？那我呢，我是你前桌的同桌，你也负责——”

他被谈野一巴掌推了回去：“负责把你打一顿，你看行不行？”

江然笑得更欢了，谈野自己也笑起来，又很快收敛了表情，对江然说：“做我的同桌，不能成绩差。”

江然点头：“我也不想。”

这节课是大学物理课，物理老师还没来，物理课代表把作业发了下去，是打乱顺序发的，方便同学们互相批改。

谈野的作业一向是班上同学比较喜欢的，因为基本全对，可以不用订正。

江然拿的是一个他不认识的女生的作业。

姗姗来迟的孟白日拿到了江然的作业本，上面字迹工整，他顿时觉得赏心悦目，回头拍胸脯保证："江然你放心，我保证给你把答案都订正好。"

江然笑了一下："谢谢。"

谈野趴在桌上，伸长胳膊从孟白日的另一边把作业换了过来，动作迅速，不过一两秒。

等孟白日许下保证后回头，却看到作业本上满是不知道谁的狗爬字，顿时怒火中烧："谁换了我的作业本？"

江然压低声音对谈野说："你赶紧还回去。"

谈野抬起眼皮，冷声问："怎么，你想让他给你订正？"

刚好物理老师走进来，听见孟白日大大咧咧的叫声，立刻瞪了他一眼："孟白日，现在已经上课了！"

谈野一脸淡定，江然见他真没还回去的意思就没管了，反正都是换作业改，谁改都一样。

物理老师把答案写在黑板上，江然才刚对完答案写上去，就见他桌上又放了一本作业，上面的选择题都是正确的。

谈野十分强硬："你改这个。"

"你又把谁的作业拿过来了？"江然下意识问，他看了一眼上面的名字，居然是谈野自己的。

谈野把江然原来拿的作业本传到了别处去。

江然这还是第一次拿到谈野认真写的作业，他翻到后面的大题，发现字漂亮归漂亮，但有点太草了，步骤也很简洁，几乎没有废话。

江然好奇地问："你就不怕老师看不懂你的字吗？"

谈野想了想："看不懂就看不懂呗。"

江然心想成绩好真任性。

两节课下来，江然没有要改的地方，顶多是谈野解题的步骤和老师的不一样，他在旁边补充一下。

他一边觉得很轻松，一边又觉得怅然，这要是他自己的作业就好了。

晚自习前，孟白日飞快地跑进教室，贼兮兮地开口："哎，你们听到消息没有，劲爆新闻啊。"

袁丁正在浇花："什么新闻啊？"

"院长碰到了一对在小树林里谈恋爱的小情侣，不知道两人当时在做什么，那男生异常心虚，看到院长拔腿就跑，两人没跑多远女生就崴脚摔倒了，男生就自己跑了。"孟白日一口气说完。

"这男生也太不靠谱了！"袁丁震惊。

江然也有点惊讶，大学对谈恋爱管得不严，何必反应这么大？

"贴吧上有同学正在直播这件事呢。"孟白日挥了挥手机，"我要去谴责这个男生。"

江然还没看过学校的贴吧。出于好奇，他也打开了手机，点了进去。

学校贴吧里的帖子很多，各种各样的都有，有吐槽食堂的，吐槽学校的，还有卖二手物品的。

首页的第一个帖子就是孟白日说的那个，里面甚至还配了一张打马赛克的照片：一个女生倒在地上，前方是飞奔离开的男生，还有在后面当背景板的院长。

【爆料】我本来在操场上散步，谁知道突然跑过来一对情侣，没跑几步男生就把女朋友一推，自个儿跑了……

底下回复精彩纷呈。

【1L】：这有什么好害怕的？

【2L】：这种男朋友不分手留着过中秋吗？

【3L】：女生应该感谢院长。

江然退出去刷新了一下，看到了另外一个帖子，他疑惑了一下，然后点进去就看到了自己的照片，原来上次在食堂时，大家都是这么猜测谈野的。

看来他在同学们的眼里还真是个凶神恶煞的人，江然叹了口气，怎么觉得他还怪可怜的。

“谈哥厉害啊！”孟白日突然叫出声。

江然：“……怎么了？”

孟白日：“院长刚刚发了最新消息，那男生准备往宿舍楼跑的，撞上谈哥，被他逮住了，然后被拎到院长面前去了。”

江然：……

孟白日十分具有当记者的潜力，他生动形象地总结了所有的信息，仿佛他自己就在现场似的。

江然重新点进首页的那个帖子，回帖已经刷了很多层，他往上翻了翻，就看到了那张照片，拍的是谈野的背影，谈野正单手拽着那个同学。

谈野姗姗来迟，迎接他的是班上男生的调侃：“谈哥，你的传说又加了一件。”

谈野和他们说笑了几句回到自己座位上。

江然也夸他：“你抓到人了，院长有没有表扬你啊？”

“表扬？”谈野随口答，“我做的好事还少吗？”

“听过我的传说没有？”他靠在椅子上，故意问。

“听过。”江然点头，“有打架的，有吵架的，反正都说你是个阎罗王。”

关于谈野的传说有好几个版本，光是袁丁说的和孟白日说的就不一样，更别提今晚在贴吧里看到的那个帖子了。

谈野打断江然的话：“算了，你以后就记着好事。”

江然被他的表情逗笑：“好。”

看不出来谈野还是个挺好面子的人。

自习时，江然苦恼地看着自己眼前的习题册，他觉得自己是不是天生和数字有仇。也不对，应该是自己天生和所有的科目都有仇。

不过想到谈野说他的学习方法不对，江然又有了点信心。

但他自己好像找不到方法，就一直做题，有的时候看到类似的题目会有种“这题我好像见过”的感觉，但是真到了写解题步骤时，又感觉很麻烦，看来是真的要找对的学习方法了。

江然在心里下决定，转头一看，谈野刚才还很精神，现在又趴在桌上睡觉。

怎么人家老睡觉成绩还那么好呢，江然一时之间羡慕不已，没等他转回去，就见谈野忽然睁开眼："偷看我？"

江然默默转回去，写自己的题目，他发现谈野非常自恋，虽然他的确长得很帅。

谈野没再睡，他斜坐着，撑着脸问："你每天都在写题目，一点也不会烦？"

江然实话实说："刚开始会，后来就不会了。"

谈野眯了眯眼，目光落在他手中的试卷上，这种试卷他从来就只随便勾个选择题，江然却写得很认真。

要是他有这个耐心，写得工工整整，估计张德胜晚上睡觉都会笑醒。

谈野之前说江然的学习方法不对没说假话，像他这样刷题效率根本就不高。

窗外天色昏暗，秋天来临，晚上天黑的时间也开始提前了，张德胜进来监督大家自习。

谈野在桌洞里翻了翻，那里面全是零食，虽然他脾气差，但抵不住女生们对于外貌的追求，还有年少时对"坏学生"的幻想。

谈野长得又帅成绩又好，脾气差点怎么了，不少女生都这么想的，所以贴吧里有时候还会有女生专门开帖说今天在哪儿看到谈野在干什么。

谈野皱着眉把零食都塞给了孟白日他们。

天降零食，孟白日十分开心："哇，谈哥你真好。"

谈野又摸出来一盒布丁，上面还有红色的果酱，颜色很漂亮，他问江然："要不要？"

江然摇头："不要。"

谈野随手又给了孟白日。

江然觉得孟白日没胖起来真是个奇迹，不过他更好奇别的：“别人送给你的，你都给他们，你不喜欢吃吗？”

谈野随口应了一声。

江然想了想，伸手在自己的桌子里摸了一下，拿出来一盒今天傍晚周叔送的奶酪蛋糕。周叔经常给他送吃的，其他的他都放在宿舍里了，蛋糕本来准备晚上饿了吃的。

他低声问：“你要不要尝尝这个？”

话才刚说完，讲台上的张德胜就眼尖看到了：“江然，你和谈野在说什么悄悄话呢？”

全班同学立刻扭过头看，江然第一次碰见这样的情况，耳根子都红透了，他把奶酪蛋糕往谈野那边一塞，低头看自己的桌子。

他以前上自习从来不这样的。

张德胜站在讲台上，调侃道：“还送礼物呢，谈野，你以前和同学的关系那么差，这次碰上一个好同桌，你还不谢谢人家。”

教室里安安静静的，忍不住的同学趁老师没看自己，偷偷拿手机出来发帖子，这事太好玩了，发到贴吧上肯定被笑死。

一向桀骜的谈野说：“对哦，谢谢同桌。”

江然这下脸更红了。

坐在前面的孟白日和袁丁对视一眼，一边差点笑喷，一边又在想谈野什么时候这么听话了。

“好了，继续自习吧。”张德胜咳嗽一声。

吃瓜的同学们只好装模作样地坐好，谁知张德胜又突然开口：“谈野，你学习这么好，平时又没什么事，同学之间互相帮助，江然今天都给你送东西了，作为同桌你就没点表示？”

班上同学都支起耳朵偷听，谈野非常自然地点头：“有道理。”

谈野转向江然，说：“晚上放学别走。”

班上同学睁大眼睛，确定自己听到的是“晚上放学别走”没错，莫名有种约架的感觉。

江然一愣，不过他倒是没有想到另外一层意思，而是非常开心地答："好啊。"

谈野成绩这么好，平时大部分时间要么不在教室，要么在睡觉，他有时候想问问题也不方便打扰。要是有谈野教他，成绩肯定能提上来。放学后也没关系，只要不熬夜就行。

全班同学：……

为什么有一种很奇怪的感觉。

袁丁偷偷侧过身体，看了看后面表情各异的两个人，也感觉有点蒙。

"谈哥真要教？"孟白日小声问。

"既然说了，那还能是假的不成？"袁丁回，"但是现在我也不清楚了。"

"围观一下就知道了。"孟白日说。

张德胜也没想到自己居然能说动谈野，一时之间非常自豪，不过欣慰之余，他仔细想了想，又觉得不太好："晚上还是算了，该休息的时候还是要休息，其他业余时间可以利用起来。"

江然、谈野：……

那刚刚说的不都是废话吗？

早在几分钟前，贴吧里多了个帖子。

【爆料】我刚从我朋友那儿得到了一个新情报，隔壁班老师发现谈野和新同桌上课讲悄悄话，还送礼物？

【1L】：无中生友系列。

【2L】：楼主你也太迟了，我都听说了，是同桌送谈野礼物，然后被老师发现了。

【3L】：同桌是被威胁了吧？

【4L】：我现在觉得这位新同桌还是有胆子的，毕竟已经几个星期了，他安然无恙地存活着。

虽然大家在上晚自习，但是玩手机的人不在少数，没多久帖子的回复就上百层了。

原本这瓜快吃完了，可又有一个人冒出来说：刚刚老师让谈野对新同桌表示一下，你们猜他说了什么？哈哈哈，他说晚上放学别走！

一时间帖子里被问号和“哈哈”充斥。

【134L】：看来谈野还是没变。

【135L】：你们就不怕被发现吗？我已经举报了这个帖子，不用谢我。

【136L】：楼上你？！

【137L】：反正我是等着了，看看晚上放学不走的两个人要去哪里。

于是原本沉下去的帖子又被捞了上来，而这次所有人关注的重点都是谈野准备干什么。

等到晚自习结束后，八卦的同学们迅速跑到他们班外面围观，其他被堵在门口的同学一脸茫然。

整个教室的前后门都是人，男生女生都有，仿佛大型追星现场。

班长宋桥推开门：“你们干什么？”

有人问：“不是说谈神让你们班新同学晚上放学别走，他们现在还在里面吗？”

“对啊对啊，他们准备干什么？”

宋桥的太阳穴直跳，他皱着眉回答：“你们来得太迟了，他们早就离开了。”

“什么？！”门口的人瞬间消失得干干净净。

从办公室出来的江然安然无恙地回了自己的座位，把桌子里的零食拿走。

袁丁：“刚刚我估计全院都来围观了。”

孟白日：“没有一百也有九十九吧。”

江然问：“围观什么？”

孟白日想也不想就回答：“当然是来围观谈哥让你放学别走是要做什么。”

“你也想围观？”身后响起声音。

“对啊。”孟白日应道。

等他反应过来这声音是谈野的时候，又赶紧摇头：“不不不，我不围观，我先回去洗澡了！”

他拽着袁丁跑出了教室。

江然觉得太好玩了，转头问：“他们为什么好奇心这么重啊？”

谈野似笑非笑：“所以你不好奇？”

江然十分淡定地点头：“老师的意思都这么清楚了，有什么好奇的。”

谈野低声说：“那可不一定。”

江然蒙蒙地看他，谈野看他呆呆的样子，道：“走了。”

江然跟上：“哦。”

“放学别走”事件最终没人得知发生了什么。

贴吧里有人匿名吐槽之前的楼主放假情报，伤害他们的感情，楼主出来回应，双方吵了起来。

一晃到了星期一，就没多少人记得这事了。

今天是学校固定举行升旗仪式的日子，早读一结束，各个班的同学或零零散散或成群结队地往操场走，然后在自己班级的位置上排队站好。

“还记得上次谈恋爱的那对情侣吗？”孟白日说，“他们前几天就已经分手了，听说女生和男生还不是一个班的。”

当晚女生先被送去了医务室，男生被辅导员批评了一整节晚自习。

女生从医务室回来后，没有先去办公室，而是直接去了男生的教室，非常直接地当着全班同学的面，骂他不是个男人，两个人差点打起来。

袁丁说：“可刺激了，就连老师都没有拦住。”

江然还是第一次听这样的八卦。

江然从操场经过时，站在人群前面的女生都投来目光，他这种书生气的模样，正是女生们最爱看的。

“比他们拍的照片还帅。”

“这么好看的男生居然不在我们班。”

“听说脾气也很好，这才是我对小说里男主的幻想啊，对了，成绩怎么样啊？”

“……”

学校的操场在篮球场边上，被绿色的铁丝网围住，占地面积却是好几个篮球场大。

此时学生们都一排排站在跑道内的绿草地上。绿草地以前种的是真正的草，后来因为维护困难，改成了假草，踩上去也不怕坏。

今天天气很好，阳光明媚，操场的左侧前方是广场，中间交接处是升旗台。

男生个子高，都站在队伍的后排。眼见着快集合完毕了，江然发现谈野还没过来，询问道：“谈野没来吗？”

孟白日答：“还在宿舍吧？”

正说着，后面有个高大的身影走过来。

“谈哥。”

“谈神今天居然来了？”

谈野路过时，其他班的男生主动打招呼。以往的升旗仪式谈野大多数是缺席的，今天不知道怎么过来了，看他站在班级队列的后面，大家一时间还回不过神。

张德胜尤感欣慰，背着手从队伍前面走到后面：“今天全班都到齐了，不错不错。”

谈野刚睡醒，手插在兜里，站在那儿还有点懒洋洋的，偶尔才抬眼看一下。

“你刚起来？”江然问。

“嗯。”谈野从鼻子里哼了一声。

江然又说：“那你还没吃早餐？早上不吃饭对身体不好，宿舍里应该还有吃的。”

谈野忽然抬眼：“吃你的？”

江然说：“你要是喜欢吃就吃。”说完他笑了一下：“我以为你不喜欢吃奶酪蛋糕，那我让周叔多买点。”

谈野说："说得我没钱买一样。"

然后他就看到江然点了点头。

谈野：……

升旗台上，校长和书记已经分别进行了演讲，声音从喇叭里传至操场上空，回旋着散去。

接下来还有学生讲话，江然认认真真地听着。

最近天气开始转凉，江然带了外套进教室，今天出来就穿上了，和周围穿短袖的男生形成鲜明对比，十分突出。

升旗仪式结束后，各班级排着队离开操场，因为没有老师管，有些人就脱离了队伍，到处乱窜，勾肩搭背。

江然仍很老实地跟在班级的队伍后面。

走到操场的出口时，一个站在那里的男生突然走到他旁边："你是不是新来的同学啊？"

江然不知道对方是谁，"嗯"了一声。

男生兴致勃勃地问："那天谈野让你晚上放学别走是不是真的，他是不是经常威胁你啊？"

江然看了他一眼："没有。"

"你别怕，谈野再怎么样也是个学生，不能对你怎么样的。对了，你是不是学习不好，我学习其实还不错，平时也有空，我可以教你。"男生说，"只要你把谈野平时做的事拍——"

"拍什么？"谈野忽然从后面走过来。

谈野声音很大，个子也比那个男生高出一截，男生吓得往后退了一步。谈野嗤笑一声："看来你学习不错，今晚放学你就别走了，交流一下。"

旁边还没走的同学大气都不敢出。

江然本来想阻止的，但想到刚才对方说的要拍什么，肯定不是什么好事情。

他拉了拉谈野，上前问男生："你说你成绩好，每次考试都考第一吗？"

男生：……

江然又问："你上次排名多少？"

男生：……

旁边有认识的人帮忙回答："班里四十来名吧。"

他们班总共五十多个人，这样的成绩属于中等偏下的。

虽然江然自己成绩差，但不知道为什么就是有种很骄傲的感觉，他道："你教别人吧，我不用你教。"

他说完又补充道："谈野比你厉害多了。"

周围的同学将他们来来回回打量几遍，没人反驳，谁都知道谈野的成绩一向最好。

谈野微微低头，轻笑道："突然夸我干什么呢？"

江然认真地说："想你教我。"

不少围观的学生听到这话，下意识觉得江然在做梦，想让大名鼎鼎的凶神教他学习，和指望星期一放假差不多，而且居然这么直接？

没想到谈野问："多想？"

孟白日催促道："谈哥，快上课了，赶紧回去再问吧，这一节可是老张的课！"

话音刚落，他就收到了一记冷眼。

"就是很想。"江然一边转身准备走，一边回答，"你成绩这么好，当然想你教我了，不过先回去上课吧。"

两个人一前一后离开操场，临走前，谈野又看了一眼那个男生。

袁丁偷偷问孟白日："哎，刚刚什么情况？"

孟白日和他说了一下，两个人齐齐看向那个挑事儿的男生，对方脸色阴翳，不知道在想什么坏事。

孟白日上前道："今天谈哥心情好，下次就没这么简单了。"

袁丁也说："有这么多心思，多用在学习上，就不至于考现在这样的成绩了，想教人，有本事先考到第一。"

孟白日摇头："那他没有机会了。"

两个人一唱一和，一点面子都不给，尤其周围还有不少人围观，最后那个男生忍不住跑了。

走过广场和行政楼，再走一段距离才到教学楼。

"他刚刚想让我拍你，后面的话还没说完，也不知道是想拍什么。"江然说。

"不用搭理。"谈野冷声答。

"那你教我吗？"江然转头问。

他刚刚说的时候其实是没有把握的，因为他知道谈野脾气大，班上同学都不怎么和他搭话。

"教——"谈野故意拖长了调子，看他紧张的表情，又继续，"什么？"

江然：……

谈野说："我不教会怎么样？"

江然有点沮丧："不怎么样。"

他还能逼着谈野教自己不成。

谈野轻笑了一声，声音顺着风传进江然的耳朵里："江然，你知道小美人鱼吗？"

江然点头："知道。"

谈野勾唇，懒洋洋地笑："这告诉我们，想要得到一样东西，是要学会付出的。"

江然：……

难道谈野这个大魔王想要他的声音吗？

江然转了转脑瓜子："我可以给你钱，像请家教老师一样。"

付完高尔夫的费用之后，谈野应该很缺钱。江然越想越觉得有可行性，脸上也不由自主带了点笑容。

谈野不悦道："我不卖艺，也不卖身。"

江然愣了一下："你别瞎说，我没有那个意思……"

谈野大笑几声，江然才反应过来，谈野明明知道他是什么意思，却存心逗他，他实在有点恼羞成怒，接下来也不问了。

路过行政楼的时候，江然意外看到了路清徐，他和自己班的同学站在一起打闹，丝毫不像之前在 KTV 时的那样。

江然觉得这事儿应该没那么简单。

路清徐也看到了他，脸色一变，狠狠地瞪了他一眼后就移开视线，快步离开了。

有人问："路清徐，你去哪儿啊？"

路清徐没有回答，他原本对江然的态度一直是高高在上的，因为种种迹象表明，卢敏的儿子是个笨蛋。

之前暑假时，卢敏来家里找路员，看到他时不止一次提到江然，还唉声叹气的。只是他没想到江然看到了自己被威胁的样子，所有的难堪都冒了出来，仿佛公开处刑。

路清徐三两步跑到楼上，站在走廊上往下看，江然和谈野走在一起。

一个小傻子，谈野居然还不发脾气。

晚自习时，江然写了几道题后，不由自主地看向身旁的谈野。

谈野正拿着笔在转，偶尔在本子上写一下，做题速度刷刷的，看得江然又震惊又羡慕。

大概是察觉到江然在看自己，谈野十分嚣张地在一道大题上写了几个步骤，得出了答案，然后问："想学吗？"

江然：……

肯定又要说得付出代价，江然默不作声地转了回去，低头继续写自己的题目。

做了几道题目后，江然又看向谈野，他有点犹豫，摸不准自己还要不要问，因为谈野一直没说同意，也没说不同意。

但是成绩最重要，江然脸皮薄，他想了想，学孟白日传了张纸条给谈野，慢吞吞地往那边送。

谈野偏过头，伸手拿了那张纸条，打开看了后，低笑一声，正准备回复，后门突然被从外面打开——

“晚自习在干什么！”

是巡查老师的声音。

教室里开着空调，后门一直关着，大多数同学都不会看窗外，再加上天黑，有时候也看不见。

巡查老师这么一吆喝，教室里的同学都被吓了一跳，赶紧回头看发生了什么事。

巡查老师背着手大步走到教室里，站在过道上：“谈野，晚自习时间，你刚刚手上拿的什么东西？啊？”

班上同学又都转过去看角落，巡查老师十分严厉：“你们是来学习的，要是不想学就回家去。”

江然第一次被训得这么厉害，脸都白了一分，他微低着头，抿紧了唇，没有辩驳。

谈野站起来：“老师说完了没？”

巡查老师没他高，矮胖矮胖的，他一站起来，就把江然挡严实了。

说话间，张德胜也从后门进来了，他扬声打断：“发生了什么事？”

巡查老师被打了个岔，忘了自己刚刚说到哪儿了，便说：“你自己看看，他们两个晚自习不仅说话，还传纸条，这是晚自习该做的事吗？”

张德胜瞄了眼高高的谈野，他也没谈野高，然后尽量用平和的语气说道：“谈野你站着干什么，先坐下先坐下。”

等人坐下了，张德胜又说：“有话要说不能回宿舍再说，非要急着这一刻？”

江然正要道歉，却听到谈野的声音：“当然急了，非常急的事。”

“你这什么态度！”巡查老师被气得不行，“谈野，你是不是还想休学？”

谈野的脸色沉了沉，脸上的不悦转瞬即逝：“我实话实说，您耽误我这么久时间，我都可以做十道题了。”

巡查老师的鼻子差点被气歪，他指了指谈野：“我倒要看看什么事这么急！”

他伸手把桌上的纸条拿了过来，谈野没阻止他，懒洋洋地靠在桌子上。

巡查老师打开一看，表情一下子就僵住了。

张德胜察觉不对劲，凑过去要看：“这上面写了什么啊？”

巡查老师脸上红白交加，直接把纸条往桌上一拍，转过身快步离开了，关后门时发出好大一声响。

班上的同学不明所以，张德胜看清了纸条上面两行不同笔迹的字，一下子就明白了巡查老师为什么离开。

他咳嗽一声，说：“谈野，你就不能给我省点事，别整天无法无天的，刚刚直接说，不就没事了？”

张德胜这么一说，同学们都心痒难耐，更好奇纸条上写了什么东西。

张德胜瞪了一眼谈野，又转向江然，道：“江然，你引出来的事，今晚下自习留在这儿多做十道题，什么时候做完什么时候回去！”

江然睁大眼，这得好长时间才能做完呢，他悄悄看向谈野。

张德胜眼尖地捕捉到他的小动作：“你看谈野干什么，看他也没用，他救不了你，他也得留下来，做一百道题！”

本来同学们是同情江然的，结果班主任这么一说，全都忍不住笑了起来。

张德胜冷眼扫视全班同学：“都笑什么啊，你们是作业太少了？”

同学们赶紧低头。

等张德胜离开后，后门重新关上，班里顿时炸开了锅。

“哈哈哈，一百道题！”

“我敢打包票，刚刚谈哥肯定也难以置信，十道题和一百道题，老张是不是江然的亲戚？”

“一百道题也不用多长时间吧，写英语题目的话就比较容易了。”

江然摸了摸额头，他还真没有遇到过这样的事情。

他自己倒是无所谓，就是还连累谈野也跟着受罚。想到刚刚的情况，江然从头到脚都觉得羞耻。

十道题，他写十道题的速度不一定比谈野写一百道题的速度快。虽然这样说有点夸张，但江然还是非常相信谈野的成绩的，对自己的笨更是深有体会。

谈野看江然低着头不说话，以为他难以接受当众被训，便问："哭什么？"

江然以为谈野不是在和自己说话，毕竟他又没哭。

直到谈野又问了一遍，他才反应过来，他"啊"了一声，有点茫然地抬头："我没哭……"

他才不会因为这种事哭。

江然很少哭，就算卢敏说了什么不好的话，他也习惯了。

谈野：……

好不容易关心一次还闹了个乌龙。

谈野一时间觉得自己多管闲事了，他哼了一声，坐正身子，心想自己真是太闲了。

江然以为他生气了，小声道歉："对不起，我不应该晚自习给你传纸条的。"

江然有点怅然，特别是想到孟白日和袁丁传了无数次纸条，从没被抓到，看来他不适合开小差。

谈野转头，玩味地看着他："一百道题，哎，你说我今晚是不是要累死在这儿了。"

江然抿唇："我下课去和老师说。"

谈野撑着手肘："然后老张又给我加一百道题？"

江然：……

突然觉得非常有可能。

下课后，和谈野关系好的男生全围了过来。

孟白日直接把自己的椅子转过来背对黑板，他一脸好奇地问道："谈哥，你到底写了什么，纸条上有什么啊，把巡查老师气成这个样子？

"巡查老师的脸就差没冒火了。

“我还是第一次看到他这个样子，而且不只是生气吧，更像是觉得自己污蔑人被打脸了。

“晚上真留下来做题吗？”

王犇说：“老张每天晚上都回去得很准时，要带娃，怎么可能留在这里看着。”

谈野没开口，同学们已经议论开了。

袁丁就和他们不一样了，他偷偷问江然：“你传的纸条，你写了什么啊？”

江然犹豫地说：“没写什么。”

袁丁不信：“没写什么巡查老师能气成这样，你和我说实话，我保证不告诉别人。”

江然坚持说：“真的没写什么。”

袁丁激他：“江然，你不把我当兄弟。”

江然回忆了一下：“我就写了想让谈野有空的时候教我做题。”

后面还有半句话，但他没说出来。他当时犹豫了好久，在后面加了一句，问谈野想要什么。

袁丁睁大眼睛：“就没了？”

旁边一直竖着耳朵偷听的同学也惊讶道：“就这么简单？”

难道是巡查老师以为他们开小差，实际上发现他们只是想学习，所以才恼羞成怒地离开？这样解释好像也很合理。

孟白日问：“谈哥，真的假的？”

谈野往后靠在椅子上，面对众人的目光，挑了挑眉：“你猜。”

孟白日无语了一会儿：“我不猜，你给我看看纸条就可以了！”

说着他开始在桌上找纸条，当时巡查老师直接把纸条拍在了桌子上，但是现在桌上除了有些乱的书和试卷外，压根没有纸条。

江然也想看纸条，但也没看到。

大家围观了一会儿，见什么劲爆消息都没有，又各自散去了。

等人都离开后，江然才轻声问：“纸条呢？”

谈野漫不经心地答：“扔了。”

江然愣了一下，然后点点头。

他之前看谈野在上面写了什么东西，以为是什么重要的话，现在看来应该不重要。

谈野："你就不想看？"

江然："你不是扔了吗？"

谈野：……

第二节晚自习下课后，江然去了办公室，想找张德胜问问题，没想到张德胜不在。

江然决定回去，刚走出办公室没几步，身后就传来喊声："江然！"

江然回头，看到路清徐站在阴影里，只露出不太清晰的一半身体和脸。

路清徐说："我有事要问你。"

江然没说话。

路清徐从楼梯走上来，离他更近了一点，压低声音说："那天你看到什么了？"

他还是心存侥幸。

其实路清徐不怎么清楚江家的事，也不知道为什么卢敏这么不喜欢江然，仅仅是因为笨的话，似乎又不太对。他之前偷听卢敏和路员说话，好像是和江然的父亲有关，不过具体的卢敏似乎不太想说。

江然并没有开口，本来路清徐不说，他都快忘了，现在被这么一提醒才想起来，他看了看路清徐。

路清徐捕捉到他的目光，咬牙切齿道："你如果敢把那件事说出去，我不保证会发生什么。"

江然这才知道他是来警告自己的，他虽然迟钝，但不至于太傻："你的事情和我有什么关系，我不想理你。"

路清徐说："你妈一直想嫁给我爸，你说如果我说了什么后她嫁不成了，她会做什么，我可不知道。"

江然疑惑地看着他："嫁不成？"

路清徐露出一个笑容，然后听见江然说："我本来就不喜欢你们，嫁不成最好，你们都离开我家。"

江然第一次看见路员的时候觉得还好，虽然卢敏说路员的家境一般，但是他不干涉卢敏的选择。

直到时间久了，路清徐被带来家里吃饭。

当天江然从学校回家就发现自己的房间有人进去过，还少了一样东西。江然去楼下问，却被路员三言两语挡了回来，最终还是路员替路清徐道了歉，但东西没还回来。

"对了。"江然想起来，"你以前拿了我的东西，希望你赶紧还给我，不然我就把事情说出去。"

说完江然就快步离开了。

江然迎面撞上从厕所回来的宋桥，宋桥看了眼楼梯口，问："刚刚和你说话的是外班的男生吗？"

江然"嗯"了一声："以前认识的人。"

宋桥倒是没想到江然在这里还有认识的人，不过他也没看清对方是谁，只看到两个人离得还挺近，他点点头回了教室。

江然回教室后看到谈野趴在桌上睡觉，放轻了脚步。

他莫名想起孟白日之前吐槽的一些人，嘴上说着不学习出去玩，实际上熬夜奋战考试。

谈野应该不至于这样吧？

江然的确没看到过谈野熬夜，晚上睡觉就数他最准时，他们宿舍有他在，熄灯后大家说话的次数都很少。

他要是有谈野这么聪明就好了。

袁丁和孟白日去了趟小超市，回来时两人手上拿着一堆零食。

孟白日买了一袋薯片和一袋棉花糖，回来看到谈野在睡觉，江然在看书，想了想，就把棉花糖放在桌上："安慰安慰两位。"

薯片是他的最爱，他舍不得拱手让人，这袋棉花糖是他顺便买了准备送给女生的……

塑料袋的声音很脆，一下子就把谈野弄醒了。

谈野掀了掀眼皮，盯着棉花糖出神，他忽然看向旁边的江然。

江然连忙摇头："我不吃，你吃吧。"

不过他没想到谈野居然喜欢吃棉花糖，看来就算是脾气暴躁的人，也可能喜欢吃甜食。想起奶酪蛋糕，他更确定了。

角落里安静了几秒，谈野将棉花糖包装拆开，里面的棉花糖是用一个个小袋子分开装的。

江然腿上突然被扔了个东西，他低头一看，是棉花糖袋子，里面就剩三颗糖了。

他转过头看了眼谈野，谈野道："给你的。"

江然犹豫了好一会儿，才小幅度地点点头，他撕开橡皮大的棉花糖，慢吞吞地吃完，然后才发现空空的袋子底部有一个纸团。

江然惊讶了一下，拿出来打开，没想到居然是他第一节晚自习传的那张纸条，上面多了一句话——这么说，你什么要求都敢答应？

江然的第一反应是谈野应该算答应了！

但他随即又皱了皱眉，想这句话到底是什么意思，难道还有什么过分的要求不成？

江然抵抗不住诱惑，问道："那你想提什么要求？"

他也想不到自己有什么可以给谈野的，他除了有点钱，似乎也没什么别的东西了。

谈野的嘴角往上扬了扬，江然的心思太好猜了。

谈野没有直接回答，而是撑着脸靠在桌上，另一只手屈指在桌上点了点。

江然往旁边看，心想他怎么还不回答。他也不敢催促，直到后门外传来同学的声音："江然，班主任找你。"

江然噌的一下站了起来，抬头就看到张德胜在外面对他招手。

江然这才愣愣地出去。

张德胜叫他："江然。"

江然应了一声。

张德胜问："你来咱们班也差不多半个多月了，对这里还习惯吗？"

江然回答说："老师很好，同学也很好，没有哪里不习惯。"

虽然是随大流的话，但张德胜听着就觉得是真的，笑呵呵地问："要是宿舍住不习惯，可以给你办走读，不过要你家长过来签字。"

江然连忙摇头："不用了，宿舍挺好的。"

他不想走读，更不想卢敏过来签字。

张德胜点点头："最近学习上面跟得上吗？"

江然实话实说："比以前的难很多，不过老师讲得很详细，我觉得更好。"

张德胜随口提了一句："上次安排你坐在谈野旁边是因为只有一个空位了，现在你和班上同学也熟悉了，我在想要不要给你换个位置。"

虽然江然的成绩不好，但他学习态度好，好学敢问，老师就算恨铁不成钢也生不起气来。

江然一愣，问："换座位？"

"对。"张德胜狠狠一点头，"你和谈野坐在一起有点不适合，可能会影响你学习，你看班长怎么样？"

宋桥是他们所有老师眼中的好学生，他脾气好，学习态度又端正，成绩比谈野差一点，但也是第二。

袁丁想出门打水，刚走到门口就听到了这个劲爆的消息，连忙退了回来。

有史以来第一位主动要换座位的同学！

他回头看了一眼谈野，对方表情有点吓人，看来谈野也好巧不巧地听见了。

袁丁咽了咽口水，他和谈野关系不错，自然早已摸清对方生气时是什么样子。

孟白日吃了片薯片，含糊不清道："江然默不作声的，就提了这么个要求，难道是被巡查老师吓的？"

袁丁却不赞同："江然不是这样的人，你别瞎说，指不定这是老张提的。"

他和江然平时在一起的时间比较多，对江然的了解也比孟白日深。

说话间，教室后门被重新打开，江然坐回了自己的位置上。

江然还不知道发生了什么，只是看孟白日频频回头看他，他以为哪里不对劲，低头看衣服，衣服也没穿反。

旁边突然传来“刺啦”一声响，江然一转头，看到谈野似乎把习题本戳破了，留下好大一条破口。

“看什么看？”谈野阴沉地问。

他刻意把声音压得很低，似乎有点咬牙切齿，听得江然眼皮子直跳，又想起刚见面时谈野的样子。

犹豫半天，江然还是问：“你怎么了？”

谈野垂眼瞧他：“关你什么事。”

江然感觉出他在生气，他对别人的情绪一向很敏感，也许是天性使然。但他不知道谈野为什么生气，只能猜测是不是自己提的那个问题不好：“我就是问问，你别生气。”

如果真的不愿意就算了。

他扭过头抚了抚试卷。

过了一会儿，耳边突然传来声音：“坐宋桥边上是不是更好学习啊？”

江然耳朵一动，问：“什么宋桥？”

他恍然大悟，难道谈野知道张老师提换座位的事情了？

江然看向他，想了一下，认真解释：“张老师是提了换座位这件事，但我没有同意，你怎么知道的？”

谈野哼了一声，没回答。

江然也不在意，开口：“我没有和班主任说你不好，你不要误会。”

其实他还夸了谈野，但他不好意思说出来。

“今天还有十道题没做完呢。”江然从桌上选出来一张英语试卷，要是做十道数学题，可能今晚都做不完。

江然做完一道题，正抬起头准备看看谈野是不是在认真做题，就看到谈野撑着手看着他这边。

谈野故意说："又抓到你偷看我。"

江然噎了一下："我只是看看你在不在写题目，张老师说了要做一百道题，你要是做不完……"

谈野凑过来："你担心啊？"

江然下意识地往后一靠，整个后背抵在墙上："你别这样。"

"问你话呢。"谈野挑了挑眉，"对了，我今晚还是因为你受罚的，你怎么补偿？"

江然说："我不是故意的。"

他也没想到张德胜会让谈野做一百道题，听起来很多，但他觉得对谈野来说应该是没有困难的。

不过再怎么说也是因为自己，江然想了想："这样吧，明天我去和张老师解释，他不会怪你的……"

谈野没回答，江然见他不说话，以为他还是不高兴，出声道："要是你不想的话，我帮你把题目做了……"

谈野鼻子里哼了一声，随手拿了一本习题册出来。

江然见他不回答，也只好做自己的题。

做十道英语题的难度不高，他一会儿就做完了，江然又看向旁边，瞥到谈野手里拿的是物理习题册，他愣了一下，忍不住出声："你这样要写到什么时候？"

谈野头也不抬："你管我！"

说完他又突然扔了笔："不写了。"

江然被他突如其来的动作吓一跳，他总感觉谈野今晚不太对劲。

江然和谈野回宿舍有些晚，回到宿舍后，距离熄灯就剩五分钟了。

孟白日已经躺在床上了，看到两个人回来，赶紧坐起来："我和宿管阿姨说了，我们寝室可以迟点熄灯。"

江然小声对谈野说："你先去洗澡吧。"

谈野都没回答，拿着自己的衣服就钻进了卫生间。

“怎么谈哥看起来不太对啊，江然你们咋了？”孟白日趴在床边上问，“是不是吵架了？”

“没有啊。”江然坐在自己的椅子上，“没吵架。”

孟白日笑了笑：“江然，那你做完十道题了没？”

江然这下笑起来：“做完啦。”

听见他扬起来的声音，孟白日忍不住拍床沿笑：“江然，你也太可爱了！”

可能是孟白日的笑声太大，卫生间门开了，谈野从里面出来，突然冷哼了一声。

孟白日吓得一哆嗦，直觉谈野是冲他来的，看谈野又拿了样东西进去，才松了口气。

他嘀咕道：“谈哥今晚火气这么大。”

江然自己也摸不着头脑，等谈野从卫生间出来，便进去洗澡。出来的时候其他三个人都在床上了，江然默不作声把灯关了，然后爬到床上睡觉。

没过几分钟，宿舍门被打开，宿管阿姨对了对人数，点完名才把门关上，孟白日跳下去把门锁上了。

黑暗中，宿舍里只有各自的呼吸声。

谈野躺在床上，睁眼看着黑漆漆的天花板，一点睡意都没有。他偏过头，侧躺着，阳台上有光隔着玻璃门落进来，洒在地板上。

谈野闭上眼，内心渐渐平静下来。

第二天清晨，孟白日第一次醒得格外早，他睁眼打了个呵欠，下床磨磨蹭蹭地准备去洗漱，看到卫生间里开着灯，下意识地开口：“江然你又起这么——”

门“唰”的一下打开，谈野面无表情地走出来。

孟白日：……

他揉了揉眼，又打了个呵欠：“谈哥你今天起这么早啊，我还以为是江然呢。”

谈野“嗯”了一声，从他旁边走开进了阳台，孟白日回头看了一眼，莫名其妙地进了卫生间。

江然是第三个起来的，他坐起来的时候，刚好看到谈野从阳台进来，他打招呼：“谈野，你也起来了啊。”

谈野望向他，江然的头发有点乱，还有几根头发翘了起来，配合那张人畜无害的脸，着实非常乖。

谈野随口应了一声。

江然见他不怎么搭理自己，还有点失落，他对这种事情很敏感。难道谈野开始讨厌他了？

过了几秒，谈野又忍不住抬头，声音有点粗：“你头发翘起来了。”

江然蒙蒙地点头：“哦。”

他伸手按了按，可能是翘了一夜的缘故，按了几下根本没什么效果，还是有两根短一点的头发翘在那里。

江然下床对着镜子看了看，觉得很别扭，但是怎么按都没用，就只能随它去了。

“江然，你这什么发型，昨晚睡觉姿势不好吧。”袁丁起床后就忍不住笑，“翘起来还怪好看的哈哈。”

谈野扫了袁丁一眼。

袁丁的笑声戛然而止，他摸了摸脸，赶紧遁走：“我去洗脸刷牙了……”

他和孟白日挤在卫生间里：“你有没有觉得谈哥今天不对劲？”

孟白日道：“你也发现了啊，他浑身冷飕飕的，就像别人欠了他百八十万似的。”

两个人对视一眼，又齐齐摇头。

通常情况下他们是四个人一起去食堂，然后去上课，也许是察觉到今天气氛不对，孟白日早早就拉着袁丁先走了，留下江然和谈野一起。

路上三三两两的都是去上课的人。

江然的腿没谈野长，步子就比他小，走了几步就落在了谈野后面，他也不敢出声，只能默默加快步子。

谈野走在前面，没见到人，回头一看江然在后面，顿时语气不好："你怎么这么慢？"

江然说："我走路没你快……"

谈野："那你不知道提醒我？"

江然被凶得莫名其妙，轻声开口："我感觉你好像生气了，你要是不想等我，你先走吧。"

他这么一说，谈野的脸色更沉了，不过谈野还是放慢了速度，一直到进了食堂。

江然喜欢吃食堂里的油条豆浆，以前他家里早上没有这些，所以感觉像是突然尝到了什么美味一样。

现在他被按在椅子上，谈野全都给他买好了。

谈野沉声吩咐："吃！"

江然也不懂他怎么了，说了声谢谢，又问："你今天早上怎么起这么早啊？"

谈野一向是最后一个或者是倒数第二个起来的。

没想到他这么一问，谈野脸就黑了，他把泡在豆浆里的油条往江然嘴里一塞："吃你的油条，哪儿来那么多问题。"

江然一脸蒙，赶紧把油条接住。

谈野看他手忙脚乱的模样，心情突然就好了，笑了一声："好吃你就多吃点。"

江然：……

他含糊不清地应了一声。

桌上静默了几秒，江然又说："还有十几分钟才上课，不用着急，我们今天早上比平常早起了五分钟。"

谈野看他絮絮叨叨，心里更觉得怪异。

谈野揉了揉头发，整个人心里都是乱的，他想出去打会儿篮球，又不想丢下江然一个人走。

吃完早餐后，江然和谈野一起去教室。

袁丁大概是昨晚没睡好，早读一直在打瞌睡，每次都差点磕到江然的桌上。

江然没办法，只能在他快磕到的时候伸手垫一下。

谈野瞅了半天，在袁丁又一次要磕到的时候，直接伸手把他推了起来。

袁丁懵懵懂懂地睁眼："怎么了怎么了？"

谈野收回手："早读还睡觉，你想上天？"

袁丁：……

袁丁彻底清醒了。

江然收回手揉了揉，就听见谈野的声音："你就不能叫醒他？"

纷杂的朗读声夹碎了说话声，江然点点头："下次知道了。"

江然很认真地读单词，他读单词的速度不快，他以前的英语老师是一个英国人，有点胖，说话很可爱，说英语时也带着调子。他跟这个老师学了两年时间，很喜欢他，所以口音也和他很相似。

这种调调放在大人身上会很好玩，在一个学生身上就显得十分突出，和江然这张脸给人的感觉似乎不太一样，又莫名贴合。

江然的声音轻轻柔柔的，让人打心底就想继续往下听。

谈野听了一会儿终于回过神，他呼出一口气，抽走了江然手里的书："你这样不行。"

江然疑惑："哪里不行？"

谈野故作正经："抽查，我问你，你回答。"

江然愣了一下，转而以为谈野是开始教他了，不由得高兴起来："好。"

英语老师王玉文中途过来巡视，不住地点头，尤其是听到江然的发音时，更觉得满意。

谈野是她带的学生里最桀骜不驯的，平时上课能好好听就已经是奇迹了，没想到竟然还好好地背起了书，现在看来，还真是转性了。

早读还剩几分钟，谈野看着江然眼巴巴的模样，把书放回他桌上："看我干什么，看你的书。"

江然小声问："你是不是答应教我了？"

声音太吵，谈野没听清："你说什么？"

怕他这次还听不见，江然靠近了一点，又重复一遍刚刚的话，声音很轻，又很好听。

江然笑了一下："你不要老生气，今天谢谢你。"

谈野抬了抬下巴，哼了一声。

江然觉得他这样特别好玩，和往常不一样，别人觉得谈野很凶，他觉得谈野很好啊，应该是他们都不熟悉谈野才这样想的。

早读刚结束，外班的同学就把谈野叫走了。

袁丁转过头来问："江然，之前我听到你俩在说话，谈哥真给你把关了？"

江然说："对，他抽查我的单词。"

"他以前怎么没这么好心。"袁丁嘀咕了一句，又鼓励道，"那你成绩提高指日可待。"

江然兴奋起来："我也觉得。"

接下来的几天，谈野的确开始指点他了，写作业或者上课的时候经常提醒他哪里不对。

江然很听他的话，学习劲头特别足。

谈野平时很懒散，不是出去玩就是在睡觉，被江然这么一缠上，下课时间都在不停地回答江然的问题。

谈野兴致勃勃地教了两天，终于忍不住了，按住江然的书："你这样不累？"

江然睁大眼睛："还好啊。"

谈野眼神很凶："不行，以后你得听我的，我说什么时候学就什么时候学！"

江然呆了一下，犹豫道："好吧。"

谈野不悦："你还委屈？"

江然认真答："没有。"

谈野觉得自己和江然说不出什么花来，他发现江然就没有生气的时候，只要一提到学习江然就浑身是劲儿，其他的基本都不放在心上。

江然看着他："那你说什么时候。"

谈野想了想，没想到合适的时间："急什么急，等我想好了再说。"

江然"哦"了一声，又说："那你快点想呀。"

谈野很不喜欢别人催他，但是江然催他，他一点也不觉得有问题，反而还点了点头。

周末两天，谈野总结了一下江然的问题，林林总总列了好长一大串。

江然星期一看到的时候有点蒙，又有点羞愧，居然有这么多问题。

看他低着头，谈野又把纸全都卷起来，敲敲他的脑袋："我随便列的，你看了也没什么用。"

江然摸了摸自己的头："哦。"

小同桌
My classmate

礼物

LiWu

V

第五章

Chapter 05

中秋小长假如期而至，拖动行李箱的声音回荡在整个校园内。

江然先回了宿舍，宿舍里开着灯，浴室里还有水声，应该是谈野打完球回来正在洗澡。

刚想着，浴室门突然被打开，谈野围着浴巾出来，看到门口的江然吓了一跳："你什么时候回来的？"

幸好他刚刚没有直接出来。

江然说："刚回来。"

谈野背过去，随手从床上扯了件衣服套上。

江然问："我待会儿要回家了，你要回家吗？"

谈野说："我家不在这里。"

江然"哦"了一声："那你就待在学校吗？"

谈野也不知道怎么想的，回了一句："我无家可归！"

江然想了一下，犹豫着问出口："那你……"

谈野眉眼一瞪："我怎么了？"

"不是，我是问你。"江然停顿一下，"你要不要去我家，我妈妈今晚不在家里。"

周叔之前打电话和他提了这件事，卢敏估计又和路员约会去了，晚上也不会回来。

谈野嗤笑："都多大了还叫妈妈。"

江然问："有什么问题吗？"

谈野低笑了一声："是你当然没问题。"

江然被他笑得莫名其妙，但又觉得不好意思。

谈野又想到江然刚才的提议，第一反应是拒绝，不过看到江然清亮的眼眸，话到了嘴边突然改了口：“去你家？”

江然点头：“要是不想去，那就算了吧。”

谈野立马说：“去！”

江然呆了呆，笑了一下：“好啊，那你快收拾，我怕周叔在外面等久了。”

两个人从宿舍离开，天色渐晚，但还没有完全黑下来。路过操场时，还有男生在打球。

谈野今天穿的衣服随性慵懒，刚洗过的头发还有点凌乱。回家的女生们看到谈野，嘀嘀咕咕：“谈野今天好帅啊。”

“旁边是他朋友吧，看起来也很帅啊，不过是完全不一样的款。”

“我还是喜欢谈野这样的。”

听到夸奖声，谈野笑容便大了些，手插在兜里，又看了眼身旁的江然，对方一点反应都没有，就跟没听到似的。

谈野：……

现在在学校的学生已经不多了，只有零散的学生还在往外走，临出校门时，谈野突然想到一个问题：“我去你家睡哪儿？”

他对江然家里并没什么了解，只是偶尔听江然提过，不过江然看起来就很有钱，住的地方估计也不差。

江然实话实说：“家里有客房。”

谈野点了点头。

周叔在校门口等着，看到两个人走过来，惊讶了一下，等听完江然解释谈野要去家里做客后，当即笑了：“好。”

江然有朋友可真是太好了。

车上，谈野问江然：“你是独生子？”

江然点头：“对，你不是吗？”

“有个妹妹。”谈野提到这儿，声音顿了顿，又补充，“刚出生没多久，很小。”

提到妹妹，谈野话多了一点：“刚出生的时候很丑，皱巴巴的一团，眼睛都没睁开。”

可是小小的一团，让人舍不得。

江然露出羡慕的表情，谈野以为他也想要一个妹妹，于是说：“我爸妈之前去旅游，把我留在家里，回来的时候就跟我说怀孕了。你要是想要，让你妈再生一个。”

江然摇摇头：“我爸爸已经去世了。”

谈野顿住，他没想到是这样，他很少听江然说起家里的情况。

谈野突然觉得江然太可怜了，想安慰又不知道说些什么，反倒是江然没怎么在意，还反过来安慰谈野。

半小时后，江然家到了。

江家这栋别墅是很早之前买的，准确来说是卢敏和江然生父的婚房，所以卢敏现在很少回来。

江然开门，从里面拿出一双干净的拖鞋：“孙姨估计要等会儿才会回来。”

不出意外的话，孙姨应该是出门去接放学的小孙子了。

家里就江然和谈野两个人，江然给谈野倒了杯水。

谈野打量了一下整个屋子，虽然装修得很温馨，但是此刻有些冷冷清清的。

江然也给自己倒了杯水，他喝了两口，嘴角带了点水珠：“你要不要去楼上看看？”

谈野点头：“去。”

别墅的二楼除却卢敏的房间和客房外，还有江然的房间和最尽头的画室。

江然打开房门：“这是我的房间。”

虽然他平时不回家，但孙姨每天还是会打扫，所以看起来很干净，窗帘半开着，外面的天已经黑了。

谈野一眼看到底，房间里的构造和江然这个人差不多，一眼就能看全，房间很通透整洁，一点也不压抑，和刚才在楼下是不同的感觉。

江然问：“你还要再洗澡吗？”

谈野回过神：“我没带换洗衣服，这怎么办？”

江然指了指衣帽间：“家里有新买的，你可以用。”

谈野顺着他的视线往里看。

说话间，楼下传来动静。

“应该是孙姨回来了。”江然笑了一下，“你是不是还没有吃饭，孙姨做饭很好吃的。”

谈野“嗯”了一声。

江然准备先去洗个澡，然后再下去吃晚饭。他拿了衣服准备进浴室，看到谈野坐在桌前，手上拿着一个小玩意儿正在把玩。

察觉到视线，谈野挑眉：“看我干什么？”

江然连忙摆手。

谈野见他不知所措的样子，笑了起来。

301宿舍有个宿舍群。

袁丁早就到家了，看孟白日在群里报了信，却没看到江然出声，就问：@江然，你到家没？

谈野的手机亮了一下，他伸手拿过来打开，看到这条消息，随手回复。

谈野：到了。

袁丁：我问的是江然，谈哥你凑什么热闹啊，你不是在学校吗？

孟白日：哈哈哈，梦里回家！

谈野双眼眯了眯，胆子不小啊这两个人，一放假就开始随意浪了。

谈野：真不巧，我在江然家里。

袁丁：什么情况！谈哥你什么时候去江然家里了？！

孟白日：骗我们的吧？

谈野：爱信不信。

孟白日盯着这四个字看了许久，才接受这个震惊的消息，还是觉得不敢相信。

虽然这段时间谈野和江然关系不错，但谈野和他们认识了这么久，都还没去过他们家里呢。

孟白日：江然人呢，怎么这么半天都不出来吱个声？

谈野：洗澡。

袁丁：……

孟白日：……

谈野皱眉，这是什么反应。

房间里能听到浴室里传来的微弱的水声，谈野的思绪不由得飘忽了起来。

谈野心想江然洗澡怎么这么慢，他们洗澡可快了，顶多十分钟，快的时候五分钟解决。

果真是小少爷，金贵。

被谈野腹诽的江然还在浴室里洗头，然后又慢吞吞地冲洗，过了会儿才终于停下来，擦干净身体，穿上睡衣去浴室的外间梳头发。

他的浴室建得很大，不仅有个漂亮的大浴缸，就连瓷砖都是江父精心选的。

镜子被雾气遮住，有些模糊。江然随便梳了梳头发就不再弄了，反正在家里，也没别人看到他。

谈野正在房间里走走停停。

这个房间的所有东西都放得很整齐，右边有一整面墙的书架，放着不少名著，书架下方还有各种资料书。

他走过去，随手打开一本，上面都有江然的字迹，估计在家里也做了不少题。

谈野说不上来什么想法，这样的努力和他的成绩却成反比，实在是让人心疼。

谈野又翻了翻，看到最上面一层似乎有一本小学的课本，他个子高，一伸手就拿了下来。

课本上写着江然的名字，方块字，看起来怪可爱的。

谈野眼里忍不住带了点笑意，翻看了几页，没多久就从里面翻到了一张被叠起来的奖状。

奖状不大，而且因为年份早，已经有些变色。而获奖者那里，写着江然的名字。

这份奖状被工工整整地夹在课本里，没有一点脏乱的痕迹，看得谈野心跳都停了一拍。

尤其是江然之前提过一次，他小学成绩不错。

谈野得过的奖状和奖品数都数不清，第一次获奖还会激动，后面就不怎么在意了，收到就往包里一塞，往往回家后奖状都皱成了一团，只有家里的老人和父母才会帮忙收着。

江然太努力了，而他到现在还留着这张小学的奖状。

谈野第一次正视江然之前随口说的那些话，他很努力地想要学习，想让自己教他。

如果是一般的学生，被打击这么多次恐怕已经自暴自弃了，不会再放心思在学习上，可江然不是。

浴室里传来开门的动静，谈野心神一动，将东西重新放回原来的位置上，当作什么都没发生过的样子。

江然从里面出来，还有些头发贴在额头上。

谈野抬眼，目光定在他湿漉漉的头发上。因为在家，江然穿的是睡衣，衣服和裤子是一套的，他像是广告片里的少年模特，安全无害。

江然低头看了看："怎么了？"

衣服也没穿反啊。

谈野咳了咳："没怎么。"

江然有点不自然："我下楼去看看孙姨饭做好了没。"

谈野忽然从书架旁离开："一起。"

孙姨刚把菜端上餐桌，看两个男生下来，当即笑起来："刚刚好，我正准备去叫你们的。"

江然抿唇笑："今天好像多了几样菜。"

"当然，小然第一次带同学回家，要好好招待才行。"孙姨说着，看向谈野，一脸慈祥，"要是有什么想要的就和我说。"

谈野的注意力全都在"第一次带同学回家"几个字上面，心情舒畅了起来："好。"

吃饭时他才知道为什么江然上次那么喜欢他带的饭，因为和家里的有点像，谈野心想自己还挺厉害。

吃完饭后两个人就回了房间。

谈野看江然很急，问："这么急着上去干什么？"

江然说："我要做题。"

谈野一时之间有点不知道说什么好："都放假了做什么题，应该放松才对。"

江然摇头："不行，不能放松。"

谈野表情冷了冷："我说放松就放松。"

两个人站在楼梯上，偌大的空间里似乎就只有他们存在。

江然没想到他这么生气，有点不知所措，纠结几下才点头："好，听你的，那我不做了。"

谈野对上他的眼睛："劳逸结合，没听过？"

江然本想反驳，不过谈野这么说了，应该是有道理的，自己一个学渣还是听学神的话比较有前途。

二楼走廊铺了地毯，谈野抬了抬下巴，问："那个是什么房间？"

江然顺着看过去："画室。"

"画室？"谈野重复了一下，舌尖两个字一绕，问道，"你会画画？"

他想起之前打完球回宿舍，偶尔会看到江然趴在桌上写写画画，他那时候还以为江然在做题。

江然有点兴奋：“你要去看看吗？”

谈野笑：“看啊，看看你的画。”

画室比卧室小一些，不过江然收了一些画锁在柜子里，所以空出来不少空间。

墙上挂着一些装裱好的风景画，谈野不怎么懂画，但最基本的审美是有的，能看出来哪些画看着舒服，哪些看着不舒服。

江然指了指最中间的那幅画：“这是我第一次自己画好的，你觉得好看吗？”

他走过去用手摸了摸。

谈野脱口而出：“好看。”

江然不好意思地笑：“我也觉得好看。”

他最喜欢这幅画了。

谈野回神，用手机把那幅画拍了下来，又转头说：“你怎么没当美术生？”

江然神情落寞下来：“我妈妈不让我学，说这样没有前途。”

“谁说美术生没前途的。”谈野眉毛一跳，语气重了些，“没前途还招美术生干什么？”

江然摇摇头：“不说啦。”

谈野盯着他看，呼吸有些沉重，半晌手插回兜里：“回房睡觉了。”

江然“嗯”了一声，走在谈野后面出去，把画室门关上，又说：“晚上你要是有事就叫我，我就在对面。”

第二天清晨，江然听到了一点动静，迷糊睁眼坐起来，半天才想起来谈野也在家里。

他打开房间门，谈野已经起来了：“你醒了啊？”

他还有点不清醒，声音也迷迷糊糊的，眼睛眯着，看起来又乖又可怜。

谈野答：“刚醒几分钟。”看他眯着眼，又问：“你还睡吗？”

江然睁开眼：“不睡了。”

他靠在门框边，停在那里没动。

谈野看他半天没动静了，走过去问："你在干什么？"

江然慢吞吞地回神："我清醒一下……"

在家的时候他经常这样，和学校的紧绷不同，他要酝酿一会儿才能清醒过来。

谈野：……

江然可真神奇。

孙姨正在厨房准备早餐，听到开门声和脚步声，连忙走出去，惊讶道："太太回来了？"

不是说这两天不回来了吗？

孙姨下意识看了一眼楼上，江然带了同学回家，不知道卢敏看到了会不会生气。

卢敏"嗯"了一声："小然回来了？"

看到玄关处的鞋，她愣了一下："还有别人在？清徐也来了？"

孙姨心里一咯噔，犹豫了一下才开口："不是，是小然的同学来家里玩。"

卢敏挑了挑眉："同学？"

江然一直都没有玩得好的同学，现在刚换了新环境，就已经有可以带回家玩的同学了，这么快吗？

孙姨点点头。

"我上去看看。"卢敏说了一句，便往楼上走。

她昨天和路员一起去西餐厅约会，就没回来，今天路员的老板打来电话，路员只能临时取消约会去加班。卢敏喜欢的就是路员认真的态度，也没生气，自己也准备去公司，想起有个文件丢在家里了，便顺路回别墅拿东西。

她走到二楼江然的房门前，想了想还是敲门："江然，听说你带同学回来玩了？"

门被从里面打开，卢敏看到一个眉宇冷峻的少年，个子比她高很多，手上还拿着一个魔方，隐隐透出一丝倨傲。

"阿姨好。"谈野抬眼问好。

卢敏打量了他一眼："你是江然的同学？"

谈野点头。

虽然他有问必答，但是卢敏总觉得哪里不对，皱眉问："江然呢？"

谈野扫了眼面前女人的脸："在刷牙。"

"嗯，你们好好玩。"卢敏没继续说什么，只是又看了他一眼，"缺什么让孙姨送上来。"

谈野"嗯"了一声，看着她离开。

卢敏没来得及换衣服，还穿着职业装，浑身上下都是紧绷、严肃的气息，刚刚打量他的眼神让人很不舒服。

有这样的妈，怪不得江然学得这么努力。

谈野摇了摇头，关上门，刚好碰上江然从浴室里面出来："刚才是我妈妈的声音？"

谈野答："是啊。"

江然犹豫几秒："我下去看看。"

谈野没跟着下去，毕竟是别人的家事，不过他能猜到一点。

卢敏正在客厅里喝茶，和路员打电话："中午的餐厅已经订好了？那我到时候过去就行了。

"……他今天带了个同学回来，估计是关系不错，我还以为他又要一个人，也不知道以前是怎么处理的同学关系，那么多家世不错的同学，他愣是交不到一个朋友。"

江然下来的动静不小，卢敏往楼梯看了一眼。

她说了几句后挂断电话，见江然走过来，说："交到了朋友，还算不错。"

江然没回答，坐在另外一边。

过了一会儿，卢敏状似无意地问："你这个新同学，成绩怎么样？"

江然手指动了动："很好。"

卢敏有点不相信，但江然一向不说谎，她点点头，十分满意："要跟人家多学学，我待会儿得出门，你们自己玩。"

江然应了一声："嗯。"

没过几分钟，卢敏就拿着文件走了。

谈野正在楼上玩游戏，微信消息一直往外跳，全都是袁丁一个人在群里说的话，也不知道在吵什么，他干脆退了游戏。

他放下手机，转了下魔方，轻易地拼出六面后就没了兴趣，又从书架上抽了一本英语资料书翻看。

江然推开房门的时候，看到他倚在书架上，一双长腿交叠，侧面看着就像是电影中的男主角在图书馆里一样。

他定睛一瞧便看到谈野手上拿的是什么。

江然脸一红，走过去把他手上的资料书拿走，这是他以前拿来做补充训练用的："好多题都写错了……"

谈野却伸手直接拿回来，拿书拍了拍他的手，压低声音，仿佛在说什么秘密似的："多错才能发现问题，看看老师上课时你都是怎么听的。"

江然又赶紧催促他："那你多看看，这里好多，都可以看。"

谈野：……

谈野说："你是想累死我？"

江然摇头："当然不是。"

谈野望着他一本正经的表情，心想这么笨的人，他不教谁教啊，谁还能教得好他？

谈野自恋了一会儿，嘴角一勾，扬声说："以后有的是时间教你。"

以后有的是时间，江然一听就激动了："好啊好啊。"

谈野嘴角也忍不住上扬了几分："这么激动，看来你很想现在就学啊？"

江然："当然了。"

谈野见他这么开心，也对这事充满了期待，他轻咳了一声："你自己说的。"

江然脑袋上蹦出个问号。

下午的时候江然就明白了。

他本以为是从下周开始，没想到居然是从今天就开始。

中午刚吃完饭，谈野就从他书架上拿出来一张他以前写过的试卷，上面有订正的痕迹。

谈野看得出来江然当时的成绩怕是比他平时见到的还要差劲一点，因为有些简单的题都做错了。

“这试卷都是你做过的。”他说着看了江然一眼，“还记得吗？”

江然当然摇头：“不记得了。”

谈野说：“那就从这张试卷开始。”

江然点头：“好。”

谈野没有把试卷拿给他看，而是自己手抄了其中几个题目在草稿纸上。

没多久，孙姨送上来一盘切好的水果。看到谈野在教江然学习，她惊讶了一下，立刻改变了对这个看起来有点凶的男同学的印象。

“这是新鲜的。”孙姨笑得特别开心，“你们要是想要什么就叫一声。”

江然乖巧应声：“谢谢孙姨。”

孙姨说：“我就不打扰你们了。”

水果边上放了牙签，谈野随手插了一块哈密瓜：“发什么呆，先吃再写，吃的时候就吃，写的时候就好好写。”

江然这时候非常听他的话。果盘里有西瓜，他选了一块送进嘴里。

谈野一时看入了神。

“怎么了？”江然挥挥手。

“没什么！”谈野声音重了些，又选了一块西瓜吃，西瓜是冰镇过的，凉丝丝的一路到胃里。

已经好几次了！

谈野决定下次不再看江然吃东西了，想是这么想，下一刻，江然吃哈密瓜时，他还是不由自主地往那边看了一眼。

这个假期，江然都在学习中度过。

他觉得谈野的教学方式很奇怪，和学校老师的不一样，和他上次自己选的家教的也不一样，但又似乎很管用。

返校后，张德胜把江然叫去了办公室。

张德胜问：“最近学习上有没有困难？”

江然如实答：“还好。”

本来是有一些困难的，但谈野一直在帮他解决。

张德胜点头：“那你和同学、室友们相处得怎么样？”

江然第一次碰见这样的班主任，他仔仔细细地思考了一下，才说出自己真正的想法。

正说着，办公室门口传来声音：“给你们带的奶茶——”

王玉文刚从外面回来，拎了好几杯奶茶，分给办公室里的老师们。

张德胜年纪大了，对奶茶这东西没多大兴趣，干脆给了江然：“你带回去喝吧，就当奖励你认真学习了。”

江然一脸蒙地拿了一杯奶茶回教室。

“你不是去办公室了吗，怎么还买奶茶了？”孟白日一抬头看到他，“这么快？”

“张老师给的。”江然答。

“老张这么好，我怎么从来没有？”孟白日叫了一声，“他果然还是更喜欢乖学生。”

江然也不怎么喝奶茶，他想了想，把奶茶放在了谈野的桌子上。

谈野进教室时，上课铃刚刚打响。谈野三两步就走到了自己的位置上，发现自己的桌上有一杯奶茶，以为又是外班人送的。

谈野随意地坐下来，转了转笔，正准备把奶茶送人，就被江然碰了一下。

江然问：“你也不喝吗？”

谈野问：“什么？”

江然指了指他手里的奶茶，解释道：“我以为你会喝，就送给你了。”

谈野看了看：“送我？”

江然望着他：“就是……张老师奖励给我的。”

谈野将手收回来，拿吸管戳破奶茶盖：“我最喜欢喝奶茶了。”

袁丁本来在收拾东西，余光瞥见谈野的动作，很惊讶。以前可从来不见谈野喝奶茶，一滴都没碰过。

“你看到谈哥喝奶茶了吗？”袁丁碰了碰正在做题的孟白日，“看见没看见没？”

“看见什么？”

“你回头啊！”

孟白日迷迷糊糊地回头，看到谈野手里的奶茶，觉得有点熟悉，转回来问：“怎么了，奶茶有问题吗？那个是江然的。”

袁丁：……

他惊讶的是这个吗？

袁丁压低了声音：“你见过谈哥喝奶茶吗？”

“今天不就见着了。”孟白日随口回了一句，一下子反应过来，“奶茶？”

孟白日和袁丁对视一眼，袁丁又回头偷偷看了一眼，然后叹了一口气。

江然问谈野：“味道怎么样？”

今天张德胜给他的时候，他都没注意这是什么味道的奶茶。

谈野晃了晃，他喝得快，三两口就喝了一大半：“原味的。”

有点甜。

谈野本身并不怎么喜欢甜的，但是今天尝了发现，好像甜的也不是特别难喝，怪不得那么多人喜欢喝奶茶。

江然点点头，他看了一眼奶茶杯，透明的杯子里只剩一小半液体。

看来谈野很喜欢喝奶茶啊，江然琢磨着以后谈野教他做题，可以常备一杯奶茶犒劳犒劳对方，他越想越觉得这样可行。

孟白日上课无聊，好奇之余干脆写了张纸条往后扔——谈哥，你和江然关系怎么突然这么好了？

虽然他感觉自己有点迟钝，但他俩好像放假前，都还没有好到这种程度。难道是放假的那几天发生了什么事情？

这么一想，孟白日更好奇了。

谈野打开纸条，看到上面的话，眼神闪了闪。

突然变好？是突然变好吗？

谈野略微偏了偏头，看到江然很认真地听课，一点也没有走神的迹象。

“看我干什么？”江然突然转头问。

谈野故作镇定：“看你认不认真听课，不认真听课的学生不教。”

江然张了张嘴，转过头去不搭理他了。

谈野随便回了句话，直接把纸条扔到了孟白日的桌上。

孟白日激动地打开，结果就看到一串省略号。

这还有传纸条的精髓吗？

传纸条别人不回不可气，气的是等了半天，以为回了很劲爆的消息，结果一打开只有一个标点符号。这不是白白浪费别人的感情吗？

孟白日非常生气地在纸条上斥责了好几句话，然后团好准备扔回去。

他往后传纸条时不会回头看，也没注意到老师已经在教室里转了一圈。

纸条扔完，教室里安静了一瞬。

孟白日感觉不对劲，回头看了一眼，看到王玉文站在谈野身边，而王玉文的手上还有一个纸团。

孟白日：……

孟白日一闭眼，知道完了。

王玉文也没想到能得到一张纸条，她脸色一下子就难看起来：“上课传纸条，我看看是想给我传什么话。”

王玉文打开纸条，直接当众念了出来：“谈哥你不觉得你太过分了吗？！哪有传纸条只回省略号的？是不是看不起我还用纸条传消息？”

教室里顿时一片哄笑声。

孟白日脸都红了，王玉文走到讲台上，调侃道：“孟白日，我看你就应该向谈野学习学习。你不要你觉得，你看看人家，再看看你，我觉得回复省略号是让你别再开小差了！”

江然刚才也看到了，觉得孟白日真是惨，就像是他之前被巡查老师逮住那次一样，真是太惨了。

江然小声问："你回省略号是什么意思啊？"

谈野故作神秘地答："你猜？"

江然想了一下，说："我觉得肯定不是老师说的那个意思。"

如果是让孟白日别上课传纸条肯定不是这样回复，而是回两句嘲讽的话。

谈野倾了倾身："你这么了解？"

江然说："难道我猜得不对吗？"

谈野止不住想笑，压下上翘的嘴角："对。"

江然一听就笑了，虽然没有什么，但是猜对了就是让人开心。

晚自习前，谈野去篮球场浪了一趟。

回来时还早，陈一一见他又要出去，赶紧说："谈野，刚刚张老师让你去办公室找他。"

谈野"嗯"了一声。

办公室里只有两个老师，谈野走到张德胜办公桌面前。

张德胜指了指椅子："今天不是找碴儿，是有事想问问你。"

谈野挑眉："关于江然的？"

他一猜就猜到了。

张德胜点点头，说："我今天下午找了江然，他来我们班也有一段时间了，还算适应。"

谈野"嗯"了一声。

张德胜看他心情不错，又说："我本来以为你们两个坐一起肯定会吵起来，没想到还挺和谐。"

当然他认为的这个吵架是单方面的，江然肯定吵不过谈野。

谈野问："为什么吵？"

张德胜：……

张德胜不知为何有点无语："你们不吵当然更好，上次纸条上江然说想让你教他，这事也不强求。

“江然的成绩我心里有数，不过我还是希望，如果他有什么问题，你方便的话解答一下。”

张德胜叹了口气：“至于教他，我让宋桥多上点心——”

谈野本来听着听着没觉得有什么，听到这里就觉得哪里不对了。

张德胜转换话题：“所以如果有什么麻烦的地方，你——”

谈野：“我教他。”

张德胜“哎”了一声：“什么？”

“我上次已经答应教他了。”谈野放慢了语速，“所以不用找别人了。”

张德胜愣了一下，有点不敢相信：“真的？”

虽然作为班主任和学生真正交心的时候不多，但是比起其他的老师，他自然是更加了解谈野的。

谈野“嗯”了一声。

张德胜手在桌上拍了拍，说：“既然这样，那就不麻烦宋桥了，也好，我还没和他说这件事。”

张德胜喜不自胜，这是谈野自己主动的，那当然是最好的，谈野肯定是已经考虑好了。

他笑成了一张菊花脸：“那就这样了，不过你还是要在保证自己成绩不下降的前提下……”

谈野一路走回教室，又想到了宋桥。班主任真是烦，为什么老提宋桥，上次换座位也是说宋桥。

江然看他脸色不太好，以为他不舒服，偷偷问：“你哪里不舒服吗？”

谈野故意说：“让别人教你怎么样？”

江然愣了一下：“别人？”

谈野：“比如……班长。”

江然对宋桥的印象很浅，说话的次数也没几次：“我和班长都没说过几句话，而且离得那么远，这样多麻烦班长……”

谈野说：“被我回绝了。”

江然的絮絮叨叨断了，他看向谈野，似乎是想要确认他说的是不是真的。

被这么盯着看，谈野有点不自在。

江然点头："你决定就好。"

没过几天，国庆假期又来了，袁丁每次放假都得把乌龟带回家里去，省得假期里乌龟没人照顾。

这只乌龟自从被弄来就一直是他养着的，都有一年多时间了，自然是有感情的。

江然伸手摸了摸乌龟背："放假我还有作业要做。"

孟白日手上动作一停："江然，你天天学习都这么有激情，一点也不厌烦？"

袁丁也好奇起来。

江然点头："其实有时候会烦，但我更想看到我写的题都是对的，这样一想，就没那么讨厌了。"

"你这样，成绩很快就会上来的。"袁丁叹了口气，"不然老天不公平。"

"我也想。"江然垂眸。

"别想这事了。"孟白日把瓜子壳扔进垃圾桶里，"国庆节有什么安排？"

袁丁："在家玩游戏睡觉。"

孟白日："没出息。"

袁丁瞥了他一眼："就你有出息，你说说你要干什么，让我们也开开眼界？"

孟白日嘿嘿一笑："出门浪啊。"

"挤不死你。"袁丁翻了个白眼，又转向江然，"你国庆假期准备怎么过？"

"还没想好。"江然说。

江然想问问谈野怎么安排的，但是又不太敢问，毕竟是假期，这么问谈野感觉有点不太好。

这么一拖就拖到了放学，江然抱着失落的心情回了家。

没想到卢敏在家里，江然到家里的时候，卢敏正在客厅里和孙姨商量晚上吃什么。

看见江然回来，她转过身：“回来了？”

江然“嗯”了一声：“放假了。”

卢敏问：“最近在学校有没有好好学习？”

她掌控欲很强，习惯了对江然了如指掌。

江然将自己最近的学习情况认认真真回答了一遍，卢敏的目光凝在他身上。

卢敏是农村出身的高才生，江然的父亲是个画家，当初年纪轻轻的卢敏喜欢这样的艺术家，于是主动追求，最终两人恋爱结婚。

两人家境都很普通，江然出生后不久，江然的爷爷奶奶便去世了。

但也许是运气，也许是天赋，江然父亲的画突然有了名气，一幅画能卖上不低的价格，小家庭也渐渐有了起色。

卢敏仔细地看着江然，他和他父亲长得很像，略显文气，就连兴趣都是一样的。可是她厌恶了江然的父亲，连同着也厌恶了绘画。

卢敏从纷杂的思绪中回过神来，坐了下来：“你这样的学习状态你自己觉得好吗？”

江然说：“比起之前好一点。”

卢敏从江然幼儿园时期开始就对他进行精英教育，小学时江然成绩还可以，上初中后成绩就越来越烂。卢敏当初能从农村考到大城市来，自然知道怎样学习是有用的，偏偏江然从没如她的意。

电话突兀地响起来，卢敏看了眼来电显示，愁容终于散了一点：“算了，你先去整理自己的东西吧。”

江然上楼后，卢敏接通了电话。

电话那头，路员和她说了会儿情话，状似无意地提起了江然的事情：“今天清徐也放假回来了，江然换环境这么久了，他还适应吗？”

卢敏说：“还行。”

路员听她这个语气好像不是非常生气，心里咯噔一声：“我想着国庆带清徐出去玩玩，要不要把江然带上？”

卢敏直接回绝：“不用了。”

路员也没觉得意外，转移了话题。

他挂断电话后，路清徐从房间里出来，绷着脸说：“你别整天挑拨离间。”

路员看了他一眼：“挑拨离间？”

路清徐没继续说，他自从上次在 KTV 里被江然看到就一直心里不舒服，尤其是他本身就理亏，更觉得难堪。

卢敏挂了电话后坐在桌边沉默了一下，她找到张德胜的电话，然后拨了出去。

张德胜刚给孩子喂完奶，赶紧拿着手机出了房间：“你好。”

卢敏礼貌地说：“张老师你好，我是江然的妈妈。”

卢敏对于人际交往非常得心应手，不过几句话就问到了江然在学校里的近况。

这是张德胜第二次和卢敏说话，之前他就觉得卢敏有点强势。

卢敏手指放在桌上叩着：“我想问问江然在班上跟不跟得上，有没有认真学习。”

张德胜自然是把江然夸了一通：“刚来当然是有点不习惯的，不过现在已经逐渐适应了，学习认真的程度我敢说我们班上没几个同学能比得上。”

卢敏脸色这才好了一点：“江然成绩一直不太好，如果有拖后腿的地方，麻烦老师多担待担待，可以对他严苛点。”

严苛点？

还要怎么严苛？

张德胜脑袋上蹦出个问号：“这个我自然是明白的，请江然妈妈放心，而且他最近也有进步，在老师和同学帮助下，成绩很快就会提高上来的。”

卢敏说：“江然的情况我很清楚……”

张德胜又听了一会儿，卢敏的语气虽然和大部分家长的差不多，但是总让人觉得不太舒服，说得好像江然还不够努力似的。

张德胜摇了摇头，这要是不够努力，那班上大多数同学都不够努力了。

再说了，有谈野的保证，也没什么可担忧的。

他想了想，委婉开口：“江然妈妈，我不知道是你平时工作太忙还是什么原因，好像不太了解江然对学习的态度。江然的认真和努力是班上同学有目共睹的，我希望家长不要施加过多的压力，以免影响到学生。”

张德胜礼貌地寒暄了几句，便挂断了电话，他想了一下，又在班级群里找到了江然的微信，决定叮嘱几句。

江然正躺在床上，听到手机响，连忙打开，是张德胜发来的消息。江然看清内容后一愣，又有点迷糊。

张德胜居然让他别太听父母的话，有时候父母的话不一定是对的。

正想着，又有一条消息跳出来出来。

张德胜：对了，有空多和谈野交流交流。

江然看了看通知栏上的时间，现在已经快八点了，老师应该都下班了才对，张德胜还发消息给他，说明非常重视他。

江然赶紧回了消息。江然很喜欢张德胜，虽然他有时候过于严厉，但非常负责任。虽然袁丁和孟白日他们经常吐槽他，但如果真的有人诋毁他，他们也会反驳。

江然心里头暖暖的。

不过张德胜最后一句话就比较奇怪了，难道是因为他和谈野上次的谈话？

卢敏挂断电话后脸色越来越难看。

她在职场待了这么久，当然很轻易地就明白了张德胜说的话，他分明就是对她的教育方式不满意。

在她看来，张德胜管好学校的事就行了，不要多管闲事。

卢敏不觉得自己哪里有问题，当初要不是自己努力，她又怎么考上全国数一数二的学校？江然本来就这么笨了，再不好好学习，以后还想一直当个傻子不成？

卢敏看了眼手机，哼了一声。

过了一会儿，屏幕上亮起“路员”的名字。

卢敏的心情总算恢复了一点，她接起电话：“现在给我打电话，是今天不用加班了？”

路员笑着说：“对，所以准备和你一起出去吃饭，不知道你今晚有没有空？”

卢敏瞥了瞥楼上，答道：“有。”

两人又说了几句，她便挂断电话，冲厨房里喊了一声：“不用准备我的晚餐了。”

孙姨连忙应下来，她早已习惯了卢敏突然改主意，还好刚刚只是在准备食材，没有直接开始煮饭。

国庆节放假的这几天，江然在家里第一次产生了不知道该做点什么的烦恼。

早在第一天他就做完了一大半作业，如果一直做题他当然会觉得累，但是如果出去玩，一个人又没什么好玩的。

江然突然觉得还是在学校好。

江然写完一张试卷的时候总会想要是谈野在，肯定就会告诉他哪里错了，而他自己是发现不了错误的。

仔细想想，从当初第一天做同桌起，谈野就在指出他的错误。

江然对着几张试卷叹气，拿起了手机。

他翻了翻朋友圈，他看到谈野在朋友圈里发了野外烧烤的图。谈野好像是出去玩了，这样就更不好意思打扰他了。

假期的第三天，江然家里来了客人。

江然因为前一天晚上看了一部电影，罕见地比平时晚睡了一小时，所以早上下楼的时间有点迟。

下楼后，他看到路清徐和路员坐在客厅里。

江然原本放松的表情立刻就消失了，一路无话地去厨房拿自己的早餐。

孙姨在里面，她向江然打招呼道："小然，你起来了。"

她看了眼外面，小声说："路先生他们来了半个小时了，我听太太的意思，应该是准备吃完早餐后一起出去玩。"

江然说："我知道了。"

反正他们去哪儿玩和自己都没关系。

江然端着牛奶、面包和鸡蛋准备回楼上吃，却被卢敏阻止："早餐还要在房间吃？"

他只好坐在了餐桌另一头。

说实话，路员和路清徐来家里吃早餐的次数并不多，这是江然第二次撞上他们。

"我们待会儿准备出去玩，小然要不要一起去，一直待在家里看书也不好，应该适当放松一下。"路员笑着说。

江然看向他，半晌，温暾道："不用了，我还有作业没写完。"

"不去就算了。"卢敏说，"他去了估计也玩不了什么，半天说不出几句话来。"

江然淡定地吃自己的东西。

"对了，清徐生日快到了吧。"卢敏突然转移话题，"有没有什么想要的？"

江然也看向路清徐。

路清徐本来准备开口的，见江然看着他，不禁吓了一跳，当初被看到的那一幕就像是定时炸弹。

路清徐低下头，说："没什么想要的，我过生日很简单，阿姨不用浪费钱了。"

卢敏听到他的话后一愣，转而点头。

虽然路清徐这么说，但是她自己送不送礼物又是另外一回事了，男朋友的儿子过生日她怎么可能什么都不准备。

江然吃得快，也不想继续听他们讲话，很快他就吃完早餐直接回了楼上。

路清徐心里有事，也三两口吃完，找了个借口去了楼上，叫住走在前面的江然。

江然应声停了下来。

“你是不是非要揪着那件事不放？”路清徐的眼睛有些红，“是不是以为这样就可以威胁我？”

江然一脸懵懂的模样：……

路清徐总是冲上来指责他，可是他明明没这个想法，也不知道路清徐到底是怎么想的。用袁丁的话说，就是自己脑补太多，总以为别人也这么想。

路清徐见他不说话，以为自己猜对了："江然，我也没有对不起你的地方吧？”

江然听到这话，终于开口："我不想看见你和你爸爸。"

路清徐当然知道他的想法，从一开始江然就没对他们父子有过好态度。

江然打开房间门，准备进去但又停下："这件事你不要一直跟我说，很烦人的。"

在路清徐还没反应过来时，他又补充道:"还有，以后请不要进我的房间，也不要碰我的东西。"

更不要拿。

路清徐面部扭曲了一瞬，这种事被正主提出来是很难堪的，路清徐看着那扇门在自己面前关上。

回到房间里，江然还是觉得路清徐很烦人。

他很少讨厌别人，很多人对他而言就是陌生人，谈不上讨厌或者是喜欢。

路清徐每次见到他都要提那次的事情，明明他从来没提起过。如果时间长了，他觉得烦了，指不定就真的把这事儿说出去了。

他躺回床上，看着天花板发呆。

没过多久，楼下传来汽车发动的声音。

江然起身走到窗边，看到路员和路清徐坐上卢敏的车，随后一起离开了江家。

他突然松了口气，都走了才好。

江然又躺回床上，玩了一会儿手机上的小游戏，突然觉得一个人待着很没意思，大概是现在的生活和以前很不相同，他一时之间似乎有点难适应一个人了。

江然打开微信，刷了刷朋友圈。

他好友不多，孟白日和袁丁是最爱发朋友圈的，假期去了哪儿、吃了什么都要发出来。

江然退回聊天界面，昨天晚上他和谈野聊了两句就睡觉了，此时谈野的头像还在聊天界面的第一个。

江然翻了个身，发了条消息过去，却没有回应。

他又找到了之前谈野存在他手机里的号码，拨了出去。等待接听的时候，他莫名紧张。

这好像是他第一次主动给谈野打电话。

“喂？”那边的声音似乎带着电流。

江然“嗯”了一声：“是我。”

他感觉谈野那边有点吵，但又听不太清背景音。

另一边，装修豪华的包厢内，谈野坐在中间的沙发上，其他人都在玩桌游，或者喝酒聊天。

谈野转了转手中的杯子：“你是谁？”

江然：……

江然不知为何觉得谈野是故意的，他道：“江然。你听不出来我的声音吗？”

谈野忍住笑：“听出来了。”

江然就知道他是故意的：“你在外面玩吗？我听到你那边的声音了。”

谈野答：“朋友过生日。”

江然也不知道说什么了，半天干巴巴憋出来一句话：“那、那祝他生日快乐。”

谈野眯眼：“你就是为了说这个？”

江然“嗯”了一声，又连忙否认：“当然不是，我不知道你朋友过生日，我就是想问问你在干什么，我今天把作业都写完了，我感觉比之前……”

包厢里的音乐声渐渐变大。

谈野听着手机里传出来的清澈的嗓音，和周围的哄闹声对比鲜明，他似乎能想到江然现在说话的模样。

谈野低声问：“你在哪儿？”

江然说：“在家里，你呢？”

问完他又觉得自己是明知故问，之前谈野说了在给朋友过生日。但谈野回答：“在朋友家里。”

谈野话音刚落，江然就听到一阵尖叫和大笑声，有男有女，似乎有不少人。

“你那边真热闹。”江然说。

“喜欢热闹吗？”谈野突然问。

江然没反应过来，回道：“有一点点……”

最近不喜欢安静了。

谈野看了眼五光十色的玻璃杯，又问：“家里有人没？”

江然一五一十地回答：“没有，就我和孙姨，我妈妈他们出去了，估计今天不回来了。”

谈野一听就猜到了点什么，他往沙发背靠了靠：“过来吗？”

江然“啊”了一声：“什么？”

谈野扯了扯衬衫的领口，对他说：“不是喜欢热闹吗，到我这里来。”

江然蒙了一下：“去你那儿？”

周围熟悉的朋友早就注意到谈野拿着手机一直在打电话，他们都有些想知道电话里的人是谁，毕竟能和谈野聊这么久的人还没有几个。

有人凑过来，问：“谈哥，谁啊？”

谈野又说了几句，挂了电话，起身就要出去。

那人又道：“哎，谈哥，生日蛋糕还没有吃完呢，你就要走了？”

谈野随口回答：“不走。”

那人追上来：“那你出去干什么，缺什么我让人送过来。”

谈野仿佛没有听到，快步走到门边，利落地开门出去，临走前丢下一句：“我出去接人。”

放下手机后，江然都还有点没搞清楚状况，他刚刚答应了要去谈野那里？

江然一下子坐了起来，虽然他平时偶尔反应慢两拍，但不至于自己做过什么事都不记得。

江然赶紧把衣服换了，下楼和孙姨说：“孙姨，今天我不在家里吃饭了。”

孙姨惊讶道：“要出去吗？”

江然笑了一下：“今天有同学的朋友过生日，我就过去看看。”

孙姨听到后很高兴：“好好好，那到了的时候跟我说一声……”

之前有同学来家里，就说明江然现在已经开始交朋友了，现在还和朋友约了出去玩，是一个好兆头。

她一连叮嘱了好几句，江然一一应下。

孙姨和江然相处的时间很长，这么些年来就像他的亲奶奶一样，比卢敏和他的感情还要深。

谈野刚刚在电话里报了个地点，不过怕江然记不得，他又在微信上发了一遍。

江然很少出去玩，所以也不太清楚这个地方在哪里，只好先在网上查了一下，发现那儿离他家里有点距离。

江然在车上的时候就开始胡思乱想，谈野的朋友他应该是不认识的，今天孟白日他们貌似不在，也许是别的学校的朋友。

好像自从和谈野认识之后，他就认识了好多以前不会接触到的人。

江然本来什么都没准备带，但是想了想，还是随便抽了一张试卷带着，虽然他也不知道为什么要这么做。不过背包有点儿夸张，毕竟是去人家的生日会，又不是专门去写作业的，江然干脆把试卷折了好几下，塞进口袋里装着，到时候拿不拿出来都行。

江然到了之后，站在路边给谈野打电话：“我已经到了，就在——”

话还没有说完，他的肩膀突然被碰了一下。

江然回头：“谈野。”

谈野拿着手机，他今天穿的是件黑色衬衫，最上面那颗扣子解开了，随意地敞着领口，有些恣意。

谈野看江然拿着东西，问：“手上是什么东西？”

江然说：“不是你朋友过生日吗，我既然来了，当然是要带礼物的。”

谈野“哼”了一声：“他敢收？”

江然疑惑：“为什么不敢？”

谈野不跟他说，直接转移了话题：“我还以为你会不认识路。”

江然：“我又不是不会打车。”

谈野挑了挑眉：“那可不一定。”

江然无视他这句话，说：“你一发给我地址，我就在网上查了，这个地方离我家里有点远，所以我打车过来花了不少时间，下车的时候还差点没认出来……”

他习惯性地说了一大堆。

谈野等他说完，道：“说了接你。”

江然笑笑，问：“你们过生日为什么在这里？”

谈野反问：“不然在哪儿？”

江然想了一下：“之前在电话里，我好像记得你说是在朋友家里的。”

说话间，两人已经穿过了会所大堂，乘电梯往楼上去，谈野按了十楼的按钮。

江然又好奇道：“过生日不是应该晚上过吗？”

谈野今天心情好，说话也很放松：“他们不是宁城人，今天晚上就会回去。”

江然“哦”了一声，他之前就是这么猜测的，没想到猜对了。算一算他好几次都猜测成功了，江然的心情一下子飞扬起来。

谈野望向他：“你好像很开心？”

江然点头，没解释，他怕谈野在心里笑他，还是不要说了。

“到了。”谈野没有追问，他带江然进了一个包厢。

江然进去时下意识地闭了闭眼，这儿的装潢比之前去的 KTV 更夸张，包厢里被分隔成了两个空间，有几个女孩子在另外一边聊天，剩下的人都在这边嬉闹。

江然一个人都不认识，他只能紧跟着谈野，小声说：“这些都是你的朋友吗？”

也太多了吧。

谈野将他往前面推了推：“不要躲在后面。”

一个寸头男生突然跑了过来：“阿野，这就是你要接的人？”

又有人说：“不介绍介绍？”

“你居然有这么乖的朋友？”

叽叽喳喳的讨论声传入江然的耳朵里，谈野扫了他们一眼，淡定开口：“江然，我同桌。”

江然点头，打招呼：“你们好。”

这里的人都是从小和谈野一起长大的，他们第一次见谈野带别的人进入他们的圈子里，一时间都对江然产生了兴趣。

寸头男生叫程飞宇，大大咧咧的，说话声音也大，把江然往沙发那边推：“今天是我生日。”

江然说：“生日快乐。”他赶紧把手上的东西递过去。

程飞宇惊讶了一下，没想到江然还带了礼物，他又看了一眼谈野，对上他不悦的眼神。

他也没想太多：“来就来呗，还带礼物。”

程飞宇随手拆开，看到里面的东西惊讶了一下，这个礼物明显价值不菲。他重新打量了一下江然。

“谢谢，礼物我很喜欢。”程飞宇顺手从桌上端了一杯酒，“来。”

江然摇头：“我不喝酒，你们喝吧。”

程飞宇收回手，笑嘻嘻开口：“看你估计平时也不喝酒，你随意，别拘束。”

江然送完礼物又回到了谈野身边，毕竟他在这里就认识谈野一个人。

谈野又给他介绍了几个人，不管是男生还是女生，都特别爽快地和江然自我介绍，然后又继续闹腾。

江然看着他们吵吵闹闹，如果是他自己过生日可就简单多了，不过……以后过生日，他也可以请谈野和孟白日他们一起庆祝。

江然正想着，就听见谈野的声音：“我怎么没礼物？”

他回过神：“你的生日还没到啊。”

虽然他好像不太清楚谈野生日是什么时候。

谈野：“非要生日？”

江然：“过年也可以。”

谈野：……

察觉到谈野有点不开心，江然连忙补救：“你要是想要，平时也可以。”

谈野正色道：“谁说我想要？”

谈野看到他口袋里鼓鼓囊囊的，又问：“你这口袋里装的什么？”

江然有些窘迫：“就一、一张试卷。”

他慢吞吞地把试卷掏出来，一点点打开，是写了几道题的英语试卷。

谈野问：“出来玩还带试卷？”

江然脸热：“随手拿的。”

谈野想说什么，又忽然改变了想法，笑道：“想让我教你啊？”

江然被说得不好意思了：“我随便拿的，不用写……”

他说话时，试卷已经被谈野拿了过去。

谈野朝前面玩得正开心的几个人开口：“飞宇，帮我拿支笔过来。”

程飞宇转头，问：“什么？拿笔干什么？”

问归问，他还是去旁边找了一支之前玩桌游时放在那儿的笔，递给谈野。

江然看看他，又看看谈野。谈野抬抬下巴，说：“学习。”

程飞宇震惊了一下，有点搞不懂什么情况：“大哥，你看看这什么地方，你在这里学习？”

谈野：“我喜欢。”

一群人都愣了一会儿，有点儿怀疑谈野是不是学习学傻了，这才来宁城不到三年，就变成书呆子了？

看起来也不像啊。

程飞宇奇怪地问：“阿野，你确定在这儿能学得下去吗？我们在这边吵吵闹闹，又是唱歌又是聊天的。”

一旁的苏名姝笑着说：“你还怕这个啊，你又不是不知道谈野什么样的性格。”

他们都是谈野多年的朋友，谈野从小到大成绩都很好，在这样的地方学习也没什么。

程飞宇一想也是：“随你。”

不过一会儿他又开口：“要不我让人在隔壁开个包厢，方便你学习？”

这家会所虽然不是他的，但是他家亲戚开的，所以之前谈野才会在电话里说在朋友家里。

谈野转头问江然：“要不要？”

江然摇头：“算了，别看了。”

他伸手把谈野手里的试卷拿过来，上面又有了新的折叠痕迹。

程飞宇起哄：“搞半天这不是你的试卷啊，我还真以为你在这儿都能学习，这么久没见，谈哥更上一层楼了。”

大家都笑起来。

谈野气定神闲：“我看你挺闲的。”

程飞宇一听就觉得不妙：“不不不，我不闲，大家等着我玩游戏呢。”

他转身就和其他人闹起来。程飞宇虽然喜欢调侃，但也知道谈野的性格，嘴上云淡风轻的，指不定就给他下个套，这么多年来，他可是深受其害。

当初谈野离开首都时，他还欢呼了好久。

看那边又热闹起来，江然好奇地问：“听起来你们是很多年的朋友。”

谈野“嗯”了一声：“从小一起长大的。”

江然有点羡慕，他就没有这样的朋友，幼儿园时期还是有的，后来父亲去世，他又换了地方上学，就和那些朋友淡了。

谈野手上转着笔，如同炫技似的，他瞥了眼江然手里的试卷，似笑非笑："真不学？"

江然把试卷重新折好塞进口袋里："不学。"

在别人的生日会上学习有点扫兴，他并不是什么都不懂。

谈野扔了笔："随你。"

程飞宇再次凑过来："阿野，叫你朋友一起来玩游戏，在这儿坐着多没意思，凑凑热闹。"

他指了指手里的牌。

谈野偏过头问江然："玩游戏吗？"

江然说："你去吗？"

他只见别人玩过，自己还没玩过。

谈野站起身："来吧。"

江然点头："嗯。"

不止程飞宇，就连苏名姝也觉得不可思议，谈野真的很照顾江然的感受，她扯了扯程飞宇的袖子，对他使了个眼色。

苏名姝低声说："待会儿别太过分了。"

程飞宇心想他哪敢啊。

他们玩的是国王游戏，毕竟已经很久没见了，这样的游戏最热闹也最刺激。

加上谈野和江然，玩游戏的一共八个人。

桌上摆着一副牌，怕江然不清楚规则，程飞宇说："待会儿谁抽到鬼牌谁就是国王，可以指定别人做一件事。规则很简单，小心自己被指到，到时候可别抵赖啊。"

第一个抽到国王的是程飞宇边上的男生，他直接说："我选 1 号和 2 号互相揪对方的耳朵五秒，我这么温柔，待会儿你们可不要太过分。"

江然翻开自己的牌，是红桃 3。

他看了眼谈野，小声问："你是什么牌？"

谈野将手一翻，是红桃 6。

两个人亮牌的时候，对面的两个男生已经开始揪对方的耳朵，一点力气都没有省。

"哎哟，你也太狠了吧！"

"你说我！我耳朵都快被揪掉了！"

大家笑得不行，看着两人龇牙咧嘴地捂着各自的耳朵叫疼。

第二轮开始。

江然有些忐忑，他翻开自己的牌，居然是一张鬼牌，他是这次的国王。

程飞宇连忙开口："温柔点，温柔点。"

江然忍不住笑："就 5 号和 6 号掰手腕吧。"

他说完后，两个女生已经撸起袖子开始掰手腕了，几个男生在旁边添油加醋。

江然问谈野："我这样的要求行不行？"

谈野笑："哪里不行？"

江然一听就放下心来。

第三轮抽到国王牌的是程飞宇，江然虽然今天才认识他，但是总感觉他不会做出很简单的指示。

果不其然，程飞宇大笑几声："7 号把 1 号背起来转两圈。"

大家纷纷亮牌，江然也打开，本来几次都没选中他，他还觉得自己挺幸运的，结果一翻开，他居然是 7 号。

程飞宇眼尖看到了："居然是你啊。"

他有点犹豫，虽然他的要求不难，但是江然这么瘦弱，把人背起来转两圈也够呛，1 号如果是个小个子就好了。

天不遂他愿，谈野慢条斯理地翻开自己的那张牌，他是 1 号。

程飞宇：……

江然也觉得自己恐怕是凉了，嘀咕道："这我怎么背得动……"

苏名姝和女生们在一旁看热闹："快快快，万一江然是个大力士呢。"

程飞宇说："要不罚一杯？"

江然当然不会违反游戏规则，但谈野比他高大一些，他确定自己做不到程飞宇的要求，有些不好意思地道："要不我喝一杯？"

程飞宇想了想："算了，你拿饮料替代吧。"

他不确定江然的酒量，万一江然喝一杯就醉了，他可没招。

正说着，谈野手机铃声响起来，他打了个手势，离开了包厢。

程飞宇一见他离开，连忙凑过来："江然，你和阿野认识多久了？"

江然算了算时间："一个多月。"

这么短？程飞宇差点把眼珠子瞪得掉下来，一个多月而已，竟然就和谈野关系这么好了。

江然问："你们都是叫他阿野吗？"

这两个字在他嘴边绕了一下，还挺顺口。

闻言，程飞宇笑："不一定，我们穿一条裤子长大的，都随便叫，平常叫阿野，有时候叫谈哥，他生气的时候就叫他凶神。"

江然一听，和谈野在学校的外号还挺接近，不过他还是习惯直接叫谈野的名字。

程飞宇又问："你和阿野做同桌，他脾气挺大的吧？"

江然点头又摇头："还好，一开始我觉得他挺不好相处的，熟悉了之后没怎么见他生气。"

程飞宇讶异："真不容易，他脾气差，没人能管得住，家里长辈都烦得要死。"

江然笑了一下："是吗？"

程飞宇说："这我还能说假的不成。"

首都和宁城离得不近，所以他们平常来这里的次数很少，也就放假会来找谈野玩。这次过来，谈野比之前开心很多。

程飞宇瞄了一眼江然，又看了眼门外。

江然伸手拿了桌上的杯子："刚刚怎么说都是游戏失败了，我还是喝一点。"

他喝了一口酒，有点苦，又有点甜，他忍不住又喝了两口。

"欸，你不用喝……"程飞宇都没来得及阻止。

"我还是第一次喝这种酒。"江然说。

正说着，谈野推开门大步走进来："我奶奶那边有事，我先走了。"

程飞宇赶紧把江然手里的酒杯拿走，也不知道谈野刚刚看到没："行，蛋糕都吃过了，也差不多是时候散了。反正毕业你就回去了，到时候有的是时间一起玩。"

谈野以后必然是要回首都的。

谈野转过头问江然："你呢？"

江然脑子都没转过弯来，嘴里还有酒味，他咂了咂嘴："一起离开？"

几个人看向谈野，谈野颔首："走吧。"

江然"嗯"了一声："好。"

江然跟着谈野一起离开，离开前和新认识的人挥了挥手。

报酬

Bao Chou

VI

第六章

Chapter 06

出了包厢，外面的空气微凉。

江然手伸进兜里，结果又摸到了试卷，他有点儿后悔，来之前到底是怎么想的，居然还把试卷带过来了。

两个人进了电梯，谈野问："准备去哪儿？"

江然想了想："应该回家吧。"

谈野忽然转头说："想去我家吗？"

江然睁大眼："去你家？"

他还是第一次被邀请去别人家里。

谈野睨他："不想？"

他的语气有点沉，和他一贯威胁人时相同，仿佛被拒绝了下一刻就会发火似的。

江然说："不是……你家里有别人吗？我还没有去过同学家里，万一你家里人不喜欢我，我要不要带点礼物再上门？"

谈野皱眉："想这么多干什么。"

江然却摇头："当然要想清楚，如果你的父母不喜欢，那我去你家里岂不是不合适。"

谈野撇嘴："家里没什么人，就我奶奶。"

江然"哦"了一声，他在小超市里买东西的时候见过谈野的奶奶，不过那时候谈野不在，袁丁打招呼时，他顺便也打了一个招呼。

谈野问："去不去？"

江然点头："去！"

当然还是想去的，想看看谈野家里到底是什么样的，他这样的性格，房间里肯定很乱，应该和他的课桌一样。

谈野笑了一下："你是第一个。"

江然一开始没听懂，反应过来后才明白，也就是说他是第一个去谈野家里的同学？

江然不知为何挺开心，说："你也是第一个去我家里的，不算别人。"

路清徐直接被他排除在外。

谈野听他这么说，催促道："那现在就走，走走走。"

出了门后，谈野直接打车，一刻也没白等。

江然本来以为去的是学校的小超市，没想到车最后停在了一个小区外面。

小区看起来有些年份了，大门也是最常见的大铁门，有的楼栋墙上还有爬山虎，树也非常大，周围都是小卖部、小超市和小吃店，设施看起来似乎挺齐全。

江然道："我还以为要去学校。"

谈野说："学校那儿是租的。"

开小超市只是给奶奶打发时间的，小超市里面也有卧室，但只是偶尔住一住。

这里的房子是谈野奶奶自己的，也是谈野从首都跑到这儿读书的理由之一。

老街道两旁的老房子离得很近，仿佛是历史书上才能见到的，有些树下有老人们在下棋，周围一群人在围观，还有小孩到处跑。

有阿姨从小卖部里出来："小谈回来了啊？"

谈野应了一声。

江然看着很稀奇，谈野明显和他们很熟的样子，要是学校里的人知道，恐怕就不会觉得他那么凶神恶煞了。

"谈野哥哥！"有几个小孩子跑过来，冲上来就要抱住谈野的腿，被谈野直接拎到了旁边。

谈野面色不悦："你手上这么脏，洗手去。"

小孩"哦"了一声，赶紧跑开了。

剩下的几个小孩都围在他们身边，看看谈野，又看看江然。

"谈野哥哥，这个哥哥是谁？"

"新哥哥真好看！"

谈野听着叽叽喳喳的"哥哥"就觉得吵，从口袋里掏出硬币："乖，去买糖吃。"

孩子们眨眼就跑光了。

江然：……

好像第一次见面时，谈野对他随身带糖的行为非常不齿，还真是把他当小孩子了。

江然问："他们都不怕你吗？"

谈野转头："你怕我吗？"

江然当然摇头。

谈野笑起来。

江然立刻就想通了，说："我又不是小孩子。"

谈野只是笑，不解释。

江然被他笑得有点气，但又觉得自己这气生得实在没什么道理，只能又叹气。

谈野奶奶家的院子在里面，推开院门后，映入眼帘的是一院子的花花草草，侧面还有个小雨棚。

江然惊讶道："你奶奶喜欢种花吗？"

谈野看了一眼："我爷爷生前喜欢摆弄花花草草，他去世后奶奶就继续养了。"

江然没再继续问，他对自己的爷爷奶奶没印象。因为在他刚出生后不久，爷爷奶奶就去世了，后来爸爸也去世了，算起来如今他的亲人就只有妈妈。

江然抛开这些想法，跟着谈野进了房子里面。

“小野，你回来了？”房间门被打开，谈奶奶从里面走出来，眯着眼看外面。

虽然谈奶奶的视力不太好，但还是看到了江然，她笑眯眯地打招呼：“你好啊，小同学。”

江然连忙打招呼：“奶奶好。”

他刚刚纠结了几秒，到底是叫奶奶还是叫谈奶奶，最后还是叫了奶奶，好像叫老人都这么叫。

江然小声问：“你们家里人称呼别人的时候都喜欢加个‘小’字吗？”

谈野就经常叫他小同桌，刚刚谈奶奶也叫他小同学。

“可能是遗传吧。”谈野笑。

“哦。”江然又小声说，“我以为你奶奶今天不在家。”

毕竟如果是他邀请别人来家里，肯定是选家里人不在的时候。

谈野说：“她不会管我们的。”

刚说完，谈奶奶就走过来：“我今天买了葡萄，你们吃不吃？小同学你要不要尝尝？”

江然被叫得不知所措：“叫我江然就可以了。”

“这名字不错。”谈奶奶夸奖了两句，又看向谈野，“小野要是欺负你就跟我说。”

谈野说：“我什么时候欺负他了？”

江然笑：“好！”

他这一声应得不小，谈奶奶也忍不住笑起来。她第一次见谈野带同学回来，这同学还很有礼貌，谈野以前在首都的朋友都是咋咋呼呼的，这么安静的真的没有。

谈奶奶说：“你们不用管我这个老婆子，自己去玩吧。”

谈野出门帮她把垃圾扔了，江然就坐在家里喝茶，和谈奶奶聊天。

谈奶奶问：“你今天是来找小野玩的吗？”

江然说：“嗯，刚刚从外面回来。”

谈奶奶笑着说：“小野要是有你这么乖就好了。”

江然被夸得耳根热。

等谈野的脚步声从外面传进来，谈奶奶挥挥手："你们两个玩你们的吧，我去厨房做菜了，中午你留下来吃饭吧。"

江然还没开口，谈野从外面走进来："知道了。"

他拉着江然直接进了里面的房间。

江然猝不及防，问："留下来吃饭？"

他还没做好在人家家里吃饭的心理准备。

谈野松开手："你想去哪里吃？"

江然摇摇头："不去哪里。"

谈野这才满意。

谈野随手把门关上，江然这才开始打量这个房间。

在宿舍里的时候，谈野的床铺和他们的并没有什么区别，如果说真的有，那可能就是非常简洁。

房间不是很大，起码和他的比起来只有一半大小，但是空间还算富余，书桌上摆了一些试卷和教材，还有一些看起来很复杂的课外书，谈野的阅读面还挺广的。只不过桌上比较乱，试卷也基本只勾了选择题。

江然控制住自己想要收拾的举动，他往旁边的架子上看了一眼，那上面有一个奖杯，杯座上写着比赛的名称，是个篮球比赛的第一名。

谈野这么厉害吗？

江然有点震惊，他不懂篮球，平常也只是在操场上看到谈野打篮球打得很好，起码袁丁和孟白日他们每次都夸谈野很厉害，没想到谈野还得过第一名。居然喜欢什么，就能在什么上拿第一，江然有点羡慕。

"想要？"身后突然响起谈野的声音。

江然回头，实话实说："我要这个干什么，就是觉得你好厉害。"

谈野扯了扯头发，十分自傲："当然。"

他一点都不谦虚。

江然口袋里的试卷突然掉了出来，江然伸手去捞，动作却没谈野快。

谈野拾起试卷，在他面前摆了摆，两指夹着那张试卷，纸张展开发出声音。

谈野将试卷抖了抖，之前在包厢里的时候，灯光比较暗，看得并不是特别清楚。现在一看，前面写的几道选择题还是对了三道的。

谈野觉得江然进步了不少，当然这个进步是和江然以前相比，他清楚地知道江然的问题在哪里，对症下药永远比盲目努力好。

谈野坐下来，问："想玩还是想学习？"

他一只手撑在床上，微微向后仰，显得整个人十分爽朗和帅气。

江然几乎脱口而出："学习。"

说完江然有点不好意思，连忙补充："要不我们先玩一玩，然后再学习？"

谈野故意问："你想玩什么？"

他房间里有很多运动用品，但算起来哪一项似乎都是江然不玩的。

谈野问："篮球？"

江然摆手："还是不了……"他琢磨了一会儿，小声说："还是写作业吧。"

谈野早就预料到江然的回答，他轻笑了一声："又反悔了？"

江然叹了口气："篮球我肯定玩不了，还是学习吧，正好我带了试卷。"

谈野拖长了音调："原来这就是你的目的。"

江然：……

谈野的书桌不是非常大，但是两个人坐一起还是够的，他从外面搬了张椅子过来。

这张试卷江然写的时候还挺顺利。

"这是我在家里写的。"江然指了指前面几道题，"不过我不知道对不对……"

谈野的手点在试卷上面："对了三题。"

江然立刻就高兴起来了，要是放在以前，他可能一道题都做不对，或者可能就对一道题。

谈野笑问："心情这么好？"

江然说："当然了，对了三道题对我来说已经够好了，下一步就是要做对更多的题。”

谈野看他认真起来的模样，说：“先说错了的题。”

他的视线挪到题目上，江然连忙认真听。

“第一题对了。”谈野从桌上翻到了一支红笔，随手打了个勾，“第三题错了。”

谈野在草稿纸上写出题干，他之前的字非常潦草，很多字江然都看不懂，后来习惯了一段时间，现在已经毫无障碍了，不会再闹出半天才认出那是个“解”字的笑话了。

江然摈弃了其他想法，认真听讲。

谈奶奶中午烧的是家常菜，她把菜端到桌上，又准备了两瓶牛奶，然后才敲了敲门，门没锁，轻轻一碰就开了条缝。

谈奶奶看了一眼，只看到两个人坐在桌前，自己的孙子还在讲题目。

她笑着说：“学习呢。”又纳闷，“来家里怎么一直写作业，小野怎么不带江然出去玩玩？”

谈野说：“奶奶你别管。”

谈奶奶也不生气，乐呵呵的：“好好好，我不管，你们出来吃饭吧，下午再学习也不迟。”

她把门关上。

谈野扔了笔：“吃饭。”

江然点头：“嗯。”

他在谈野家里当然是听谈野的。

江然好奇地问：“你平时在家吃饭的次数多吗？”

谈野：“不多，平时在学校吃。”

江然一想也是，虽然现在学校实行夏季作息时间，中午午休的时间比冬天的长，但是来来回回得花很多时间。如果每天中午都回家，时间恐怕是不够的。

门一打开就闻到了饭菜的香气，江然一眼就看到了桌上琳琅满目的菜。

他可紧张了，今天不仅来谈野家玩，还在谈野家里吃饭，感觉实在是太奇妙了。要是被孟白日和袁丁知道，他们肯定在教室里就能叫出声来，还会问东问西。

谈奶奶说："快坐，不然菜就要凉了。"

江然走近几步，原来之前谈野带给他的饭菜是谈奶奶做的，他当时还以为是在外面买的。

桌子不大，是圆形的，谈奶奶给江然夹菜："这都是小野喜欢吃的，我也不知道你喜欢吃什么，尝尝味道怎么样。"

"谢谢……不用了……"

江然也不好拒绝，很快碗里就堆了起来，每种菜都有，谈奶奶非常热情。

这里所有的东西都很普通，和他家里有很大的区别，给他的感觉却丝毫不差。

香气溢在空气里，江然吃了一口菜。

谈奶奶立刻问："好吃吗？"

江然回答："好吃，特别好吃。"

果然和他之前那次吃的味道是一样的。

谈奶奶非常开心，又给他夹了一些菜，江然不知所措的样子看得谈野想笑。

饭吃到一半，江然才终于放松了一点，主动和谈奶奶聊天，谈奶奶非常健谈，反而是谈野没什么话。

谈奶奶温声问："我平常都是在学校里的，好像见过你，你是小野的同班同学吗？"

小野这称呼听起来感觉好可爱，江然胡思乱想了一下，说："嗯，是同桌，我这学期刚转学过来的。"

他又补充说："我之前去小超市买过东西，奶奶你估计是在那时候看到我的。"

谈奶奶点头："那应该是了。"

小超市每天的人流量不小，她虽然记忆力一般，但对江然印象深刻。

谈奶奶又说："小野一直没同桌……以后你有空经常来家里吃饭。"

江然瞥了一眼谈野，应了一声。谈野只是淡定地吃自己的，也不插嘴，反正谈奶奶也不给他夹菜。

谈奶奶则趁机说起谈野的事情来，从小时候说到现在，各种各样，好玩的、糗的，全都有。

"对了。"她忽然想起什么，"上次小野回家里带了一份饭去学校，你知道吗？"

江然心跳停了一拍："知道。"

谈奶奶自顾自地开口："那天还下着雨，他跑进家里把我吓了一跳，平时都不见他中午回来吃饭，还非得带到学校去……"

江然悄悄看向谈野，谈野出声："奶奶。"

谈奶奶又说他："怎么啦，你自己做的还不让人说，还有你明明不吃胡萝卜的，上次还非装进去……"

谈野抬眼："不是我吃的。"

谈奶奶"咦"了一声，很快就明白了什么，笑眯眯地说："哦，给小江的是不是？"

江然只能"嗯"一声，承认了。

不知道为什么，江然突然感觉很羞耻，明明就是吃一顿饭的事情而已，而且那天还是谈野非逼着他吃的。

谈奶奶眯着眼："没想到小野还对同学这么好，以前可没见他这样过。"

江然看向谈野，谈野敛眉，并不反驳。

吃完饭后，谈野去洗碗，江然本来也想去，被他拒绝了。江然也不知道还能干什么，就站在厨房门口看着。

"围裙在那儿。"谈野抬了抬下巴。

"啊？"江然回过神，伸手把门后面挂着的围裙递给他。

谈野却说："手上油。"

江然看看他的手，又看看自己手里的围裙。

谈野低声说："帮我套上。"

江然帮他把围裙套上，又给他系好，还系了个蝴蝶结。

谈奶奶虽然年纪大了，但是买的围裙是可爱型的，上面还点缀着很多小草莓，穿在谈野身上非常奇怪，有种反差萌。

江然忍住笑："好了。"

谈野咧着嘴："谢谢。"

他个子高，水池才到他的大腿那里，水流从手指缝中穿过，他的动作非常快，洗得却很干净。

江然突然就觉得谈野这样很……半天他终于想起来一个词——接地气。

江然拿出手机，趁谈野背对着自己的时候偷拍了一张，不承想手机开着声音。

"咔嚓"一声，江然的脸一下子红了！

他第一次反应非常快地把手背到身后，结果因为太手忙脚乱，手机从手里滑了出去。

江然：……

手机摔落，滑到了谈野的脚下。

谈野本来还没转身，听到手机摔在地上的声音，倏的一下转过来。

江然弯腰捡手机，谈野在他头顶问："这么慌张？"

江然怕他发现自己偷拍，很心虚："就不小心没拿住……"

谈野没戳破他，他觉得江然的小心思特别好玩。也许是江然平时看着太乖了，所以稍微有一点点不符合他人设的行为，谈野就好像是挖到了什么宝藏似的。

江然退后几步来到门边，他偷偷瞄了一眼手机，屏幕亮着，上面是刚刚他偷拍的那张照片。

江然连忙用手掌盖住手机屏幕，谈野的眉眼动了动："小心点。"

江然把手机关了，假装镇定地看向前方，谈野已经转过了身，似乎没有看到，江然松了一口气。

江然回到客厅里，谈奶奶已经回房午睡了，于是他去了谈野的房间。

试卷在桌上铺开，他已经把填空题都写完了。

江然又看向旁边的草稿纸，上面大多是谈野的字，和自己的字形成了鲜明对比。

他顺着解题步骤捋了捋，感觉思路非常清晰，怪不得谈野每次都能考第一，真的太厉害了。

按袁丁的话来说，江然都快成谈野的小迷弟了。

正想着，袁丁就发来了消息。

袁丁：@江然，兄弟，作业写完没？

江然还没回，孟白日就跳了出来：还用说，你以为江然像你吗，假期里光想着玩了。

袁丁：说得好像你写了一样。

孟白日不回答了。

江然忍不住笑起来，他的这两个前桌就像是活宝一样，每天都要吵两句才舒服。

他在群里回道：还有一点没写完。

袁丁很快感慨了两句，国庆假期他们都玩疯了，哪里还记得写作业，他也顾不得江然的正确率，就要抄答案。

江然：我现在不在家里，你为什么不找谈野要啊？

袁丁：谈哥肯定没写，顶多写了选择题，我要是这样，得被老师打死。

他说得很夸张，还配了表情包，显然是以前有过这样的经历。

江然在桌上找了找，果然看到了这次放假前发的试卷，上面只写了选择题。

谈野真是太随意了，如果有一天他也能这样就好了。

江然羡慕了一会儿，给袁丁回复说回家再给他答案。袁丁以为他在外面玩，得到肯定的答案后就非常开心地继续去玩了。

江然在房间里坐了没一会儿，谈野就回来了。他手上还有水，轻轻一弹就蹦了出去，江然脸上溅了点水珠，他赶紧闭眼：“你怎么还玩这个？”

小孩子才这么玩。

国庆节假期结束后，大家都回到学校里，袁丁把作业本抖了抖："江然你真是太认真了，老师都喜欢你这样的学生。"

江然提醒道："如果有错的……"

"错了就错了呗。"袁丁十分不在意地摆摆手，"只要写了就行。"

他说得很随意，但是英语课时还是紧张起来。

王玉文依旧让人站起来报答案，轮到袁丁时，他咽了咽口水，报出答案："ABAAC，BDCCA。"

没承想，今天王玉文点点头："错了两道题，还行。"

袁丁有些不敢相信，他坐下来，对江然说："江然你听到没，你对了八道题！"

王玉文说："江然。"

江然都没来得及高兴，就站了起来，念出自己的答案，然后忐忑地坐下。

王玉文笑了笑："只错了三题，江然你进步不小，再接再厉。"

要是别人错三题，她肯定要说两句，但是江然，她会夸奖。

闻言，江然的脸上露出笑容，他低声说："谈野，你刚刚听到没？"

谈野撑着下巴："听到了。"

江然说："你好厉害，这样看的话，我的成绩一定会提高。"

谈野瞥见他向往的神色，他想了想，说："那我就不知道了。"

江然被他说得又叹了口气，谈野痴痴地笑起来。

已经过了变声期的他声音偏低沉，笑起来时很有磁性，饶是听惯了的江然也觉得很好听。

月中时的一个周末，江然回了家。

已经是秋季，他得看看要带点什么东西去学校，把夏天的衣服都换掉。

家里只有孙姨一个人，江然上楼，准备回房间时发现书房的门好像是开着的。他很少进书房，记忆里就只有小时候爸爸还在的时候进去过。

江然也不知道为什么突然想进去，他犹豫了几秒，推开门。

书房的构造变了很多，书架上以前摆着很多江父的书，包括一些绘画类的书籍，现在已经变成了其他的。

江然环视了一圈，书桌上放着卢敏公司的一些资料，他没有兴趣去看，正要离开时，目光却突然停住。

有个熟悉的蓝色本子压在书底下，那是病历的颜色。

他按住那几本书，把东西拽了出来，果然和他猜的一样，是病历，而且上面写着他的名字。

江然已经很长时间没去医院了，他记忆最深刻的一次就是初中那次了。

他的视线落在病历上面，他想要打开看看，这病历上面写了什么。

当初从医院出来后，他就没看过。医生也没仔细说，从头到尾卢敏都没和他说过他的检查结果。

时隔多年，江然其实都做好了心理准备，他可能真的是傻子吧。

江然的手一寸寸地挪过去，翻开了病历第一页，看到了潦草的辨认不清的字迹。

江然努力地辨认了一会儿，继续往后翻，前几页写的检查结果都很正常，直到后面其中一页，那些字非常刺眼。

江然的嘴唇动了动，他飞快地合上病历，却又在下一刻忍不住重新打开。

他得谢谢卢敏没有把这个病历扔了吗？

江然也不知道自己现在是什么想法，只觉得那几个字已经印在了脑海里，挥之不去，比每次努力了却还是考倒数时都要难过。

江然不禁想：为什么呢？他又没做过什么坏事，为什么偏偏是这方面的问题，让他所有的努力都付之东流？

江然的目光定在那一页纸上。

门外突然传来上楼梯的脚步声。

江然终于回过神来，他连忙松开手，手忙脚乱地将病历放回原来的地方，飞快地装作什么也没发生的样子出去。

恰好碰到卢敏到了走廊上，卢敏狐疑地问：“你在这里干什么？”

“找东西……”江然胡诌，“我以为你把我的画拿走了，所以进来看看……”

卢敏说：“我拿你的画干什么。”

江然和她对视，眼前又浮现当初卢敏带他去医院做检查时的场景。

那时候他在上初中，又一次考了倒数，卢敏直接给班主任打电话请假，带他去了医院。他听到卢敏对医生说他的成绩，然后说：“我想检查这里。”

卢敏指了指脑袋。

江然当时刚检查完另外一个项目，就站在门外，看到的时候还没明白，以为卢敏头疼要做检查，实际上是给他做检查。

江然瞥了一眼书房的门，心里头慌慌的。

“你有时间多看看书，不要浪费多余的时间在画画上面。”卢敏出声。

江然“嗯”了一声。

卢敏从他旁边过去，进了书房，过了几分钟里面也没有传出什么声音，卢敏应该是没发现东西被动过。

江然站在原地，脚下仿佛生了根，走不动，脑海里全是刚刚看到的病历内容。

当天晚上，江然回了学校。

周日晚上是要上自习的，谈野在篮球场浪了一下午，又回去洗了个澡，身上还冒着热气，头发湿漉漉的就来了教室。

谈野拖开椅子，江然动都没动。

谈野觉得有些奇怪，但也没太在意。

但江然一直都没说几句话，袁丁回头找他聊天时，他都寡言少语的，谈野才感觉好像有问题。

谈野平常自习也不写作业，他扔了笔，给袁丁发消息：哎，江然今天怎么了？

袁丁一头雾水：没怎么啊，哪里不对吗？

谈野：你怎么什么都不知道。

袁丁：……

袁丁真的没明白谈野什么意思，他偷偷回头看了一眼，江然正在写作业，很正常啊。

谈野关了手机，歪着头看江然，他正在写一道物理大题，公式和图都画在草稿纸上，但是半天才得出一个错误答案。

他忍住想去指点的冲动。

谈野观察了二十分钟，终于得出一个结论——江然肯定受什么刺激了。

江然自习一向不喜欢开小差，所以谈野没出声，一直等到下课铃声响。

袁丁离开座位，顺口叫道："江然，走了，回宿舍了。"

"他不回去。"谈野说。

"啊？"袁丁看向江然。

江然也看向谈野，以为他有事和自己说，点头道："你先回去吧，我晚点回去。"

袁丁答："好吧。"

袁丁大约猜到可能和之前的问题有关，没问，和孟白日一起离开了。

教室里转眼间就没了人，江然问："是有事吗？"

谈野直勾勾地盯着他："你今晚不对劲。"

江然愣了愣，他本以为谈野突然想教自己做题，没想到居然是问这个。他说："没有……"

谈野眯眼："小同桌，别在我面前撒谎。"

江然深知他的脾气，他垂下眼睑。

谈野问："有人欺负你？"

江然摇头："没有。"

他可是谈野的同桌，而且学校里不少人都知道他们关系好，也没人敢欺负他。

谈野追问："说不说？"

江然和他对视了半天，才温吞吞地开口：“你不知道，我真的是笨蛋。”

谈野却问：“笨怎么了？”

江然答：“你不懂。”

谈野不开心了：“我怎么不懂了？”

江然往后靠了靠，碰到了墙壁，他垂眸开口：“我今天在家里看到了我的病历。”

他很信任谈野，所以愿意把这件事告诉对方。

谈野的手指在桌上点着，等他继续说。

江然轻声说：“初中的时候，我去医院检查过，今天看到病历上面说我……”

后面的声音低得几不可闻。

谈野看到他眼睛中充斥着慌张、不解，更多的是茫然，如同一只小鹿。

谈野说：“所以呢？”

江然懵懂地说：“所以我就是个笨蛋，你以后不用教我——”

江然的话还没说完就被打断，谈野强迫他抬头，和自己对视，然后压低声音：“你就是这么以为的？”

江然吓了一跳：“不是，不对，是我再怎么努力都没有用，教不教都这样……也浪费你的时间……”

他说话磕磕绊绊的。

谈野重复：“浪费我的时间？”

江然点头：“对。”

谈野说：“我乐意。”

江然微微睁大眼。

谈野看他这副样子，很生气，咬牙切齿道：“我自己乐意，我想教就教，你只要听着就行了，哪那么多话？”

江然纠结：“可是……”

谈野的语气微凶：“可是什么？”

江然感觉下一刻谈野若没听到想要的答案，就能过来把他揍一顿。他低头：“可是再怎么教我也这么笨。”

谈野冷哼：“我乐意教笨蛋。”

江然不知道该说什么了。

谈野别提多生气了，他没想到江然居然会因为这个沮丧了一晚上，一个病历能说明什么，搁他就直接撕了。谈野真是气死了。

安静了一分钟，江然才小声说：“对不起。”

谈野受不了他这副小可怜的模样，怒气陡然消失：“对不起我什么？”

他伸手拿起江然桌上的作业本，一字一句地说：“今天晚上你写了十三道题，错了九道。”

江然一听就紧张了，虽然他纠结了一晚上，但是一听到写错题，他下意识地就紧张起来，他还是想努力的。

谈野固执道：“我就要教你。”

江然愣愣地点头，谈野盯着他，继续说：“江然，你还记得之前的条件吗？”

江然说：“记得。”

窗外夜色如墨，唯有远处星星点点的灯光。

谈野很满意这个回答，看他乖巧的样子，忽然冒出一个想法：“条件就是——要不，教一道题，叫一次哥哥。”

他刚有妹妹时很开心，但家里人总念叨作为哥哥要怎么做，他处于叛逆期，听不得这样的话，于是来到了这里。

现在叛逆期过去了，他冷静思考了许多，但拉不下面子回去。

妹妹只要一开口叫哥哥，他虽面上不为所动，实际上保护心大起。在仅有的几次对话里，妹妹像江然一样乖。

江然整个大脑都是空白的，他刚刚是听错了，还是谈野说错了？

江然问：“你……”

“同意了？”谈野并没有听他接下来的话，“还是想自暴自弃？”

江然感觉他的视线聚焦在自己身上，忽视不了，窗外有风吹进来，从耳侧掠过。

两个人本身就离得很近，所以江然想往后缩，却退无可退，他解释道：“……我没有自暴自弃，你说得对……但是你的条件，你今天是不是——”

“嗯？”谈野扬了扬声调。他的脾气一向如此，江然早应该知道的。

谈野把声音压得极低：“你想说什么，你听错了，还是我说错了？”

“听错……”江然几乎说不出话来，一半是因为羞赧，一半是因为他不理解。

因为曾经被母亲逼着叫路清徐哥哥，他对哥哥这个称呼是排斥的，没想到谈野偏偏选择了这个要求。

已入秋季，墙壁冰凉。谈野今晚原本只是想问问发生了什么的，剩下的话完全是突然冲动就说出口了，不过说出来好像也没什么大不了的。

江然完全不知道说什么，张嘴半天一个字也没蹦出来，像一个受惊的小哑巴。

谈野看着看着就笑了，早就知道他会是这个反应，他咧嘴笑，笑容又很快消失：“怎么，答应还是不答应？”

反正早晚都会答应。

从教学楼回到宿舍已经很晚了。

看到他们回来，袁丁问：“你们怎么回来这么迟，我刚刚还准备打电话给你们的。”

江然只是摇了摇头就拿衣服去了洗手间。

谈野坐回椅子上，心情特别好。

孟白日察言观色，趴在床边上：“谈哥，你看起来心情不错，怎么，在路上捡到钱了？”

“能不能有点出息？”谈野瞥他。

“不能。”孟白日大笑。

江然快速洗完澡，洗完衣服就上了床，连话都没说几句，不过他的位置能看到谈野进出洗手间，结果一回头被谈野抓到了。江然赶紧扭过头，装睡。

谈野低笑了一声，他越来越觉得江然可爱了。

等洗手间门关上后，江然才转过头来，盯着天花板发呆，最后拿出手机来。

“熄灯了！”门外传来喊声。

江然正在玩手机，床边突然被敲了一下，他扭头看到谈野似笑非笑的脸，谈野故意小声说：“晚上早点睡。”

江然心想自己哪天晚上没有早点睡了，他气道：“我睡了！”

谈野笑：“睡吧。”

房间的灯很快关了，宿舍里暗下来，谁也看不清谁。

江然躺了一会儿，压根睡不着。

好像叫哥哥也没什么，又不会真的多一个哥哥，也不会掉块肉，反而谈野给他讲题，他的成绩还能提高，怎么说感觉都是他比较划算。

江然胡乱想了好久，也不知道过了多长时间，宿舍里都能听到袁丁的呼噜声了，睡得可真香！

他羡慕了一会儿，翻了个身，大概是刚才想太多，脑袋累，很快就睡着了。

清晨，江然迷迷糊糊地醒来，坐在床上发了一分钟呆，才慢吞吞地下床去洗漱。

大概是没清醒，他撞到了下床的谈野，江然拍了拍脸，怀疑自己脑子坏掉了。

谈野先进了卫生间洗漱，出来后神清气爽。看到江然像个小学生一样坐在桌前，他问：“早上想吃什么？”

“谈哥，你今天早上也太好了吧。”孟白日哇哇大叫，“我要吃肉包子！”

“自己买。”谈野没好气地说。

“还是不是人啊，谈哥？”孟白日吐槽。

谈野毫不留情，并不想搭理他。

孟白日回头看，这才反应过来刚刚谈野问的是江然。

江然愣愣地回神：“啊？平常那些就可以……”

说了几个字他才意识到什么，声音渐渐变小，今天谈野居然主动问他吃什么？

江然赶紧摇头：“去食堂再看。”

谈野扬眉：“行吧。”

江然心头一跳，从他旁边绕开，洗完脸刷完牙出来时，宿舍里就剩谈野坐在那儿了，孟白日和袁丁已经没了人影。

江然忍不住问：“他们走了？”

谈野“嗯”了一声：“走了。”

江然没再问，和谈野去食堂吃早饭。

天还没大亮，有些昏暗，他们前后都是去上学的学生，朝气蓬勃。

江然昨晚做了个梦，梦里他不答应谈野，然后惹怒了谈野，被他嘲笑题目错得离谱，最后考试也没过。

他想着走了神，脚下没注意。

“都不看路的？”谈野的语气有点凶。

“……知道了。”江然闷声回答。

临近食堂门口的时候，他心里面冒出来好几个泡泡，忍不住问：“谈野，你会不会嘲笑我？”

谈野被问得莫名其妙：“什么？”

江然也觉得自己这话问得有问题。

没等他改口，谈野却突然灵光一闪，有些狐疑地看向江然，他在他心里是这样的人？

“如果你不答应——”谈野故意吓他。

江然：……

原来你真是这样的人！

两人吃完早饭到教室上课，袁丁却比他们来得还晚一些。

“你们早上搞太迟了。”袁丁带了个包子进教室里，“隔壁张立华刚好叫我们，我们就先走了。”

“你在食堂没吃饱？”江然看见他手里的包子，问。

“那倒不是。”袁丁三两口吃完包子，“我在食堂喝的胡辣汤，他们都吃完了，我总不能还坐在那里吃，那还得让他们等。”

趁着谈野出去了，袁丁小声说：“你和谈哥今天早上好像不对劲啊。”

江然警惕起来：“哪里不对劲？”

袁丁挠挠头：“我也不知道，就是觉得你们俩之间好像怪怪的。”

其实昨天晚上他就有这种感觉了，只不过当时没多长时间宿舍就熄灯了，来不及问。

“我们没吵架。”江然掩饰道。

“没吵架最好。”袁丁倒不觉得是吵架。

江然松了口气。

正好早读铃声响了，王玉文从外面进来，琅琅读书声瞬间充满了整个教室。

谈野看到江然坐直了身子，认认真真地捧着本书，如果再多副眼镜，那就很符合人们心目中常见的学霸形象了。

其实他不太清楚江然为什么有些抗拒叫别人哥哥，像他自己，就对多一个弟弟感到很开心啊。

谈野第一次发现成绩好这么有用。他摸出发下来就没怎么碰过的英语书，随便翻开一页，兴致颇高地朗读起来。

江然听到他的声音有点吃惊。

王玉文从这边经过，一脸震惊地看着谈野，为了确定，她来回路过了四五次，发现这居然是真的。看来有个上进的同桌真不错，连谈野这么吊儿郎当的人都开始认真了。

第一节课是英语课，昨天晚上老师发了一张练习试卷当作业，今天正好拿出来讲答案。

还是熟悉的套路。

江然对于自己错题的数目越来越关注，也对谈野的信心越来越高。

“哪一天全班学生都和谈野一样，全对，我晚上做梦都能笑醒。”王玉文忍不住感慨。

班上同学一起叫起来：“太难了！”

“这是在为难我们！”

王玉文拍了拍桌子：“当然是说着玩的。先讲前面的题目，如果第一题都错了，那你上课肯定没认真听……”

江然蹭了蹭桌子，忍不住转头问：“谈野，你怎么做到英语每次都全对的？”

一道题都不错，太可怕了。就算是班长宋桥，偶尔也会错两道题。

谈野敲了敲桌子，缓缓开口：“这个啊……”

他拖长了调子，似乎在思索，然后江然就听到了两个字：“感觉。”

感觉是什么样的，江然不清楚，他之前有几次考试感觉良好，成绩下来时就被打脸了，所有的感觉都是假的。

所以在谈野轻描淡写又认真地说出“感觉”两个字后，他有点呆滞。江然琢磨着——学神的感觉和他的感觉不一样。

江然一对比，感觉心上又被戳了一箭，更加坚定了自己要努力学习的想法，他以后也要做到凭感觉就能写对题目。

梦想是遥远的，一个星期后，江然发现自己太高看自己了，感觉十次有八次是错的。

学校非常注重教学质量，为了让大学生们在学习上不放松，除了常规的期末考，还安排了期中考。

距离期中考还剩一个星期的时间，江然必须要好好学习才能考个好成绩。只是他如果想要成功，求助谈野是必须的。

所以他想了整整一天，让周叔送来好多奶酪小蛋糕，偷偷地放在自己的桌洞里。

谈野晚自习上课前通常都会去篮球场打篮球，不会来教室，江然决定在那时候将蛋糕塞进谈野桌子里。

晚自习开始前半小时，教室里已经来了很多同学了。

江然特意早些回了教室，他坐在自己的位置上，看到前排的十几个人，有点犹豫。但是转而一想，送东西而已，这在同桌之间不是很正常吗？再等谈野就回来了！

有几个女生在前面聊小说剧情，时不时笑起来，没人往后面看。

江然这么安慰自己，从包里把小蛋糕拿出来，动作飞快地塞进了谈野的桌洞里。

但谈野的桌洞里乱七八糟的，他平常会趴在桌上睡觉，所以很多书都放在桌洞里，小小的桌洞被挤得毫无空间。

江然必须得弄出点空间才放得下奶酪小蛋糕。

“江然，你干吗呢？”袁丁从外面进来，看到他弯着腰，头都快伸进谈野的桌子里了。

江然吓了一跳，他随便一塞，又坐直，看到只有袁丁一个人时重重地松了口气：“我在放东西。”

虽然他和袁丁的关系非常好，但是他说不出自己在偷偷给谈野送东西这样的话来。

江然的脸皮本来就薄，万一袁丁没当回事，在教室里说出来，或者在谈野面前说出来，那可就真刺激了。

“对了，今天老师讲的作业你订正答案了吗？”袁丁丝毫没怀疑，“我上课打瞌睡没听。”

“订正了。”江然把作业递给他。

“谢了！”袁丁笑起来。

江然也朝他笑了笑。

晚自习准时响铃，谈野回来后和男生们打闹了一会儿，没看自己的桌子。

做题的时候，江然深呼吸了一下，莫名地扭头往左侧看。

谈野写完题目，扔了笔，手在桌子里掏了掏，摸到了不一样的东西，拿出来一看，是上次吃的那种奶酪小蛋糕。

谈野转向右边，问江然：“你放的？”

虽然是问句，但语气肯定。

江然“嗯”了一声：“就是……”

谈野轻笑，捏了捏奶酪小蛋糕的盒子，掀起眼皮：“你想用这个东西收买我？”

江然还真这么想过，所以他清楚地表现在了脸上。

谈野将盒子放在江然的书上，语气轻佻自然：“无功不受禄啊，小同桌？”

他伸手把江然的笔记本拿了过来，看到上面的答题痕迹，明知故问：“题目不知道怎么写？”

江然捏捏耳朵：“嗯。”

谈野放回去：“简单。”

他指了指自己。

江然一下子就明白了他是什么意思，赶紧看了眼讲台，老师坐在讲台后面，只露出一点头发。

谈野悠悠道：“一般人我可是不教的。”

江然盯着他的手，心里面仿佛有两个小人在拉扯，一个说可以试试，另一个边说不行。渐渐地，前一个占据了优势。

谈野不是路清徐，也不会和他爸爸入侵到自己的家庭里去。

江然下意识环地视了一下整个教室，好像没有人注意到他们在说话，教室外面也没有目光犀利的班主任或者巡查老师。

谈野半天没等到回答，准备转回去，还不忘提醒：“欸，题目写完了，太简单了，我是睡觉还是——”

“哥。”没等他说完，身旁传来声音。

谈野机械式地扭头，江然结巴起来，声音几不可闻：“我、我……你自己说好的！”

“我之前说的可是两个字的，你怎么偷工减料？”谈野问。

江然瞪大眼：“这有什么区别？”

谈野理直气壮：“区别可大了。”

这不摆明了耍赖皮吗？江然看着谈野脸皮这么厚的样子，气得不行，干脆直接坐好写作业去了。

“想自己写了？”谈野歪着靠在桌子上，低声说，“还有十分钟下课。”

江然看了他一眼，不想说话。

谈野发现他生气的样子特别好玩，要是别人，恐怕会发火，但江然不会，他生气也是很温和的。

“一道题。”谈野又提醒。

江然又看了他一眼。

谈野真的想笑，但怕火上浇油，还是憋住，伸手在江然的草稿纸上画了个圈。

半晌，江然把草稿纸推了过去。

谈野就知道他的气性没那么大，毕竟做了快两个月同桌，他都摸清江然的脾气了。

江然心里实际上可纠结了，但是刚刚叫都叫过了，要是不换回来，那怎么对得起自己，他不能吃亏！

这三道题是国内知名学校的教授出的，老师拿过来也是想让他们练练手，虽然难，但不是做不出来。

江然的物理其实一塌糊涂，他好像天生对物理不感冒一样，上课正常听，有时候也能听懂，但到了自己写的时候，大部分都是错的。

第一节晚自习下课前一分钟，江然终于弄懂了第一道题。他对谈野充满感激，但是感激的话到了嘴边，又不可避免地想起前几分钟的事情。

江然别扭地道谢：“谢谢。”

谈野只是笑。

第二节晚自习时，谈野主动要给江然讲题，江然以为是他良心发现，终于明白自己之前的要求多么不友好，就安心接受了。

两道题讲完，谈野放下笔：“好了。”

江然这次抿唇笑着说：“谢谢。”

“先别谢。”谈野忽然阻止他，然后不紧不慢地开口，“剩下两道题的报酬先记上。”

江然：……

他早该知道的！

一个星期恍然过去。

江然一开始努力地控制着自己学习的进度，能不找谈野就不找谈野，但事实往往不尽如人意，他仿佛成了被谈野压榨的劳工。

谈野非常人性化：“现在不履行没关系，记下来，以后慢慢还，我不介意一起还。”

他还是非常好说话的，过后再补也一样。

江然则不同，他还怀有侥幸，心想以后指不定谈野就记不得了。

TAN YE × JIANG RAN

大提琴

Da Ti Qin

VII

第七章

Chapter 07

周三下午最后一节课，张德胜来了教室，他敲了敲黑板："明天开始期中考，考场安排待会儿都会贴在黑板边上。大家晚上早点休息，不要熬夜。"

下了课，江然和谈野先回宿舍放东西。

谈野在宿舍里待了几分钟，便出去打电话了，估计是有什么事情，袁丁便拉着江然一起去吃饭。

袁丁说："你一天到晚坐在教室里也不运动，早晚会长小肚子。我们吃完去小超市买点零食，再散散步。"

江然低头看了一眼自己的肚子。

"别看了。"袁丁把他拉起来，"你走在学校里多少女生看你啊，我长小肚子你也不会长的。"

"你说话前后矛盾。"江然吐槽。

"生活需要乐趣。"袁丁嘿嘿笑。

两个人直接去了食堂，之前江然不喜欢吃食堂的饭，但现在已经习惯了，偶尔吃一顿还是可以的。

吃完饭后两个人一起去小超市，现在正是傍晚放学的时候，小超市里人很多，男生女生把收银台围了里一圈外一圈。

这种情况下大家根本就不会排队，江然不习惯去挤，袁丁就不一样了，他不仅飞快地挤进了绝佳位置，还把江然也拉了进去。

"一袋方便面、一袋薯片、一罐可乐。"袁丁飞快地念完，问江然，"你要什么？"

江然说："一瓶水就行了。"

刚结完账的谈奶奶看到江然，一下子就笑了："江然啊，想要什么我给你拿。”

江然笑笑，想起什么，又重新说：“两瓶水吧。”

他用校园卡付完账，谈奶奶又往他手里塞了几颗糖：“拿去吃吧。”

江然连忙说谢谢。

出了小超市，袁丁盯着江然，问：“你什么时候和谈奶奶这么熟的？还送你东西，我都没有，她也太偏心了！”

而且谈奶奶刚刚压根就没注意到他！

袁丁觉得自己的存在感也太低了，夸张点说，他都来过小超市几百上千次了，也跟谈野一起进去过。

“就之前在外面碰见过。”江然隐瞒了一点实情，他觉得自己去谈野家里吃饭的事不能说出去，不然肯定又要被问东问西的。

“那还差不多。”袁丁勉强信了。

操场那边传来阵阵欢呼声，袁丁伸头往前看：“这么热闹？”

只见篮球场周围围了不少女生，也有男生在。

江然说：“应该是谈野在里面。”

袁丁一脸兴奋：“走走走，去看看。”

到场边时，袁丁看到陈一一也在，凑过去问：“今晚这么多人，有什么情况吗？”

陈一一解释：“就两边的人今晚刚好遇上了，好像不知道因为什么吵起来了，现在在比赛，刚刚谈野进了球，我们这边的比分大。”

江然的个子比他俩高，能很轻易地看到球场内的情况。

谈野不知道什么时候换上了球服，跑动时头发飞扬起来。江然正要移开视线时，发现对方的队伍里有路清徐，江然的心情一下子就不好了。

“这么刺激？”袁丁嘀咕，他叫了一声，“谈哥加油！”

袁丁的嗓门一向很大，远超兴奋中的女生，这声加油十分精准地传入了球场里。

谈野往这边看了一眼，见江然站在袁丁旁边，他笑了一下。

随着临时裁判的哨声，比赛继续，篮球在谈野手下一跳一跳的。

他在学校里一向人气很高，毕竟长得帅，成绩又好，即使传闻中的他凶神恶煞，此刻的魅力也丝毫不减。

再看对面的那几位就一般了。

今天孟白日他们在这里打篮球，他们随便玩玩时就只会占一个篮板的场地，孟白日不小心撞到了对面场地的人，道歉后对方依旧不依不饶，于是双方干脆约着打一场比赛。

伴随着加油声，谈野扔出了篮球。对面的几个人都知道他是重点对象，就盯着他防，孟白日和其他人就不怎么被重视。

袁丁很激动："上啊！打他们！"

周围齐刷刷的目光看过来，江然目不斜视，装作自己不认识他。

袁丁自己打气不够，还拉上江然："快快快，你也喊两声，从士气上打倒他们！"

"我不喊。"江然拒绝。

"你怎么能不给你同桌加油？"袁丁控诉。

江然就是不开口：……

袁丁说了半天也没说服江然，只能捏了捏怀里的薯片袋子，继续他的加油大计。

这场临时比赛已经快要结束了，谈野冲出了三个人的防线，几乎是眨眼之间就侧身过去了，让人反应不过来。

孟白日瞅准机会把球传给他，所有人的目光都随着孟白日扔出的篮球移动，一直到篮板上发出"砰"的一声，球从篮筐里落回地面。

充当裁判的同学吹了哨："结束了！"

袁丁叫起来："赢了！"

围观的同学们也跟着欢呼起来，即使大多数人不懂篮球，但也被谈野刚刚投篮的动作帅到了。

不少女生叫着谈野的名字，袁丁拉着江然说："走走走，我们过去恭喜他们。”

男生们围在谈野边上叽叽喳喳：“不愧是谈哥，最后一球好帅，我们都眼花了。”

“对面的怎么还不来道歉？”

“别是觉得丢脸不愿意吧？”

江然跟着袁丁走到球场里，几个累得不行的同学站在那里喘气，大口喝水，谈野却像是没事人一样，只是额头有汗。

江然想了想，把手里的一瓶水递过去：“喝吗？”

谈野的视线从他手上转到脸上，他伸手接过，拧开瓶盖，仰头喝了一大半。谈野的喉结上下滚动，有水珠从嘴角流下来，顺着往下滑。

江然又从口袋里掏出纸巾递过去。

“你可真是装备齐全。”袁丁惊叹道，虽然知道江然一直很精致，但随身带纸巾的男生真的不多。

谈野忽然发现一个问题：“买了两瓶？”

江然“嗯”了一声，谈野又笑了起来，江然不知道他为什么笑，正要询问，突然明白了，他肯定以为自己特地给他买的吧。

江然矢口否认：“不是买给你的。”

谈野戏谑地看着他，慢条斯理地说：“此地无银三百两。”

这边热热闹闹的时候，对面几个男生终于休息好了，萎靡不振地走过来。

路清徐的目光死死地定在江然身上，怎么哪里都能碰上他，上次最狼狈的时候碰上他，今天打篮球输了居然也碰上他……

谈野敏锐地捕捉到路清徐的不悦，他偏过头问江然：“他和你很熟？”

江然语气平淡：“只是认识。”

的确是只到认识的程度，他不想和路清徐有任何牵扯，至于卢敏和路员的事情，他是不同意的，但他并没有权利阻止。

但谈野看路清徐的神色好像不是这么回事，他眯了眯眼，直觉有什么事情。

其中一个寸头男生主动说："之前的事情对不起，你们赢了，我们心服口服。"

男生之间并没有什么很深的矛盾，孟白日随便说了两句就解决了问题。

"走了，"寸头男生转身准备走，看到路清徐还站在原地，拍了拍他的肩膀，"怎么了？"

"没什么。"路清徐说完转身离开。

几个人离开后，谈野才看向江然。

谈野的心情莫名不爽，他又仰头喝完剩下的半瓶水，随手将水瓶扔出抛物线，矿泉水瓶精准无误地落入了场地角落的垃圾桶里。

孟白日鼓掌："秀秀秀！"

"谈哥扔个瓶子都能这么秀。"袁丁感慨了一句，"什么时候我学会这一招，离我撩妹成功就不远了。"

"那你等着吧。"孟白日损他。

他们在操场上待了一会儿，就回教室了。

江然今天见到路清徐眼神不对，不由得多想了一些，导致回座位时走神差点被椅子绊倒。

"想什么呢？"谈野刚好一脚踢开椅子，抓住江然，否则他就直接栽上去了。

"没有。"江然抿嘴。

"是不是那个路清徐？"谈野的语气不佳。

江然抬头看他一眼，疑惑道："你好像很生气。"

谈野说："是啊。"

他当然生气了，自己的同桌居然还认识别班的人，而且这么久了他都不知道。

江然安慰道："我和他不熟。"

谈野非常冷淡地"哦"了一声。

江然坐到自己的位置上，见谈野是真的生气了，而且还有不想搭理他的征兆，他问：“你真想知道吗？”

谈野点头：“嗯。”

两个人面对面坐着，谈野鼓励他：“有什么不好说的，我是你同桌，还去过你家里，关系都这么好了，你还瞒着我。”

江然犹豫了一下，才小声开口：“其实他爸爸是我妈妈的男朋友。”

谈野愣了一下，上一次去江然家里的时候，仅仅一面，他就能明显地感觉到江然妈妈的强势。之前江然也和他说过父亲去世了，但是他没想过江然妈妈找了男朋友。

不过好像也很正常，只是这么巧，男朋友的儿子和江然上的是同一所大学，怪不得两个人见面装不认识。

谈野问：“你不喜欢他？”

“当然呀。”江然怪异地看着他，“我不喜欢他爸爸，也不喜欢他。”

江然问：“你是不是觉得不好？”

谈野勾唇笑：“不，非常好，就这样做，我看他也不怎么样。”

得到赞同，江然笑了一下。卢敏一直不喜欢他对路员父子的冷淡态度，但现在，除了孙姨、周叔以外，有别人支持自己了。

期中考试很快到来，谈野一进教室，教室里就诡异地安静了下来。

谈野把椅子直接拖到了江然桌边，和他并排坐着，问：“还有半小时开考，是想多听两道题，还是想自己看书？”

江然毫不犹豫地选择了前者。

上课铃声快响时，谈野才施施然地回到自己的位置上。

考试座位是按学号排的，坐在江然前面的女同学转过身，小声说：“你和谈野的关系肯定很好，我还从没见过谈野对别人这么温柔。”

接下来的几场考试，谈野也是在江然的位置旁边待到铃声快响了才离开，有时候还得江然催他。

同学们一开始很震惊，到最后已经麻木了，偶尔才会回一下头。

期中考结束后，学校贴吧里又多了一个新帖子——

【爆料】期中考的时候，谈野每次都在考场最后一排坐到考试开始才走，这就是学神的任性吗？

谈野是学校的话题人物，看到这个帖子冒出来，不少人都点进去吃瓜，想知道为什么，顺便感慨一下学神。

各种各样的回复冒了出来。

【16L】：可能就是想炫耀，嘲讽你们。

【17L】：难道因为最后一排的风水比较好？

【18L】：呵呵，这次成绩出来还不一定第一呢。

【19L】：楼上的也太酸了吧，就问你们得到第一的次数有谈野的十分之一吗？

【20L】：嫉妒也该看清事实。

大家来来回回吵了半天，才有同班同学看到这个帖子，上来回复——

【50L】：我就是这个考场的，你们别乱猜了。谈野是在和他同桌讲题目，不是做其他的事。

没想到更多人发出疑问。

【51L】：我怎么感觉这样的回复我好像见过？

【52L】：讲题目这种事，什么时候能轮到我，学霸一对一辅导，年级第二不是梦！

【53L】：上次是不是也是和同桌一起？

【54L】：关系这么好？

今天晚上所有的老师都在改试卷，所以教室里没人看晚自习，很多同学都在玩，这帖子分分钟就被水了好几页。

孟白日看到的时候差点笑出声来，然后又摸着下巴思考了一下，谈野怎么从来没给他们讲过题？

周一的时候，大家都在讨论考试成绩。

上次考试的时候，大家都看到了谈野帮江然复习，所以很好奇江然的成绩。

上周的帖子虽然不热，但又被顶到了首页，最后大家愣是猜了好几百层。一方认为江然考得很差，另一方认为有谈野帮忙补课，江然肯定考得很好，还有在劝架的。

【167L】：想问问江然的成绩。

【168L】：能让谈野一对一辅导，羡慕死我了。

【169L】：如果享受第一名的一对一补课福利，成绩还没有上来的话，那也太笨了吧？

【170L】：江然应该很有钱，我之前碰见过他，他身上一整套衣服大几千块，鞋还是限量款。

【171L】：牛，有钱任性。

托谈野的知名度，江然也逐渐被大家记住了。

班上也有一两个人刷到这个帖子，下场帮忙说话去了。

江然在班里这段时间，没做过什么令大家讨厌的事，还经常帮助人，没人讨厌他。

不过成绩不好的确是江然的问题，所以大家也不敢和江然提这个帖子，里面的嘲讽看着就来气，他们生怕刺激到江然。

袁丁知道这事的时候也瞒了下来，他知道江然平时两耳不闻窗外事，一心看书，根本不会主动逛贴吧。

只是班上有些同学还是很难掩饰住情绪，偶尔会控制不住地往后看两眼。

谈野感觉敏锐，往后看的同学再次回头便对上了他冷冷的眼神，他脸上明晃晃地写着“不好惹”。

同学们后背一凉，再也不敢回头看了。

下午快要上课时，江然叹了口气：“成绩要出来了。”

谈野挑眉：“怕什么？”

江然看了谈野一眼，他怕什么谈野当然一清二楚。

“你是对自己没信心，”谈野靠近他，低声说，“还是对我没信心？”

江然并不知道怎么回答。

这时张德胜突然进了教室，化解了江然的尴尬，教室里安静下来。

他手上拿了一张纸，不用猜都知道肯定是成绩单。

细小的议论声陡然变大："这么快！"

"紧张死我了，每次都是这样。"

袁丁说："看老张今天的表情，肯定成绩不怎么好，我都听说了，这次很多人没考好。"

孟白日说："完了完了。"

张德胜轻飘飘地弹了一下成绩单："考试成绩出来了，我看你们周末应该都玩得挺舒服吧。"

班上同学顿时安静如鸡。

"一个个都上天了,这样的成绩也考得出来？"张德胜直接一拍黑板,"你们好意思写，我都不好意思看！"

他沉声道："话不多说，让你们都听听。"

"孟白日，"张德胜念出来，眉眼一瞪，"比上学期的期末考，下降了整整八十七名，是觉得自己这么厉害已经可以不用学了？"

孟白日低着头。

"袁丁，你也别激动，马上就到你了，你们俩还真是同桌，你下降了七十八名，颠倒过来了，是这样一起患难与共的吗？"

班上同学听了都忍不住笑。

袁丁脸红红的，幽幽叹气。

张德胜停顿了一下："以上是成绩退步的，你们都自己好好想想，怎么别人进步你们退步呢？"

"专业第一，谈野。"张德胜眉开眼笑，"你们都向谈野好好学学，永远都是第一名。"

这谁比得上啊，同学们腹诽。

张德胜的心情不错了许多："这次班上进步的同学也不少，比如陈一一，直接闯进了专业前十。"

他继续往下念，但等他念完了，江然都还没听到自己的名字。

谈野压低声音说：“别急。”

江然眼睛都快红了：“没有。”

虽然他有心理准备，但还是挺失望的。

谈野看到他红红的眼圈，心也跟着揪起来了，低声说：“这才一个月而已，你要真进步很大，你得去实验室切片。”

“瞎说。”江然被他的三言两语转移了注意力，“我就是觉得我好笨……”

谈野眯眼：“你再说试试？”

江然被凶得吸了吸鼻子，他本来就因为没听到自己的名字差点掉眼泪，谈野现在居然还这么说。

谈野看到他憋眼泪的样子，哑声说：“男生哭什么哭。”

江然说：“没哭。”

他是真没哭，只是控制不住眼睛酸。

讲台上，张德胜没管下面叽叽喳喳的学生，他咳嗽了两声，扬高声音：“这次我们班上有个进步非常大的同学！”

教室里一下子安静下来，张德胜还没说完，但班上同学都猜到了。江然收到了几十道视线，同学们一看他眼睛红红的，都很心疼，女生们恨不得马上扔纸巾过来。

然后……大家就什么也看不到了。

谈野伸手挡住了江然的脸，江然掰下他的手：“你干什么，这样我都看不到黑板了。”

谈野才不想别人看到他这副模样：“现在又没板书，看什么黑板，低头。”

两个人还在说话，张德胜的声音传过来：“就是咱们班的江然同学！自从来到我们班后，他们成绩突飞猛进！

“你们都要向江然学习，尤其是他的学习态度！每个老师都夸江然认真，不这样怎么会进步！”

张德胜夸了几句，想看看自己的得意学生，却见角落里谈野和江然小动作不断，他顿时怒拍黑板："你们两个在干什么？！"

张德胜这么中气十足的一声喊，可以说是吸引了全班同学的注意力，同学们全都转向了后面。

"谈野，江然！"张德胜一拍讲桌，"我在上面讲话，你们在下面讲话，是不是不想听了，还有你们上课拉拉扯扯在干什么？"

张德胜看到江然微红的眼圈，第一反应就是："谈野你是不是又欺负人家？"

"没有。"江然回答。

"你别怕，他欺负你你就跟我说！"张德胜现在对江然非常关心，而且觉得他未来非常有希望。

江然低下头不说话了，被这么多人看着，怪不好意思的。

"真没有欺负他。"谈野收回手，"刚刚没念到他名字，他难过。"

"真的吗？"听谈野这么一说，张德胜就有点后悔了。

因为这次江然进步最大，也最为明显，所以他特地留到最后才说。

张德胜说："这事是我不对，江然你这次进步这么大，希望你以后继续努力，争取下次更出色。"

江然狠狠点头："嗯。"

这么乖的学生，打着灯笼都找不到另外一个，张德胜心里很满意。他把成绩单递给了宋桥："待会儿下课了贴在黑板旁边。"

宋桥接过来："好。"

下课后，张德胜刚离开教室，同学们就都挤到黑板旁边看自己的成绩，虽然上课时都念过了，但还是亲眼看见更真实。

"江然你这次真厉害，下次要继续加油啊。"

"我刚刚拍下来，发到群里去了，以后设置成壁纸激励自己。"

孟白日也从人堆里挤出来："江然，你的名字离我好近，之前没想到吧？"

江然点头："真的没有。"

所以张德胜一开始没有念到他的名字时，他才会忐忑不安，他真的没有想到这次的成绩会这么好。

也许对普通人来说很容易达到，对他来说却很难。他也不是那么笨，江然在心里安慰自己。

孟白日夸奖道：“你下次肯定会更好的。”

江然眨眼：“都是谈野太厉害了。”

谈野听着很得意，抬了抬下巴。

孟白日瞪眼：“你这是在炫耀。”

开小灶太管用了，江然之前的成绩究竟如何，别人只有模糊的概念，他和袁丁最清楚不过了，现在江然竟直接赶上了他们。

孟白日就差扯袖子哭了，他也想要开小灶，但是谈野肯定不愿意，因为时间没那么多。

“谈哥，你能不能教教我们？”袁丁小心翼翼地问。

“梦里什么都有。”孟白日说。

谈野转了转笔：“哪有时间。”

他平时给江然讲题目都是抽空的，要么是晚自习时间，要么是下课时间。

江然一边想全班都进步，一边又觉得不太可能，他已经耽误了谈野很多时间，怎么可以让谈野再揽活儿，这样太不顾谈野的想法了。

期中考成绩一出，班上同学都感慨起来，江然一下子冲到了中下游，按照这个速度，下一次考试指不定就直接冲到前面去了。

一时间，班里的学习氛围紧张起来。

有同学早就忍不住，在帖子里发了江然的排名情况。

【234L】：前面说会倒数的，你这次考了第几名？

【235L】：呜呜呜，有谈野教真好，我觉得下一次江然考个专业第二我都不惊讶了。

【236L】：佩服谈野，也太牛了，自己成绩一直稳居第一，还能把同桌带起来。

【237L】：谈野求你开个辅导班吧！！！

话题被转移，帖子里的同学全在手动 @ 谈野出来开补习班。

周五下午放学，江然决定回家。没想到一进家里，路员父子也在。

路员正在和卢敏说话，两个人在讨论最近的新闻，路清徐在一旁喝水，低着头。

卢敏道："回来了？"

江然答："嗯……"

"今晚在家里吃饭。"卢敏说，"想吃什么跟孙姨说一下。"

江然心想这些根本就不用说，孙姨比谁都清楚他的口味，不需要每次都说，但卢敏显然没意识到。

路员说："学校最近安排了期中考，江然这次考得怎么样，我家清徐的成绩都出来了，你们的应该也下来了吧？"

卢敏这才想起来问江然的成绩，其实也只是随口一问而已，因为她一直都知道江然的成绩是什么样子，没什么好期待的。

卢敏又顺口问："清徐考得怎么样？"

路清徐面无表情："一般。"

"你肯定是谦虚了。"卢敏笑了一下，又转头问江然，"江然，你考得怎么样？"

江然无动于衷："学校会寄成绩单回来，到时候就知道了。"

卢敏的脸色沉了下来："你就这么说话的，礼貌都去哪儿了？"

江然抿唇，不出声。

"别生气。"路员赶紧开口，"孩子可能是没考好，心情不好，理解理解，下次继续努力就是了。"

明明是很正常的话，江然听着却不怎么开心，他上了楼梯，扶着扶手回头说："我考没考好，都不关你的事。"

路员第一次被江然呛，他印象里一直怯懦的江然今天居然硬气了起来，他下意识地看向卢敏："这……"

路清徐突然狠狠地一摔杯子，餐厅里安静下来，他愤然道："爸，你能不能安静一点，你管那么多干什么？"

卢敏都没来得及出声，路员脸色不太好：“清徐你发什么火？”

“想知道他的成绩问我也可以，”路清徐呼出一口气，“他考得很好，比我好很多！”

他说完就直接离开了江家。

餐桌上的路员和卢敏面面相觑，完全不知道情况怎么会突然变成这样。

江然也有些惊讶，不过看到路员被他自己的儿子呛，他还挺喜闻乐见的。他一直不喜欢路员，比起路清徐变来变去的脸色，路员总是笑眯眯的，但给他的厌恶感却很深。

卢敏回过神：“刚刚清徐说的是真的吗？”

路员挤出一个笑容：“应该是的吧，清徐不说谎的，看来江然这次进步不小，清徐平时成绩也在中游，不知道江然用了什么办法。”

卢敏愣了一下，若有所思。这话听起来没什么毛病，但她下意识就会往作弊上面想，又不太愿意这么想。虽然江然成绩不好，但不太可能作弊，而且之前班主任都说了，江然学习很认真。

再说，她可以猜测，但若别人猜测自己的儿子，怎么想都有点不舒服。

卢敏看向路员：“你别瞎猜。”

“我没别的意思，是我错了。”路员心里咯噔一声，连忙抱歉一笑。

路员补救似的抬头看向楼梯处的江然：“江然，不知你愿不愿意分享一下经验，清徐的成绩也不怎么好。”

江然说：“没有经验。”

路员不喜欢这种回答，重新开口：“你这次进步大，怎么会没有经验呢？”

江然看着他，路员被他看得心虚，一想他还是个孩子，就觉得没什么好担忧的了：“你们现在还在一个学校，以后清徐还会是你哥哥……”

“我是独生子。”江然又看向卢敏，“我上楼了。”

再说他进步是因为谈野帮他补习，想让谈野教路清徐，当然是不可能的，他才不愿意。

直到楼梯上的脚步声消失，餐厅里重新恢复安静时，路员的脸色还有些没有恢复过来。

以往江然对他态度不好，卢敏都会替他说话，所以到最后不开心的反而是江然。今天卢敏没插嘴，路员就有些难堪。

他目前和卢敏还在谈恋爱的阶段，而且已经将近半年时间了，江然都没有松口。

路员也不是不想催，但是卢敏一边说着想结婚，一边又一直往下拖，说要让江然同意，路员估计江然是不可能同意了。

“我去打电话问问老师。”卢敏还是有点不相信江然能考好。

主要是上初中以后，江然的成绩一直是倒数，她就算想说服自己，成绩突然变好的可信度也是很低的。

电话很快被接通，张德胜的声音从里面传出来：“喂？”

“是张老师吗，我是江然的妈妈。”卢敏上次被张德胜有意无意说了一下，这次态度就软了许多。

张德胜一下子就来了精神，事实上他正准备有时间打电话给卢敏，说说江然的成绩，因为上次卢敏的态度明显有问题。

“江妈妈打电话来是想问成绩吗？”张德胜直入主题，“这次期中考的成绩江然没有告诉你吗？”

“听说江然考得还不错。”卢敏没说刚刚的矛盾，她和路员的关系总不能告诉老师。

张德胜笑呵呵的：“是不是考得太好有点不好意思说，他进步了很多，以后肯定还有很大的进步空间。”

张德胜对江然非常有信心，学习的态度这样认真，不进步那真是天理难容。

卢敏惊了一下：“一下子进步很多？”

“我看过他以前的档案，这次的进步对他来说是一个好的开始。”张德胜继续说，“这当然也有其他的原因在，不过最主要的还是他自己认真，你们做家长的应该适当鼓励鼓励。”

卢敏看了一眼空无一人的楼梯，张德胜又叮嘱了几句，卢敏“嗯”了几声，挂断电话后，她还有点回不过神。

其实自从医生给出结论后，她对江然就不抱什么希望了，但还是恨铁不成钢，希望他是个聪明的孩子。

一直到今天，江然好像真的变了。

路员听到卢敏和老师说话时惊讶的语气就知道不妙，自己儿子肯定没说假话。

一个傻子居然考得比自己儿子还好，路员深吸一口气，笑着说："看来是真的，要恭喜了。"

卢敏的脸上带着喜意，她想起来什么，说："清徐不知道跑哪儿去了，你也不去找找。"

路员一听心里就开始打鼓，他以此为借口离开了江家，之前说好的在江家吃饭也仿佛被两个人遗忘。

一直到出了高档别墅区，路员才回头看了一眼，这里已经看不到江家的别墅了，他踢了一脚旁边的台阶，门卫室的保安像看傻子一样地看他。

江然回房间后好一会儿心情才好一点。

他现在也不想看书，听到楼下路员离开的声音往外看了一眼，有点惊讶。也不知道路员是不是被自己刚刚的话气到了，不过江然一点都不后悔。

他以前或许不会这么说话，但和孟白日、袁丁他们待久了，就多少学会了一些。

江然觉得还不错，要是以后路员和路清徐再让他不开心，那他就再气他们一回。

他心痒难耐地给谈野打电话，过了一会儿谈野才接通，电话里的声音吵吵闹闹的，谈野好像是在外面，还有麻将的声音。

"你在外面吗？"他问。

"嗯。"那头谈野应了一声，"奶奶在打麻将。"

刚说完，听筒里就传来谈奶奶的询问声："小野啊，打这个可不可以？"

"旁边那个。"谈野说。

江然听着觉得特别好玩，他都能想象到那个画面，谈奶奶捏着一张牌问谈野，谈野坐在她边上指导，江然忍不住笑出声。

“什么事这么开心？”谈野离开了麻将桌，走到了门口，“说说？”

江然才不会告诉他自己脑补的内容：“我今天把我妈妈的男朋友气走了，他离开我家了。”

谈野站在门口，有麻友的小孙子们在旁边玩，他伸手摸了摸小孩子的头，对江然说：“夸夸你。”

他能听出来江然的语气带着小雀跃，江然心情好的时候都这么可爱。

江然脸上红了一下：“其实都要谢谢你。”

如果没有这样的成绩，他也不可能把人气到。

谈野挑了挑眉：“谢我，那就好好报答我。”

江然：……

他问：“你想要什么报答？”

谈野却说：“这个得你自己想。不过老话说得好，滴水之恩，当涌泉相报。”

江然叹气：“好吧，我想想。不和你说了。”

谈野“呀”了一声：“不高兴了？”

江然感觉自己被敲诈了，但他确实该好好谢谢谈野，他道：“不是。我要去看书了，周一见。”

他忙不迭挂了电话。

谈野听着手机里的忙音，心情颇好，江然就是太不经逗。

江然周日就回了学校，临走前，卢敏敲开他的房门：“我和你班主任通过电话了，知道了你的成绩，之前是我不相信你，你别放心上。”

江然看着她：“知道了。”

卢敏知道他对自己心存芥蒂：“你好好努力，想要什么都和家里说。”

几年来，他们都习惯了如此对话。

卢敏和张德胜通完话之后，依旧改变不了自己的想法，她依旧希望江然能考第一。只可惜应该是不行的，她不止一次想，如果江然没那么笨，或许早就考第一了。

江然回校的时候，卢敏站在门口看着他离开，然后才出发去公司。

江然把东西放回宿舍，看到谈野的桌上还放着半瓶水，估计他又在操场。他拿上书，准备去教室自习。

宿舍去教学楼的路其实有两条：一条是大路，经过操场和篮球场；另外一条是小路，从食堂后面绕过去。因为小路更近，所以他们平常去上课都是走小路。

江然下楼后，想也不想就走了大路。

篮球场上人不少，因为学生们最空闲的时候就是周日下午了。

江然来得巧，刚好看到谈野站在三分线那儿，隔得有些远，但他依旧投篮成功。

经过这么一段时间，江然也了解一点篮球了，这样投三分球的动作既漂亮又有魅力，江然不禁把脚步放慢了一些。

场上的男生大多是别班的，有人注意到江然，“哎”了一声，碰了一下谈野：“那个是不是你同桌？”

谈野眯眼看过去。

江然见他扔了篮球，走到球场边上。隔着台阶，谈野笑着问：“好不好看？”

江然现在已经可以面不改色地给出答案：“好看。”

谈野又问：“我好看，还是篮球好看？”

江然答：“都好看。”

谈野笑了：“还挺会说话。”

江然：……

谈野看了一眼他手里的书，猜到他是要去教室里自习。

谈野问：“刚到学校？”

江然“嗯”了一声：“对了，你带宿舍钥匙了吗？宿舍里现在没人，你要是没带，我就把我的给你。”

谈野说：“带了。”

两个人又说了会儿话，江然才决定去教室。

江然刚离开，谈野就对着篮球场里的人摆摆手，也跟着离开了。

江然又一次被叫去办公室。

办公室里来的老师不算多，张德胜问："你回去和你妈妈说了成绩吗？"

通过几次电话聊天，张德胜对卢敏也有了简单的了解，自然也就对这事比较上心，因为很多学生的心理状况都和家里息息相关。

江然点头："说了，她明天会过来找您。"

张德胜也点头："和父母有隔阂还是需要多聊聊的，往往很多事说通了就可以了，不要一直避而不谈。你妈妈当然也存在问题，我会和她多聊聊，你就把心思放在学习上，不要想太多。"

江然"嗯"了一声，这个班主任实在是太好了！

他以前也遇到过好老师，但是像张德胜这样事无巨细地关心他的很少。如果没有张德胜，他和妈妈的关系可能就一直那样不冷不热的。

张德胜温声说："行了，去自习吧。"

周一早晨，谈野接了个电话，皱眉对其他人说："我妈来了。"

江然看他皱着眉头纠结的样子，忍不住想笑，他很少看到谈野这样。

谈野对江然说："你要是见到我妈了，她问你什么你随便说说就行，不用认真回答。"

江然心想这怎么行，谈野帮助了他很多，他对谈野的妈妈怎么可以态度不好，反而更应该礼貌才对。

"她是来找你的吗？"江然好奇。

谈野说："不是老师打电话找她，就是奶奶让她来的。"

江然很少听他说自己家里的事，偶尔才会听他提到一两句爸妈，提得更多的是谈奶奶。

谈野皱眉："我妈很闲。"

不过聊了一会儿，江然知道了谈野的一些事情。自从妹妹出生后，谈野就一直被念叨“哥哥要做个榜样”，他虽然喜欢妹妹，听多了也烦。再加上他有些桀骜不驯，并不满意家里对他未来的安排，就直接从首都跑到这儿来上学了，家里现在也拿他没办法。

难怪谈野之前让他叫哥哥。

江然有些感慨：“我要是像你一样，我妈肯定很生气。”

谈野却说：“我自己的人生，只能我自己做主。”

当天是路员送卢敏来的，车停在外面，路员下车前说：“我和你一起去吧。”

卢敏想了想：“不行，江然会看到。”

路员：……

他又不是见不得人。

卢敏这两天的态度变化很明显，似乎他能影响到江然的学习进步似的，路员很不满意这样的情况发生。

但他只能憋着：“好，那我先去找清徐，之后在外面见。”

卢敏知道他心里不爽，但也没办法。

本来江然就很不喜欢路员，路员要是被学校同学看到，肯定会被议论，这样的事情她不想看到。

孟白日正好路过走廊，听见张德胜叫了一声“江然妈妈”。

他第一次见到江然的妈妈，对方看上去年轻漂亮，皱纹很少，就算说是姐姐也有人相信，怪不得江然长得这么好看。

孟白日离开教室的时候在宿舍群里发消息：@江然，你妈妈也太好看了吧！

江然看到消息，回：谢谢。

卢敏的确长得非常好看，不然也不可能有这么多人追她。

江然也不懂，路员到底是哪里好，让卢敏跟眼睛被蒙住了似的，一颗心都放在他身上，他对路员一点好感都没有。

卢敏从办公室离开时，拿到了一份成绩单，她正低头看，不小心撞上一个戴着墨镜的女人。

卢敏抱歉一笑："不好意思。"

她进入社会多年，当然能够看得出来，身边的这个女人的身份不简单，周身的气质不是一般人能比的。

"没关系，请问张德胜老师在这个办公室吗？"对方问。

卢敏问："你的孩子也是张老师班上的？"

对方点头："嗯。"

卢敏晃晃手中的成绩单："太巧了，刚拿到的。"

"是吗？我儿子成绩应该还行。"林心媛随口说，又多看了她两眼，"我先进去了。"

很快，卢敏就听见张德胜招呼的声音："谈野妈妈，今天找你来是为了说一说谈野最近的情况……"

这个名字好眼熟，卢敏看向成绩单。

第一名的地方赫然写着"谈野"二字，她下意识地在心里吐槽，这就是成绩还行？

专业第一是真的还行。

卢敏既羡慕又嫉妒，如果谈野是她的儿子就好了，她也用不着和江然吵架了，不过真没想到江然的同桌居然是第一名。

看来江然成绩进步的原因很明显了，和第一坐一起成绩还不行，那就真浪费了。

江然中午回宿舍时，就发现宿舍楼门口有个提着包的女人在看他，见他发现了，还朝他眨了眨眼。

江然并不认识她，女人走了过来，轻声细语地问："小同学，你认识谈野吗，知道他住哪里吗？"

江然惊讶地睁大眼，他心里想：果然是一家人，叫他的时候都喜欢加个"小"字。

对方手上拿了一副墨镜，看起来非常温婉，应该是谈野的妈妈。

“谈野和我一个宿舍，他现在应该在宿舍里。”江然回过神，说。

林心媛笑了笑，然后有些苦恼地开口：“我是第一次来这里，不知道谈野住哪一间宿舍，正好，你可不可以帮忙带一下路？”

江然点头：“那您跟我一起。”

上楼时，林心媛问：“谈野脾气不怎么好，平时有没有欺负你？”

江然摇头：“没有。”过了几秒，他又补充：“其实他不欺负同学的，只不过看起来凶了点儿。”

林心媛微微一笑：“真的吗？”

她以前听谈奶奶说，儿子在学校可是凶名远扬。

江然以为他们母子俩关系一般，有心给谈野刷点好感度：“真的！我是他同桌，他平时经常帮助同学。”

他说得自己都不好意思了。

林心媛差点以为江然口中的谈野是同名同姓的另一个人，因为第一次有人这么夸谈野，谈野首都的那些朋友从没这么说过。

林心媛觉得江然害羞的样子特别可爱，哪像自己的儿子，天生就不知道害羞是什么情绪，反正她是没见到他脸红过。

江然把林心媛带到宿舍，自己却没进去，他有意留下空间让谈野和林心媛独处。

林心媛一推开门就看到谈野在宿舍里做俯卧撑，胳膊上还浮现着肌肉，这哪有人家小同学看着舒服。

“我刚刚看到你同桌了。”林心媛直接坐在谈野的椅子上。

“很乖是吧。”谈野从旁边拿了一瓶水递给她。

“确实，比你可爱。”林心媛哼了一声，“你准备什么时候回去？”

谈野坐在对面江然的椅子上：“不准备回去了，今年过年在这儿过。”

林心媛道：“你爸知道得打你。”

谈野咧嘴：“他得打得过我才行。”

林心媛一想也是，然后又重新绕回了刚才的话题："你同桌夸你助人为乐，真的假的？"

助人为乐？谈野并不觉得这四个字和自己有什么关系。

别人的事他才懒得管，不过如果是江然，就不一样了，谈野随口回答："真的。"

"真好意思。"林心媛评价，"他刚刚还送我上来，刻意没进来，真是一个聪明乖巧的孩子。"

谈野扬唇："那当然。"

路员看到路清徐的成绩后，气得要死。

路清徐这次的考试成绩有些差，虽然之前也不是太好，但是比江然好很多，就可以用来刺激一下卢敏，结果这次路清徐考得比江然还差。

看到他脸色不佳，路清徐说："我早就说过了，你应该清楚。"

"你还有脸说。"路员的心情差到极点，"下次如果还是这样的成绩，生活费减半。"

提到生活费，路清徐的脸色陡然变差。

路员给卢敏打了个电话，结果才响了几声就被直接挂了，连接都没接。

路员这下子坐不住了，自从前两天江然的成绩出来后，卢敏的心思就转到了江然身上，对他也不是太热络了。

路员虽然知道原因，但他心里还是不舒服。江家那么多财产，卢敏必然是全留给她儿子的，之前江然烂泥扶不上墙，他有把握让江然被厌弃，到时候婚后再生一个，卢敏必然就会直接忘了江然，结果现在出了意外。

明明傻了这么多年，怎么突然成绩变好了？

路清徐看到他被挂断电话也有点吃惊，虽然他知道路员意图不轨，但是卢敏之前和路员的关系非常好，如同处于热恋期。

"我看你们干脆分手算了。"路清徐深吸一口气。

"分手？"路员转过头看他，"你是傻子吗？这时候分手？"

他浪费的时间不都打水漂了？哪个白富美愿意和一个儿子都这么大了

的男人在一起？像卢敏这样儿子不成器、自己的钱很多的，是少数，他不可能放弃的。

路员气不过，又打了一个电话，这次接通了。

他才刚刚露出一抹微笑，就听见对面劈头盖脸一顿责怪：“我正在和江然班主任说话，你怎么一直打电话，有什么事回去再说，路员，你懂事一点。”

路员还没说话电话又挂了。

路员：……

他刚刚熄灭的怒火又燃烧了起来，要是卢敏待会儿不回电话，他非要说说。

对于卢敏而言，老师是很重要的，男朋友当然得往后排。

江然接到卢敏的电话，说：“我在教室里。”

办公室离教室不远，卢敏直接过去，看到他在看书，心情又好了不少。

“之前你没和我说你同桌是第一。”卢敏的语气很好，“你班主任说了，你的成绩进步多亏了人家的帮助，有没有想好怎么谢人家？”

江然顿了顿，看他不说话，卢敏以为他没准备，直接安排：“这周末我请人家吃饭，到时候你带他过来。”

江然抿唇：“不用这样。”

卢敏说：“不然你准备怎么谢谢他？还是你压根就没想？”

江然说不过她，直接默认了，反正到时候谈野去不去还不一定。

卢敏又说了几句，然后才离开，她现在满脑子都是张德胜说的话，至于路员，早被她忘了。

孟白日今天一直在帮张德胜做事，出入办公室的次数比较多，也听到了卢敏和路员的对话。

他回班上的时候和江然说：“你妈妈今天在办公室的时候有人一直打电话过来，你妈妈直接说让他懂事一点，你妈妈也太强势了吧。”

江然抬头：“你知道她和谁通话吗？”

孟白日回忆了一下：“好像是一个叫路员的人，是你妈妈的下属吗？你妈妈说话好有气势。”

听到答案，江然诧异了一下。

虽然他和卢敏的关系仍旧有些僵，但他还没听过卢敏对路员如此说话，以前“懂事”两个字都是卢敏用来说他的，现在轮到路员了。

也许是因为期中考的小小胜利，江然对于未来更加充满期待，也对谈野更为信任。

他比以前更努力了，江然想证明，期中考的成绩并不是终点，他想让这次考试成为新的起点。

但是几天过去后，谈野不愿意时时刻刻回答他的问题了，有时候甚至直接让他别看书了。谈野有些生气，因为江然太激进了。

江然最后听了谈野的话，身上紧绷的那根弦也跟着松了松，没那么担忧了。

圣诞节悄悄来临，今年的圣诞节天气有点冷，但是时间越临近，学校里的气氛也越来越浮躁。因为圣诞节过后就是元旦，再过一阵就可以放寒假了，而且元旦还会办晚会。

圣诞节前一天，不少同学都买了苹果，谈奶奶的小超市也摆上了一些包装好的苹果。

江然柜子里有好几个苹果，不是在学校里买的，而是让周叔送过来的，因为学校里的早就被抢完了。

“元旦晚会你想表演吗？”袁丁凑过来问江然，“说是让咱们每个宿舍至少出一个节目。”

“你们不表演吗？”江然反问。

“实在没有就只能我和孟白日上了？”袁丁的表情有点一言难尽，“你知道我们去年表演的是什么吗？”

江然想了想：“唱歌？”

“你说得可真简单。”袁丁摆摆手，“去年孟白日非要表演二人转，我是服了，最后我们名扬全校。”

江然一脸震惊。

因为元旦晚会老师不会参加，所以大家就比较放飞自我，节目只要报上去，一般都会同意。

“别这样看着我。”袁丁捂脸，“我知道，这听起来有点糗，但是我们当时还是非常成功的。”

江然忍不住笑：“没有，只是第一次听说，我没看到有点遗憾。”

袁丁道：“就跟网上的差不多。”

只不过因为他们是平常天天见面的同学，所以自带了搞笑效果。

晚会当天，班上同学开始装扮教室。

江然插不上手，就站在走廊上看，不只一班，所有班级都在装扮教室，气球爆破声不绝于耳。

袁丁冷哼：“今天我们肯定比二班早弄好。”

江然问：“去年谁早？”

袁丁说：“二班，他们班的人还来我们班炫耀，气死我了。”

一班和二班以前经常一起上大课，又是相邻的班级，所以彼此非常熟悉。

江然道：“这次不会的。”

袁丁听了十分受用，又问：“今天下午都没看见谈哥，你知道他去哪里了吗？”

江然摇头：“不知道。”

他一向不过问谈野的私事，但是很多时候谈野会直接跟他说。

袁丁想起来什么，偷偷凑过来问：“哎，江然，你这次表演什么？班上同学都有点期待。”

江然说：“你到时候就知道了。”

袁丁心想这有什么好隐瞒的，只是节目单被扣着，他想知道也没办法，没想到江然自己也保密。

冬天天黑得早，不过六七点，很多班级就直接关了门，开始办元旦晚会。

一班也是，教室里的桌椅都被搬到了四周，中间留有很大的空地，还有彩灯一直在闪。

谈野姗姗来迟，坐在了角落里，不过不影响看节目。谈野看江然还拿着本书，直接抽走：“今天就不要看书了。”

江然说：“好。”

教室里吵吵闹闹的，他说话声音很轻，谈野没听见，他歪了歪半边身子：“说什么？”

江然对着他耳朵说：“我刚刚说好。”

他们正交头接耳的时候，晚会正式开始，今年的主持人是孟白日和陈一一，第一个节目是唱歌，而且还是平常比较闹的同学表演，气氛一下子沸腾起来。

教室里开了空调，暖洋洋的，时间一分一秒地过去，很快孟白日就念出了江然的名字。

齐刷刷的目光全都朝江然看了过来，原来隐藏这么久的节目是大提琴演奏！

江然被这么看着还有点紧张，这次孟白日是主持人，袁丁怎么都不肯表演，他们宿舍又必须出节目，就只能他上台了。

他本来想弹钢琴，但是运钢琴来学校不方便，干脆就改成了大提琴演奏。

谈野都不知道江然表演这事儿，班上同学似乎也有意隐瞒着，江然更是从头到尾都没说一声。他眯了眯眼，看向江然的眼神里除了期待，还有些别的情绪。

当江然坐在讲台下的时候，教室里慢慢地安静了下来。

他从小被卢敏送去学了很多特长，画画是父亲教的，乐器是卢敏想要他学的，种类还不少。自从高中过后，江然碰乐器的次数就比较少了，如果不是这次说要表演，他恐怕也不会碰。

袁丁手里抓着一个小手电筒，灯光对准了江然的手和大提琴的中央。

除了小时候，这还是江然第一次公开表演，开始几秒他还有点生疏，后来就越来越熟练，逐渐忘了自己还在教室里。

“江然好厉害！”

“现在成绩又好，又会大提琴，这说出去咱班外面都会被女生围住了吧？”

“那得看看敢不敢啊。”

几个女生偷偷讨论着。

江然挺直着背，一举一动中都透着优雅和斯文，十分符合他平时的气质。他没有拉高深的曲子，而是选了平常同学们最爱看的美剧的主题曲，很多人都听出来了。

等结束时，江然才睁眼。

袁丁鼓掌比谁都大声：“江然！江然！”

男生们也跟着叫起来，他们太热情了，江然反而受不住，赶紧回了自己的位置，把大提琴装好放在角落里。

他问谈野：“我拉得怎么样？”

谈野笑说：“很好。”

“谢谢。”江然也跟着笑，有点不好意思，“其实是想拉给你听的。”

“真的？”谈野问。

“真的。”江然想以此感谢谈野对他的帮助。

教室里此刻在表演双簧。

“这些成绩是你自己取得的。”谈野难得认真地看着江然，“不过别以为这么说，之前的债就可以一笔勾销了。”

江然听岔了，重重地点头：“好！”

双簧结束时，教室里掌声四起。

“我们教了多少道题，就记了多少账，你打算什么时候还？”谈野又问。

江然差点一口气没上来：“什么？”

谈野说：“别装没听懂。”

江然半天才问：“没有别的选择吗？”

他想起来就觉得后悔，自己当初怎么同意的？！

“有。”谈野忽然笑，然后在江然期待的目光下开口，“允许你删除一个字。”

江然觉得自己不该问的：……

他以前的生活中从来没有像谈野这样强势的人，不过谈野虽然强势，但很多时候也会询问他的看法，当然这时候不包括在内。

孟白日的声音通过话筒传出来，有人捏爆了气球。不知道谁开了窗户，有冷风吹进来，下一刻窗户又被关上，江然的脑袋清明了一瞬，他现在可不傻了。

删除一个字也是字，几十句几百句加在一起就是很多个字！

江然最后只说：“好吧。”

谈野耐心等着。

江然偏过头，先叫了三声：“哥，哥，哥。”

谈野歪头，说：“听着怎么那么像咯咯咯。”

江然怎么也不肯再说了：“你还嘲笑我。”

谈野飞快改口：“哪有，你听错了。”

晚会越临近结束，教室里的氛围就越浓烈，大家欢呼雀跃着。

结束后大家分工合作，将教室里的垃圾收拾好，然后又把桌椅摆回原来的位置，才回宿舍。

第二天还得上课，但同学们聊天时讨论的大多和晚会有关，有的是讨论本班的晚会，有的是说别的班级的。

因为各个班级如果关系好的话，是可以串门的，孟白日以前就经常去外班逛，这次当了主持人才不能乱行动。

下午的时候，教室外的走廊里总有人停留。等到晚自习开始前，班上同学终于肯定这不对劲，因为不少女生在教室门口徘徊很久了，而且还会问“江然在吗”之类的问题。

江然和谈野都在篮球场，谈野打球，江然则负责给谈野拿水和看东西。

他看谈野打了一会儿球，然后两个人一起回教室。快到教室门口时，几个女生忽然转过头，然后一下子跑了过来：“请问你是江然吗？”

谈野上前一步，把江然挡在身后，他眉头一皱，以为来者不善。

可还没等他问话，几个女生就被他凶神恶煞的样子吓得脸色发白，齐刷刷地跑了。

谈野、江然：……

江然今天算是见识到谈野的凶名了，丝毫没有作假的可能性。

谈野转头说："走。"

江然跟在一旁忠告道："你不要那么凶，你看她们都被你吓跑了。"

谈野说："我又不需要和她们说话。"

江然心想也是。

谈野忽然又问："还是你想我变成好学生，违背心意做个乖乖仔？"

江然"啊"了一声："没有，我只是觉得你不要皱眉，你应该多笑笑。"

谈野的眉梢一动："反正你知道我是什么样的人就行了。"

进教室后，有不少人过来和江然说今天有女生在教室外面逗留的情况，询问发生了什么事，江然也一脸蒙。

刚刚那几个女生还没说什么就被谈野吓跑了，所以他也不清楚发生了什么。

刚说完，外面就有女生从窗口路过，拿着手机似乎是在拍照。女生按下拍照按钮，原本惊喜地以为拍到了江然的照片，结果一低头，发现屏幕上是谈野的冷脸，赶紧跑了，谁还敢留在教室外面。

大概是谈门神威名远扬，不多时，教室外面就安静了下来。

孟白日却很八卦，见到一个熟悉的女生，赶紧跑过去询问怎么回事儿。

他问完回了教室，一捶桌子："有人把你的视频发到微博上了，你火了。"

袁丁一下子跳起来："真的假的？"

王犇也凑过来："今天我还收到一个推送，不过我当时直接滑过去了，原来是你的视频吗？"

"也不算太火吧。"孟白日赶紧说清楚，"那条微博下面有几千条评论而已，没有上热搜。"

江然松了一口气："还好。"

他对出名没有什么期待，因为可能会带来一些麻烦，干扰学习的可能性就比较大。

孟白日把视频链接发到了群里，视频拍得不是非常清晰，因为当时整个教室都比较黑，只有中央的光束较为明显，而江然就坐在那里。

底下评论也各种各样。

@一鸭一鸭哟：我宣布我恋爱了！

@专业质检员：有人认识吗？求指路小哥哥微博！

@一颗甜橙子：这么好看的男生拉大提琴简直暴击！

@早睡早起：好好听，我刚刚才刷完这部剧，好喜欢主题曲，也太巧了吧！

江然看到各种花式表白的评论还有点不好意思，不过这些评论都是对他的肯定，虽然以前很不喜欢被卢敏逼着学大提琴，现在却觉得似乎也不差。

谈野也在看评论，上课铃响后，江然看到谈野还在玩手机，提醒道："上课了。"

他瞥到了谈野手机上熟悉的微博界面。

"她们都想和你谈恋爱。"谈野煽风点火，靠近他，"但是人不能当渣男，你知道吗？"

江然点点头，但不知道这跟渣男有什么关系，又摇了摇头。

谈野见他又是一脸蒙的样子，轻笑了一下，说："别忘了，你得好好学习。"

谈野有微博账号，只不过他平时不玩微博，现在似乎派上了用场。

谈野直接回复了点赞最高的那条评论：他要学习，请勿打扰。

他打完字，给江然看，江然觉得没问题，毕竟这是事实，但又有些小羞涩："可是我成绩还没提高多少，会不会被学校里的其他人笑话？"

谈野说："那又怎样？"

微博这件事最终还是淡了下来，没有人扒出江然的微博，也不知道是哪个认识的人说出了他们学校的名字，不过江然的名字在有人评论后又被删除了。

临近期末，江然开始计划和谈野的假期旅行，他从来没有单独出过远门，也不知道需要做什么攻略，只能多看看别人的游玩经验，再决定去哪儿玩。

孟白日转过身时，发现谈野和江然居然在写旅游计划。

孟白日：还没考完就开始计划旅游？！

他下意识地发出了一声吐槽，谈野踢了踢他的椅子："鬼叫什么。"

孟白日答："我就是……期末考试快来了，我紧张。"

江然安慰道："别紧张。"

孟白日快速开口："我继续复习了，你们也加油。"

江然看着他直愣愣地转身，转头小声问谈野："他今天好像不对劲。"

谈野见怪不怪："别管他。"

晚自习时大家都有点浮躁，教室里开着空调，室内有些干燥。

有人推开了窗户透气，下一刻传来小声的惊呼："下雪了！"

今年的第一场雪。

声音不大，但此刻人心浮躁，一瞬间，几乎所有人的目光都转向了窗户。

张德胜站在上面敲了敲黑板："你们是没看过下雪还是怎么的，还没下课，都给我看书。"

这场雪并不大，只轻飘飘地下了点雪花。晚自习一结束，大家就全都冲出了教室。教学楼中央空地上的白色清晰可见，但雪没一会儿就化了，脚踩上去都没多大痕迹。

雪还在下，袁丁搓着手感慨："估计明天起床看到的就是一片白色了。"

江然伸手，雪在手心里化了，谈野过来直接递纸让他擦干净："快考试了，别乱玩。"

江然答："没事的。"

他们身后的袁丁偷偷拉着孟白日问："你有没有觉得他们两个最近好像很关注考试？"

"他们不是一直都这样吗？"孟白日说，"我都习惯了。"

"好像也是。"袁丁嘀嘀咕咕，又忍不住说，"我只是感觉他们之间的关系好像更好了，但又好像没变。"

不过回到宿舍袁丁就把这事给忘了，和孟白日跑去其他宿舍串门了。

月光落在阳台上，映出谈野和江然站在一起的身影。

他们看着漫天飞雪，一起计划着即将到来的寒假和毕业后的前程。

宿舍外的走廊里传来各种各样的盆和桶碰撞在一起的声音，还有串门聊天的声音。

也许毕业很多年后，他们也能回想起这一天。

第一名

Di Yi Ming

VIII

第八章

Chapter 08

期末考试的时间越来越近，复习的气氛也越来越紧张。

卢敏抽空打电话给江然：“是不是快到期末考试了，这次考试很重要，你一定不能掉以轻心……”

以往江然成绩差时，她不会叮嘱这些。江然听了说不出是什么滋味，难道成绩差就不配做她的儿子吗？

从之前到现在，他清楚地感知到了卢敏所有的态度变化，卢敏的确是不喜欢那个成绩差的他，可那并不是他愿意的。

挂断电话后，江然颓丧了好几分钟，看谈野回来才赶忙甩开思绪，不让他发现。

不过江然还是不可避免地紧张起来，因为成绩越往上，上升空间越小。

大概是看到江然太用功，张德胜也找他谈了一次：“不要太紧张，因小失大不可取。”

江然点头：“我知道的。”

张德胜也为此找了谈野：一来是叮嘱他要好好考试，坐稳专业第一的位置；二来是让他多盯着点江然，别出什么事情了。

谈野扬起嘴角：“知道了。”

谈野离开办公室时吹了声口哨，他走回教室，教室里只剩下一半学生，他们大多在看书，也有的在睡觉、聊天。

江然在自己的座位上整理复习资料，今天的天气很好，窗外的阳光落在他身上，静谧安然。

谈野站在教室门口看了好一会儿，直到后面有人说：“谈哥你在门口站着干什么？里面发生什么了？”

“没什么。”谈野随口回了一句，大步回了自己的座位。

江然好奇地问：“张老师和你说了什么？”

谈野说：“答应我一个要求的话，就告诉你。”

江然已经学会拒绝了：“那不听了。”

谈野笑了一声：“一点都不坚持。”他顿了顿，“张老师让我管管你，别让你学傻了。”

江然：……

考试那天，学校的气氛很紧张。

早上，宿舍四个人一起去食堂。昨晚又下了雪，入眼白茫茫的一片，路上的雪被扫完堆在路边，偶尔能见到一两个小雪人，不知道是早起的学生堆的还是打扫人员堆的。

孟白日和袁丁一路打打闹闹的，今天的食堂没什么人，因为考试时间是九点，所以很多人去得很早，他们已经算迟的了。

出了食堂后，他们一起去教学楼。江然和谈野走在后面，江然搓了搓手，谈野低声开口：“手冷吗？”

江然看向他：“啊？”

谈野拿出了一副手套，上面贴着两个大大的“考的都会，蒙的全对”的标签。

江然笑起来，不可否认，他将考试的紧张忘在了脑后。

所有考试都结束的那天晚上，大家放松了不少，宿舍里一片沸腾。

江然坐在桌子前，一副若有所思的样子。谈野走过来问：“在想什么？”

江然回过神：“就一些事。”

他觉得自己在遇见谈野之后，生活开始变得简单而又快乐，想要的似乎都很快能有答案。

谈野又提醒：“你欠的账好像已经很多了。”他看着江然：“你有什么想法？”

江然心想，他可以赖账吗？

别说谈野，就连江然自己也记不清了，谈野总说记账，但江然从来没见过他到底记了多少。

江然基本没还过账，但谈野平时讲题的次数一点都不少，他自然心虚。

看着谈野脸上毫不掩饰的表情，他又认认真真看了眼周围，确定没人在看这里，又“咯咯咯”了三声。

这一下子就抵了三道题了！

江然为自己的“小聪明”感到得意。他以前都很规矩，跟谈野、袁丁他们相处久了，也得了些真传，现在居然学会耍赖皮了。

谈野没有因为江然的“小聪明”而不高兴，反而乐了。这样的江然是生动、鲜活的，更令他欢喜。

谈野道：“之前你在发呆，是想好去哪儿玩了，是吗？”

江然被猜到心思，却还是想卖个关子，他的旅行计划已经做得差不多了，但在完成前，他不想透露太多，想给谈野一个惊喜。

期末成绩单发下来时，江然放松了不少。

“我感觉自己考得还可以。”江然小声和谈野说，“你呢？”

谈野说：“和你一样。”

江然笑：“真好。”

他终于也能和别人说“我考得挺好的”这句话。

江然一想到就忍不住笑，他用清亮的黑眸看向谈野，同时凑过去说：“谢谢。”

谈野已经习惯了，江然很有礼貌，每次考完试都会对他说谢谢，这是他阻止之后也改变不了的。

“考好了准备怎么办？”谈野问。

“还没想好。”江然想了想，“倒是寒假肯定就过得比较轻松了。”

以前拿成绩单回去，卢敏都沉着脸，她不开心，江然也不开心，家里的气氛很压抑。

“今年我在这儿过年。”谈野说。

“那我们可以互相拜年了。”江然开心道，“你爸妈也来这里吗？”

“对。”谈野点头。

“你妈妈人好温柔的。”江然想起上次见到的林心媛，也不知道她是怎么养出谈野这样性格的儿子的。

“她很喜欢你。”谈野低声说。

江然听他这么说更开心了。

江家过年一向很平常，卢敏一天到晚忙着工作，过年的事都是周叔和孙姨准备的，不过也只是当晚一起吃顿饭而已。

江然从来都没觉得过年有什么意思，但是今年不一样，今年谈野在宁城过年，他们说好了要互相拜年，还要一起过年。

江然从没这么期待过年。

时间过得飞快，转眼间就到了除夕。

孙姨准备了早餐，然后问江然：“这次有没有别的想吃的？”

江然问：“今天是只有我们一起过年吗？”

孙姨犹豫了一下，说：“太太早上临走前说，今晚路先生也会过来。”

江然的心情一下子低落起来，他不想过年还要看到那两个人。

江然抿唇，半天才开口：“我去和妈妈说。”

孙姨叹了口气，还是提醒说：“还是不要硬着来，不然关系闹僵了。”

因为这件事，母子俩已经吵过不少回了。

江然点点头，回了楼上。

中午时，他听到楼下的声音，发现是卢敏回来了，不仅如此，路员也跟在后面，但路清徐没来。

下楼梯的时候，路员的声音传过来：“清徐大概是想和同学一起过年，男孩子们都比较爱玩。”

卢敏说：“是吗？”

今天路清徐知道要来这里过年脸色就变了，她看得一清二楚，她自己的脾气也不好，又不是她上赶着的，所以说话就刺了点。

路员赶紧说："我待会儿说说他，你别放心上。"

江然下楼后，卢敏还没说话，路员就笑着说："江然也在啊。"

江然说："这是我家。"

他不在这儿在哪儿？

路员似乎一点也不生气："今年你家过年就热闹一点了，不像以前只有你们母子两个人。"

"他以什么身份在我家过年？"江然没理他，站在楼梯上直接问卢敏，"我不想和外人一起过年。"

路员被无视，眉头一跳，他没想到江然现在脾气越来越大了。

"这……"他看了一眼卢敏，"小然，怎么说我也是你妈妈的男朋友，也不算外人了。"

"我叫江然。"大约是怒气积了许久，江然并没有再忍下去，"你自己家不能过年？"

江然和孟白日、袁丁他们相处久了，讽刺别人的话他也会说一点了，而且以他的身份说这种话反而更讽刺一些。

路员尴尬地笑了笑。在卢敏面前，路员一向会做人，即便江然说了什么也只以笑容应对，因为他知道这样卢敏会更生气。

江然问卢敏："你确定让他留下？"

江然的容貌和父亲相近，卢敏看到他的表情时，恍惚了一瞬，当年她当然是爱过江然的父亲的。

被路员咳嗽一声提醒后，卢敏才回过神来："不是，他待会儿就走。"

路员一下子转头看她："阿敏……"

"过年的确还是在自己家过比较好。"卢敏心情复杂，"而且清徐也不愿意来，就算了。"

她的理由很充分，但路员知道就是因为江然。

路员本以为卢敏在这样的时机把自己带回来过年，结婚的事基本上可以说是板上钉钉了，现在她却突然改了主意，饶是一直会忍耐的他也忍不住了："好，既然这样，那我就走，我回自己家！"

他转身就走，孙姨在他离开后赶紧把门关上。原本还犹豫着等卢敏来挽回的路员气得鼻孔朝天，他又没车，只能自己走出小区。

卢敏神色复杂，江然似乎和以前不一样了，脾气也变了。

他以前的性格像父亲，现在却有些不像了，但不可否认，她期待更多这样的变化。

“只是想要热闹一下而已。”卢敏说，“你还是把心思放在学习上，其他事不用操心。”

“我不会同意你们结婚的。”江然转过身，提醒道，“他一直心怀不轨，我不相信你不知道。”

比起路清徐，他反而更讨厌路员，因为他虚伪、做作，整个人都很虚假。

城市里不准乱放烟花爆竹，唯有市区定点的地方可以放烟花庆祝，所以现在过年大多数地方都很安静。

晚上，江然和谈野打电话，他忍不住说了今天发生的事：“我今天把我妈妈的男朋友气走了。”

谈野的笑声从听筒传出来：“真棒。”

收到谈野的鼓励，江然还是非常开心的：“你吃过年夜饭了吗？”

“吃过了，你呢？”谈野问。

“还得等一会儿。”江然躺在床上，问，“今天晚上要守岁吗？”

以往的除夕夜他不会熬夜，因为也没什么人能让他守着发“新年快乐”四个字。

谈野说：“不守岁，早点睡。”

江然说：“好。”

谈野抽空看了一眼房间外面，父母正在和奶奶聊天，并没有他什么事儿，他道：“等我一下。”

江然没懂：“等什么？”

但是他没得到回答。

江然一头雾水地下了楼吃年夜饭，也许是因为中午那段对话，这顿饭吃得很安静，多数时候是卢敏在询问，江然回答。

江然对卢敏的感情很复杂，卢敏看到江然的表情，就有些后悔以前没经营好母子关系：“新年有什么愿望？”

江然说：“还没想好。”

卢敏不再逼问。

吃完饭后，江然回了房间洗漱，早早就躺在了床上，拿了本书看。

这时手机忽然响了一声。

谈野：下楼。

江然一愣，下床往窗外看了一眼，楼下的树边依稀可以看到一个高大的身影。

他心头一跳，穿着毛茸茸的拖鞋就下了楼。

外面天气很冷，江然缩了缩，哈出一口白气，小跑到门口，看到不远处的谈野：“谈野！”

谈野大步跑过来，江然看见谈野心里都乐开花了：“你怎么突然来了？”

谈野说：“来给你拜年啊，你忘了？”

他低头，两个人看了看地上的鞭炮纸，冬天的寒气裹着新年的气息侵入鼻中。

天上在飘雪花，落在他们身上就化了。

江然心里很开心，有谈野真好，他焐了焐冻红的脸颊，声音小小的：“真好。”

谈野又问：“吃过年夜饭了吗？”

江然点头：“我都已经洗完澡了，本来准备睡觉的，没想到你来了。”

谈野恣意地笑了起来：“现在不想睡了？”

江然不好意思地抿唇笑，不过他很快就想起来这是自己家门口，卢敏还在家里。

他问谈野：“你要进去吗？”

谈野点头：“当然。”

江然和谈野一起进了家里，卢敏刚好从书房出来，看到谈野眯了眯眼，想起这个男生是江然的同学里最优秀的，温柔地问：“你吃过饭了吗？”

谈野非常礼貌地回答：“吃过了。”

江然催促道：“我们回房间了。”

他拉着谈野直接进了自己的房间。

房间里开了空调，江然把外套脱掉，露出里面单薄的睡衣：“我本来想着明天再去找你的。”

谈野说：“等不及了，早点来一起过年。”

他心疼江然过年还要面对糟心事，不想江然难过。

这晚，卢敏礼貌地邀请谈野在家留宿，谈野想想在家也太无聊了，就答应了。

第二天清晨，江然去隔壁客房，发现谈野已经醒了，他张嘴就说：“新年快乐。”

谈野温声说：“新年快乐，江然。”

今天出了太阳，没有下雪，阳光从窗外照进来，反射出晶莹剔透的颜色。

这也是他们一起过的第一个新年。

过了两天，江然去谈野家拜年。

他本来以为谈野的爸妈已经回首都了，没想到谈野的妈妈还在，而且是她开的门。

江然连忙开口：“阿姨好。”

林心媛笑着让他进去：“来拜年吗？”

江然点点头，将手里的东西放下来。

“谈野出去了。”林心媛让他在一旁坐下来，“估计要等一会儿才回来。”

她趁着这个机会和江然聊了聊，林心媛问：“听小野说你现在成绩进步非常大，是吗？”

江然摸摸鼻子：“都是谈野帮的忙，如果不是他，我也不会有现在的成绩。”

“不用谦虚。”林心媛摸了摸他的头发，“你要是不努力，小野再怎么帮也不会进步的。”

江然不太会和长辈相处，好在谈野很快就回来了。

谈奶奶也从外面回来了，一边推门一边说：“小野，你再去超市买点东西。”

看到江然，她笑眯了眼：“小江也来啦。”

江然乖巧地打招呼：“谈奶奶新年好。”

“好好好。”谈奶奶可喜欢这个小同学了，赶紧把家里的瓜果盘摆出来，“来，尝尝。”

江然难以抵挡这份热情，吃了几个开心果，最后是谈野将他解救出来：“跟我一起出去买东西，晚上在这儿吃饭。”

江然点头：“好。”

春节期间，这附近只有一个大超市还开着门，里面的人并不少，只不过都是叔叔阿姨奶奶爷爷辈在买东西，他们两个显得非常突出。

江然从来没有在大超市里买过东西，他的衣服大多是周叔置办的，是他常穿的牌子，新出了款式就直接送到家里，其他的生活用品是孙姨买的，卢敏也基本不管这些。

江然好奇地问：“你要买什么？”

“你想要什么？”谈野反问，接着又调侃道，“哎，你来过大超市购物吗？”

江然：……

两个人在货架前面走来走去，才逛了几分钟，推车里面就放了很多零食。

离开超市的时候，谈野大包小包地拎了一堆，江然就比较轻松了，还拿了袋零食边走边吃。

一回到谈奶奶家，谈奶奶就“哎哟”一声：“你们是去超市搬家了吗？买这么多东西。”

江然的脸悄悄地红了。

谈野指了指江然和自己：“我们两个人吃。”

谈奶奶摆摆手，嘴上说着：“你们赶紧进房间里去，我要打扫客厅了。”

两个人回了谈野的房间，这个房间虽然小，江然却很喜欢，因为生活气息很足，不像他自己家。

江然剥开一颗薄荷糖，伸手递过去："这个糖你吃吗？"

谈野吃了之后，从桌上拿了一颗其他味道的糖，塞给江然，说："一起吃。"

半个下午的时间，两人分食完了一大袋子糖。

晚上，江然留在谈奶奶家吃晚饭。

吃完饭后，谈野低声说："太晚了，回去没车了，你留在我家过夜吧。"

江然看了一眼外面："不好吧……"

谈野说："有什么不好的，奶奶也想你留下来。"

江然开口："我怎么不知道。"

谈野理直气壮地说："奶奶单独跟我说的。"

江然有点儿不信，但也没再拒绝："那我要和孙姨说一声。"

他给家里打了个电话，如果卢敏问起来，孙姨自然会告诉她，如果没问，那就不说了。

挂断电话，江然眨了眨眼睛，问谈野："明天你要走亲戚吗？"

谈野说："我在这里没有什么亲戚，而且现在也不可能回首都，今年就不走亲戚了。"

江然主动说："我家都没什么亲戚了。"

他刚出生时还是有的，后来爷爷奶奶去世后就没联系了，倒是每年会去拜访父亲的几个画家朋友，但现在这些叔叔们都去了国外定居。

而卢敏似乎从来就没有和亲戚来往过，反正这么多年，江然从没听她主动提起过要带他去走亲戚。至于其他的，他就更不清楚了，所以春节对他而言和平时的节日并没有什么区别。

谈野偏过头，咧嘴一笑："我们以后也一起过年。"

江然问："你想那么远？"

谈野说："一点也不远。"

他是在真真切切地安排以后的事情。

江然问："是不是寒假过后，下一次考试也不远了？"

谈野问："现在还要担心学习的事儿？"

有他在，不会有问题的。

他从首都到这里来上学，原本就只是想逃出家里人的视线范围，却不承想，遇到这么有趣的江然。

这个一开始笨笨的少年，乖巧又认真，对他有一种近乎执着的信任。

江然对上他漆黑的一双眼睛，瞳孔里映出他的身影，情绪一览无余。谈野说："不如想想待会儿玩什么。"

江然点头："好吧。"

"还有过年就是得长胖，"谈野伸手比画了一下他的脸，"你还是要多吃一点，再长胖一点。"

江然应道："好。"

他坐到了书桌前，翻了翻谈野的书，发现了一本讲各种奇怪现象的课外书，一不留神就看入了迷。

谈野出去后再推门进来时，就看见他端坐在那里，安安静静地看书。

他走过去，说："这书是去年买的。"

江然指着书上面一处，问："这上面说的是真的假的？"

"当然是假的。"谈野想也不想就回答，"很多都是传闻，可以用科学反驳。"

"这样啊。"江然合上书。

"想知道什么都可以问。"谈野伸手碰了碰江然洗澡时被弄湿的几缕头发。

江然看着谈野，眼里不自觉带上了期待，他最喜欢和谈野一起探讨，也最享受这样的时光。

谈野挑眉："没有想问的？"

江然最终抑制住好奇："不了，该睡觉了。"

第二天醒来时，江然还愣愣的。他起床时一向这样，谈野和他当了一个学期的舍友，已经非常了解了。

谈野过来叫江然，催着他把衣服整理好，然后才说：“起床了，江然。”

江然终于回过神来：“起来了。”

谈野指着他的头发：“又翘起来了。”

江然的头发虽然很软，但是只要前一天晚上睡觉没弄好，第二天早上就会翘起来几根。

江然按了按头发，问：“好了吗？”

谈野摇头：“没有。”

江然又摆弄了几下：“这样呢？”

谈野说：“不行。”

连续几次，江然放弃了，沮丧地开口：“等会儿洗漱后用水弄吧。”

谈野去洗漱的时候，江然打开了手机，刚好孙姨打电话过来：“小然，你今天回来吃饭吗？”

“应该不回来了。”江然想了想说。

“行。”孙姨答。

挂断电话后，孙姨又想起来过两天是江然的生日，孙姨想着应该买个蛋糕，然后就听见客厅里的座机响了。她冲过去接起来：“你好。”

“你好，请问是江然家吗？”对面是一个中年男人的声音。

“是，请问你是？”孙姨的记忆力很好，她不熟悉这个人的声音。

对方回答：“我是江先生的律师，想确定一下，两天后是江然的生日是吗？”

孙姨吃惊了一下：“是，两天后。”她从来没听说过江家律师的事情，但不代表她不懂。

“好，我知道了，谢谢。”

孙姨听着忙音，心里头直打鼓，感觉有什么事要发生。

江然路过客厅时听到厨房里有动静，谈奶奶早就起来了，正在做早餐。

看到他出来，谈奶奶笑着说：“醒了？”

再看到他的头发，谈奶奶的笑容更深了：“你这头发还挺有个性，怎么翘了起来，晚上睡觉姿势不对吧？”

江然有点窘迫：“嗯。”

谈奶奶安慰道：“没事，挺好的。”

江然在卫生间里对着镜子照了一会儿，头发被按下去又翘起来，好像有自己的脾气一样，他不再管了。谈奶奶都觉得没问题，他当然也没必要纠结那么多。

谈奶奶做的早餐很简单，豆浆油条加上一锅红豆粥，香味飘得满屋子都是。

江然很喜欢这样的早餐，卢敏喜欢吃的西式早点他反而并不是非常喜欢。

谈奶奶问：“今天应该有些店开着门的，你们两个出去玩吗，老待在家里也没什么意思。”

江然好奇地问：“有什么好玩的吗？”

他通常不去外面玩，而且也不住这边，只能问在这边待了几年的谈野。

谈野回答：“没有。”

江然不知道该说什么了。

谈奶奶瞪了一眼谈野：“当然是出去玩雪了，要不然就去逛逛，总比待在家里好。”

谈野头也不抬地说：“奶奶，我们都多大了，又不是小孩子，还玩雪。”

谈奶奶转向江然：“你不是小江还是，是吧小江？”

江然没犹豫几秒就做出了选择：“是。”

反正承认是小孩子也没什么。

谈野：……

说是这么说，一吃完早饭，谈奶奶就不顾谈野的想法，迫不及待地把他们两个赶了出去。

谈野带着江然去了离这里最近的滑冰场。

虽然是冬天，但是来这里玩的人还不少，大多数都是哥哥姐姐带着小孩子来，也有情侣来约会。

滑冰场里很冷，江然穿着厚厚的羽绒服，但能看出来身形挺清瘦。

临走前，谈奶奶给了江然一条厚围巾，现在他裹在脖子上，连嘴唇都被遮住了。

谈野问："会吗？"

江然摇头，声音从围巾里传出来，显得瓮声瓮气的："没玩过。"

谈野挑眉："那今天我教你。"

江然抿唇笑："好啊。"

他和谈野去另外一边换了鞋，两人颜值太高，不少女孩们都看过来，似乎还有人想上前搭讪。

谈野在江然穿上鞋后，蹲在地上帮他整理好，然后站起来伸手扶住江然："来吧，小心点。"

江然用另外一只手扶着栏杆，慢慢往前滑动，谈野看着他："别怕，有我。"

江然被他这么鼓励着，在冰面上缓慢滑动。

无数同样姿势的人从他们的身旁滑过，江然一开始还怕被别人笑话，不怎么好意思，后来就整个人心思都在滑冰上了。

他眉飞色舞的："还挺好玩。"

谈野扶住江然的胳膊，他稍稍用力拉，冰上很滑，江然就直接一个趔趄，差点滑倒。

这种逗他玩的事谈野也不是一次两次做了，以前江然还觉得生气，现在已经习以为常了。

"你以前不是这样的。"谈野喟叹了一句，调侃道，"不过现在胆子大了不少。"

江然嘴角上扬，他和人相处的习惯受到了谈野他们的影响，可以说是有了非常大的变化。

"你说我们会不会遇到认识的人？"江然突然想起这个问题，"比如同学。"

"应该不会。"谈野说。

话音刚落，江然就瞥见对面入口那里有两个熟悉的身影，是张立华和他的同学。

江然说："你看！"

谈野问："看什么？"

谈野顺着江然说的方向看过去，微微皱了皱眉："怎么这么巧，来了这么多回也没碰到。"

江然心想这属于打脸吗？

江然不太想被其他同学看到自己滑冰的囧样儿，两人离入口那边远了一点。滑冰场人很多，冬天穿得又厚，所以张立华很难注意到他们。

"那个是不是谈哥？"张立华对江然的背影不熟，毕竟才认识一学期，但对谈野非常熟悉。

旁边的人看了两眼，疑惑道："不是吧，谈野怎么会来滑冰？"

张立华心想有道理，但是下一刻他又开口："那也不一定，现在谈哥跟着他同桌就变得很幼稚。"

虽然说是这么说，两个人很快就忘了这回事，一头扎进了人堆里。

滑冰场很大，江然和谈野愣是没被发现。

冬天早上天亮得很迟，但中午吃饭的时间不变，所以他们玩的时间并没有多久。

滑冰场里很快换了好几拨人，江然看到很多不会玩的人，还有一些跟着朋友练习结果两个人都摔了的。

这么一比，谈野就很稳了。江然有些自豪，谈野什么都会！

江然是傍晚回的家，家里只有孙姨在，孙姨之前就知道他要回来，从厨房里出来，说："还有几分钟就能吃饭了。"

江然问："我妈没回来吗？"

"没有，太太说今晚比较忙。"怕他误会，孙姨赶紧补上一句，"是公司里的事。"

不是路员就好，江然前几天才呛了路员，从过年到现在，他都没有再出现在自己家里，看来还是非常有用的，他以前就应该这样才对。不过他们两个还没有分手，江然也不知道路员哪里好，居然让卢敏这么喜欢。

“小然，这两天去同学家玩得开心吗？”孙姨看他脸色不太好，赶紧转移了话题。

“挺好的。”江然立刻开心起来。大概和谈野一起学习，还有去谈野家玩，是他现在觉得很开心的两件事了。

孙姨一看这样就没多问了。

江然脚步轻快地上了楼，然后就迫不及待地给谈野打电话：“我到家了！”

他从没想过自己会变得这样活泼。

江然小时候倒是很活泼，但那是在父亲身边的时候。他后来隐藏了自己活泼的一面，直到现在。

江然有时候觉得这样是不是不太好，但是谈野好像不觉得有什么。

楼下有人开门，孙姨再次从厨房里出来，看到卢敏回来得这么早，还有些吃惊：“太太不是说要很晚回来吗？”

卢敏揉揉额角：“提前结束了。”

孙姨深知自己只是一个保姆，所以不会过问工作上面的事情，转身准备去厨房。

她突然想起什么，又转头放轻了声音提醒：“太太，明天是小然的生日。”

虽然不知道卢敏记不记得，但她觉得自己还是要提醒一下，尤其是他们母子的关系原本就一般。

卢敏微微一怔，似乎从记忆里翻出了那个日期，说：“我知道了。”

听她这么一说，孙姨在心里叹了口气，这明显是忘了，还好江然不在这里，不然听到了肯定会伤心。

她不是卢敏，她不懂为什么孩子这么乖巧，做母亲的却是这样的心态，显得有些异常。

孙姨又突然想起昨天接到的电话，江家恐怕要不平静了。

江然其实忘了自己的生日。这大概是很多人都经历过的事情，前两天会记得，但是等到了生日当天反而会忘记。

江然今天打算在家里看书，他下楼去倒水时，家里一如既往没人，卢敏肯定是去上班了，孙姨应该是出门买东西了。

江然端着水杯，正准备回楼上，门铃突然响了。他走过去看了看门边的监控屏幕，愣了一下。

屏幕中的人江然有印象，江然小时候偶尔会见到他，父亲临终前他也曾经见过他，只是时间太久了，他们已经将近十年没见过了。

江然放下杯子，到外面去接人："李叔叔。"

男人西装革履，手上还拿着一个文件袋，他微微一笑："还记得我？"

江然说："当然记得。"

"那就好。"李成伟说，"进去再说，前两天我打电话过来的时候你不在家。"

江然知道这件事，孙姨提了一下，不过他当时没多想。

时隔多年，李成伟再次来到江家，他没有多说废话，直接把文件袋递给江然："你先看看吧。"

江然狐疑，但还是接了过来，里面的文件并不少，大大小小的纸张有很厚一沓，最上面的几个字清楚地映入了他的眼帘。

客厅里安静异常，李成伟在他翻看到一半的时候才开口："这件事只有你父亲和我知道，你母亲并不清楚。"

江然几乎脱口而出："为什么现在才说？"

李成伟答："因为要等你长大。"

理由如此简单。

江然从没想过还有这样的事情，也从没想过在生日这天得到一份遗嘱，是礼物还是什么……

孙姨回来的时候看到江然坐在客厅里，她放下手中的菜篮子："怎么了？"

半晌没人回答。

孙姨吓了一跳："没事吧？"

过了好大一会儿，江然才抬起头来，低声回道："没事。"

孙姨问了半天也没问出来，最后只能放弃询问，看着他上了楼。

江然不知道怎么说。这份遗嘱的内容并不难看懂，当初他父亲的很多画都卖出了高价，有些钱开公司用掉了，有些他自己留了下来。大概是他察觉到卢敏对他的态度转变，心里面开始留意，就有了这样的想法。

江然呼出一口气，他很少问卢敏公司里的事情，也没想过自己继承公司，以前关心的都是自己的成绩。

结果现在突然告诉他，他有那么多股份，太突然了。

这件事瞒不住，卢敏很快就知道了。

卢敏直接给李成伟的律所打了电话，强势地询问："这件事真的假的？"

对方回答："真的。"

挂断电话后，卢敏有些出神。

公司以后会是谁的她有想过，所以以前才对江然恨铁不成钢，如果她有一个天才儿子，恐怕她根本不用担心，可江然不是。

现在江然的成绩进步了，她又看到了一点希望。

江然父亲已经去世那么多年了，卢敏在公司里也说一不二了那么多年，从没想过还会发生这样的事。

当初出资的是他，股份最多的也是他。卢敏本身虽持有一些股份，后来又买了一些小股东的散股，加起来却还抵不上他。

虽然知道以后这些都是江然的，但这么明晃晃地摆出来，让她很不舒服。

原来当初他也在防着她。是什么时候开始的？还要留一手等到现在？

时间一分一秒过去，日落西山，路员来到公司，敲门进了卢敏的办公室："听前台说你还没有下班。"

卢敏回过神："在想事情。"

路员作为一个贴心的男友，自然是要安慰的："什么事这么困扰，说出来也许我能帮你参谋参谋。"

卢敏摇头："没什么。"

路员皱眉，自从他上次被江然说了一顿，一气之下离开江家后，他和卢敏的关系就不像以前那样亲密了。

路员之前能把卢敏哄好，当然是有点本事的，他花了半个小时的时间，终于问出来了大概。

路员惊呆了，张了张嘴，半天都没发出声音。

公司的一大半股份都是江然的，那卢敏岂不是以后还要听江然的话？那他还能得到什么？

路员脑子一转，赶紧开口："这是不是说明他还防着你，当时你们都还是夫妻，他就有这样的想法了，难道是想把你踢出公司吗？"

听到他这么说，卢敏眉头一皱："你瞎说什么，我怎么可能被踢出公司，少看点电视剧。"

路员深吸一口气："那现在怎么办？你准备怎么做？"

"做什么？"卢敏觉得他问的话很有问题，"江然是我儿子，以后这些都是他的，我只要好好培养他就行了。"

她这么恍惚是没想到江然的父亲一直都知道她的想法。

路员一听卢敏这么说就觉得不妙，他花了这么久的时间，当然就是为了卢敏手里的这家公司。

虽然卢敏长得漂亮，但是脾气不好，路员其实并不喜欢这样的女人。

虚与委蛇这么久，现在告诉他这公司马上就不是她的了，那他还恭维她什么？

路员本身就是个拿死工资的普通职员，甚至还有被辞退的可能性，他组织了半天的措辞，也不知道该怎么说。

卢敏揉了揉额角，头有些疼。

路员说："去吃晚饭吧。"

他觉得事情还是可以想办法的。

吃饭的时候，卢敏突然开口："结婚的事情暂时搁置，我觉得还需要再看看。"

路员心头一跳，这基本上是等于凉了。

这顿晚饭他吃得很不是滋味，回家之后一肚子火气，看到路清徐回来，冲他发火道：“你去哪儿了？”

路清徐说：“没去哪儿。”

路员平时对他并不是很关心，现在一半是为了发泄，一半是为了找安慰：“卢敏那个死了多年的老公居然立了遗嘱。”

路清徐并不在意：“怪不得你这么生气。”

路员气道：“公司以后就是江然的了。”

路清徐说：“这不是很正常，他们就江然一个儿子，不给他给谁？”

路员啐了一口：“搞了半天竹篮打水一场空，什么也没得到，白白浪费我感情。”

卢敏今晚的态度他也注意到了，不知道是不是因为遗嘱的事情，她的态度变了很多，之前对路员就有点不上心，现在似乎更不上心了。

不过再怎么说卢敏还是有钱的，路员又有点舍不得分手。

路员叹了口气，幸好半个月前公司里来了新人，路员正好被安排带对方熟悉工作。他留意过对方的吃穿用度，知道对方的家境并不普通，借着前辈的身份接近可方便多了。

遗嘱这事在江家掀起了不小的波澜。

江然想得很简单，他知道自己没什么管理公司的本事，而且这么多年来，卢敏作为他的妈妈，感情上虽做得不到位，但是其他方面并没有让他受什么委屈，江然还是很放心的。

唯一不妥的就是路员的出现。

卢敏说了晚上会回来得很晚，孙姨自己准备了蛋糕，对江然说：“许个愿吧，生日快乐。”

江然笑笑：“好。”

客厅里关了灯，烛火闪烁着，江然闭上眼，安安静静地许了三个愿望。

一是希望学习更进一步。

二是希望生活一切顺利。

第三……江然希望谈野也能够顺顺利利。

他睁开眼，吹灭了蜡烛，然后才和孙姨说：“好了，我们一起吃吧。”

江然跑回楼上，把手机拿下来，他打电话给谈野：“你现在在家吗？”

对面有些吵，谈野说：“在外面。”

江然想了一下，目光落在蛋糕上：“那我去找你。”

谈野说：“我去你家。”

江然摇头：“我去找你。”

见他这么坚持，谈野点头说：“我在名臣广场等你。”

江然答：“好！”

谈野听出江然语气里的兴奋，心里也想笑，挂了电话后打电话给另外一个人：“好了吗？”

对面回：“快了。”

谈野知道今天是江然的生日。虽然江然没和他说过，但是江然和袁丁聊天时提到过，谈野刚好听到了。

趁着江然还没来，他先在广场上转了一圈，然后才去目的地拿东西。

得知江然要带一份蛋糕出去，孙姨赶紧用东西装好，还用了个非常漂亮的盒子。

“晚上注意安全。”临走前她叮嘱。

“嗯。”江然点头。

江然知道名臣广场，只不过平时很少去，他直接打了个车，没告诉周叔。

最近两天春节假期已经结束了，所以很多人都回来上班了，一路上大多数店都亮着灯。昨天下了雪，一直到今天中午才停，路旁全都是被铲开堆在一起的雪。

才到广场边缘，江然就听见了热闹的声音。

他下车后准备自己悄悄找谈野的位置，却没想到一转眼看到了另外一个身影。

江然还以为自己看错了，又靠近了几步。对面的人的确是路员没错，他身边还站着一个女人，两个人在说话，看起来似乎没什么过界的举动。但路员好像很殷勤，一直在帮旁边的女人买东西，甚至还帮对方拿了包。

这种殷勤路员曾经也用在卢敏身上。

看他们好像也是要去广场里面，江然干脆走在他们后面，看着路员给女人买奶茶，然后两个人一起去了楼上的电影院。

路员家里没有姐姐妹妹，再说姐弟兄妹也不太可能这么亲密，这不是约会谁信啊！

他嘴上说着要和卢敏结婚，私底下却和别的女人出来约会，这是把卢敏当什么了？

江然原本就讨厌他，现在找到这样的证据心里面倒是开心了一点——终于可以让他滚蛋了。江然不觉得卢敏能忍。

江然随手拍了两张照片，保存在手机里，准备回去再发给卢敏。

江然围着广场走了一圈，没看见谈野，最后停在了广场中央的喷泉前面。

突然身后有人拍他的肩膀，江然吓了一跳，下一秒感觉到熟悉的气息才放松下来。

谈野说：“生日快乐。”

江然偏过头小声问：“你怎么知道的？”

谈野说：“我有什么不知道的？”

这话他说得张扬，但是江然听了挺开心的，轻声说：“谢谢。”

谈野把手上的东西递过去，江然有些期待：“礼物吗？”

谈野催他：“打开看看。”

江然正准备打开，却瞥见谈野的手指上好像有个伤口，他连忙问：“你的手怎么回事？”

谈野无所谓：“我皮糙肉厚的，这没什么。”

江然却和他想的不同：“那也不能这样，万一感染了病菌怎么办，而且还在流血……”

“别唠叨了。”谈野听他说完才开口，“没事。”

不过说是这么说，江然还是拉着他去旁边的店里买了一盒创可贴。

江然把蛋糕放在边上，帮谈野处理伤口，谈野就用另外一只手叉蛋糕吃，几口就吃完了一大块。

他看江然着急的样子，心头一暖。

包好手指之后，江然和谈野从店里走出去，外面的寒气吹得人脸上发凉，广场上人挤人的，呼吸都冒着白气。

谈野催他：“打开看看。”

江然伸手，慢慢地把盒子上面打得乱七八糟的结解开，看到了躺在里面的奖杯，很精致的模样。大概是怕被碰坏，四周还塞了很多碎纸。

他碰了碰，奖杯的材质很特殊。

“这是你新参加了什么比赛得到的吗？”江然摸不出来。

“不是。”谈野嘴角噙着笑，“拿出来。”

“不是你的，难道是别人的？”江然一头雾水，伸手把这座奖杯拿起来，奖杯表面在灯光下反射出奇异的色彩。

底座上写了五个字：第一名 江然。

谈野说：“拿到第一名不开心吗？”

江然摸了摸这几个字，他抬头，眼睛弯了弯：“我会得第一的。”

就算很遥远，但也要有目标嘛。

不远处的店家放着歌曲，歌声断断续续地回荡着——

校门口没有人来接你，

如果你允许，

能否让我帮你撑伞陪你走，

彩虹射穿太阳雨……

手机没讯号，

也能收到放学一起吃汉堡……

谈野的声音清楚地传到江然的耳朵里：“小同桌，恭喜长大。”

我们的未来

Wo Men De Wei Lai

番外

番外 / 01 我们的未来

第二天，江然下楼时发现卢敏在家，他突然想起自己昨天晚上拍的照片，他后来和谈野在一起玩得太开心，就把这事给忘了。

“昨天晚上……”江然想了一下，开口。

“有话直说。”卢敏正在喝粥。

“昨天晚上路员没和你在一起？”江然决定先委婉地打听一下，“还是你们分手了？”

“知道你希望我们分手。”卢敏放下勺子，“但是目前你还是把精力放在学习上，大人的事就不要操心了。”

江然都习惯她说这样的话了，他将照片发到卢敏手机上，说：“我昨晚出去玩，拍了两张照片。”

他发完便低头喝粥。

卢敏心想，难道江然是想和自己分享照片？这么一想她心里还有点暖暖的，打开一看，却看到了照片中的一男一女。

照片背景有些暗，一开始她还没认出来，多看了两眼后，男人的脸越来越清晰，卢敏的脸一下子黑了。

卢敏这下连粥都不喝了，直接起身离开，脸色难看地道：“我有事先走了。”

江然点点头，期待着卢敏赶紧和路员分手。

他正这么想着，几口粥还没喝完，就听见外面传来路员的声音：“阿敏，怎么了？”

江然赶紧离开餐厅，一进客厅就看到卢敏站在门口，从门缝隙里能看到路员站在她面前。

“啪！”

一个响亮的巴掌声传来，卢敏收回手，放在背后揉了揉，面色冷硬:“路员，你真是可以，想当章鱼呢？”

她这一巴掌用了很大力气，路员的脸都红了，留了个清晰的掌印。

“你怎么打人？！”他捂着脸，咬牙切齿，想发火，最后还是忍住，问道，“大清早的因为什么事不开心？是江然出什么事了吗？”

江然打开门，对上他的视线，对他撇撇嘴，什么也没说。

路员正预备再开口，没想到被手机砸了脸，疼得他直接“啊”了一声。

他终于忍不住叫道：“你疯了吗？！”

卢敏冷笑：“我还以为你很能忍。”

路员脸色涨红，他把掉到怀里的手机拿在手里，一眼就看到了屏幕上的照片。

路员的脸又白了，卢敏不想再废话：“分手吧。”

路员的嘴唇哆嗦了两下，他强行辩解：“那只是我带的新人，你不是知道我们公司的事吗？”

“带新人带到电影院去了？”

两人越吵越凶，卢敏脾气火爆，直接叫来了保安。

路员一见保安来，直接撕破脸，结果还没来得及动手就被拽住了，他道:“要不是看你有钱，谁愿意搭理你？连你儿子都不想理你！”

“滚！”一听他提江然，卢敏更生气，“以后再来，我打断你的腿！还有之前给你住的房子，今天就给我搬出去！”

卢敏又对保安说：“以后别让他进来。”

两个保安听了个明白，便架起路员，直接把他拽了出去。

等江然回了楼上，卢敏才拿出手机拨通了一个电话。

路员怕是死也想不到，卢敏和他公司的老板是认识的，只不过以前怕打击他的自尊心，一直没说。现在也该让他老板知道，手底下的员工是个什么样的人。

路员被扔出小区外的时候，狠狠地啐了一口：“不就是有两个钱，狗眼看人低！”

保安鄙视地看着他，路员又呸了一口，到马路边准备打车的时候，却接到了老板电话，被劈头盖脸骂了一顿。

老板冷硬地宣布："回来结一下工资。"

他被辞退了。

家里面再也没有乱七八糟的人进来，江然只觉得神清气爽，马上和谈野分享了这个好消息。

新学期一开始，他就充满热情，学习更努力了。

不知不觉间，贴吧里的一些帖子开始冒头。

【八卦】你们不觉得谈野和同桌的关系特别好吗？

【1L】：其实有一天我看到他们俩偷偷摸摸在做题……但是时间紧就没继续往下看。

【2L】：我那次晚上回宿舍，看见他俩在阳台写东西……

【3L】；谈野怎么突然变性子了？

学校里的八卦没有那么多，这事就成了热点。只不过考虑到谈野的威信，没人敢抬到明面上来说，只在私底下传，传得久了，最后就成了谈野逼迫江然给他当小跟班，才给江然辅导功课。

有人开始怜爱江然了。

孟白日看到这个说法的时候，直接披马甲上阵：什么逼迫！你亲眼看到的？

对方回：那你亲眼看到了不是逼迫？

孟白日的火暴脾气上来了：人家是共同学习共同进步！哪轮得到你这妖魔鬼怪来乱猜测！

这话得到了不少人的赞同，江然的进步大家有目共睹，根本做不得假，这其中没有谈野的功劳是不可能的。

六月份时，宁城的天气越来越热，让人不得不担心期末也会是酷暑天。

期末考试周渐近，江然和谈野一起在图书馆复习。

班级群里大家都在水群，分分钟就几百条微信消息，提示声不绝于耳。

江然点进去的时候刚好看到孟白日的新消息。

孟白日：@全体成员 祝大家期末顺利，过一个快乐的暑假！

江然也跟着发了一条，他才发出去，谈野就回复了。

同学们看到连着的两条消息，隔了好几秒才回复：拜考神！谈神祝我考试顺利！

其他人立刻回复“+1”“+2”跟上。

江然看着他们的消息，对着手机说：“不行，我也想要谈神的祝福。”

谈野轻笑了一声：“祝你考第一。”

“第一是你的。”江然忍不住说，“我如果能考第二就好了。”

不过这也不太可能，但他希望自己能越来越好，他想成为像谈野这样的人。

班级群里有人还在叫嚣。

孟白日：谈神呢？

袁丁：考神不见了！

王犇：我猜……你看江然刚刚还回复了，两个人肯定在私聊，哪里还记得我们这群同学！

江然看到屏幕上方滑过去的消息，心想他们不是在私聊，他们是光明正大地在聊天。

令人出乎意料的是，考试当天竟然下起了雨。

雨势不是很大，却驱散了连日来的暑气，空气里都透着凉爽。

江然在食堂看到了路清徐，路清徐也看到了江然，只不过他很快就挤进了人群中，两人没有任何交流。

“看什么？”身后突然传来谈野的声音。

江然回过神：“以前认识的人。”

谈野眯了眯眼：“昨晚有早睡吗？”

“有。”

“那就好。”

快到教室门口时，江然有些害羞，但还是开口说：“快鼓励鼓励我。”

谈野看他这副模样，问：“你想要怎么鼓励？”

“你想怎么鼓励就怎么鼓励。”江然看了一眼周围，现在经过这里的人还很少，“这样我考试肯定会考得很好的。”

“还挺迷信。”谈野说。

“这不叫迷信。”江然歪着头，“他们都叫你考神，你考试也从来没考过第二。”

用孟白日的话说，就是加个 buff。

谈野笑起来：“好，鼓励你，你这次考试肯定会考得非常好，加油，别紧张。”

他从来没鼓励过别人，明明以前写的作文次次被当作范文，但此刻突然说不出那些花里胡哨的东西来。

谈野翘了翘嘴角：“考完试见。”

江然兴奋起来，又想起什么：“你都是提前交卷的。”

“那我就再检查几遍，”谈野保证，“这回不会提前走。”

出成绩那天，江然非常紧张。

虽然考试的时候能安慰自己，考完试被谈野带着也不去想成绩的事情，但真正到了这一天，他还是紧张。

江然刷新了好几遍教务系统，一列数值清清楚楚地显现在他眼前。多数科目的成绩是八十几分，几门不考试、按平时表现给成绩的科目则是优秀，不再是像以前都是五十几分和不合格。江然握着的拳头终于松开了。

不过他现在最好奇的是谈野的成绩。

江然迫不及待地拨通了谈野的电话，那边很快就接通了：“看到了？”

“对。”江然问，“你呢？”

“还没，刚起床。”谈野的声音懒洋洋的，还打了个呵欠，“我去看看。”

两个人还连着通话，江然能听到谈野走路、拖动椅子的声音，然后是电脑开机、敲击鼠标和键盘的声音，细碎又有生活气息。

“好了。”谈野出声，“给你看看。”

截图上考试的科目不是 100 分就是 98 分，剩下的全是优秀。

江然羡慕极了。

卢敏正坐在客厅里，看到他下楼，咳嗽一声，问：“考得不错？”

“嗯。”江然应了一声。

“下学期好好努力，说不定能拿奖学金。”

“我有自己的规划。”江然直直地看向母亲，说，“我已经成年了，不管是现在的学习，还是以后的工作，我会自己处理。”

卢敏又想起来他成绩进步的原因：“你同桌考得怎么样？”

江然言简意赅：“比我好很多。”

“那还不错。”卢敏有一瞬间松了口气，“你长大了，这些事我不用管了。”

江然本来以为她会继续问下去，听到她这么说有些惊讶，又重新问了一遍，得到肯定的回答后，几乎掩饰不住喜悦的心情。

江然上了楼，门都没打开就忍不住给谈野打电话：“我要告诉你一个好消息！”

谈野问：“什么消息？”

江然关上门才兴奋地说：“我妈妈说以后不会再控制我的人生。”

谈野笑了一声：“我也有一个好消息。”

江然问：“什么消息？”

电话那边传来稍微放低的声音：“我们以后不用上晚自习，也不强制住校了。”

江然下意识地问：“哪里是好消息了？”

“多一些时间自由活动不好吗？”谈野用诱惑的语气说，“我们晚上可以出去吃烧烤，不用担心熄灯，也没有宿舍楼门禁了……”

谈野一下子列举了许多。

江然看着窗外橘红色的夕阳余晖，重重地点头：“好！”

他听着都心动了。

临近大四，学校没有安排课程，而是让他们实习。暑假还剩一个多月，谈野就开始准备了，最后找到一个公司，他们可以一起去。

江然不熟悉首都，但谈野真正的家在首都，去首都就代表着回到了他的地盘，基本上哪里他都熟，根本就不用担心。

确定好实习工作后便开始找住处，谈野最近几年不在首都，就托程飞宇他们留意了一下新开盘的小区或者公寓，半个月后就有了回信。

他对着好几种户型图看了半天，最后留下来了两种，准备让江然选。

此时已经八月份了，天气热得很。两人选了个室内的饮品店，吹着空调，喝着冷饮，看程飞宇发来的视频。

“好几个都是一室一厅的？”江然问。

“便宜。”谈野说。

江然忍不住笑，说：“谈野，你还缺钱吗？”

谈野想了想：“缺。”

见他承认得这么利索，江然都不知道该说什么好：“我出钱，租个别墅。”

谈野笑起来：“江少爷大气。”

江然：……

最后两人还是定了个两室一厅的房子，谈野给程飞宇打电话：“第二个房子，能实地看吗？”

程飞宇说：“可以啊。我本来想着找个新房让你按照自己的喜好装修的，后来想想一个月根本来不及。我明天去现场，开视频给你看。”

谈野说：“辛苦了。”

程飞宇笑了起来：“我还能马虎不成？”

江然内心期待着，这是他以前从来没有想过的未来。

第二天程飞宇打来视频电话时，两个人一起看了看房子，最后定下来了就租这套。房子离工作的地点不远，周围超市、购物中心、电影院全都有。

房子是装修好的，但是很多东西都需要自己添置，谈野准备找人装饰成他们喜欢的风格。

林心媛知道这事的时候，说:“你们既然都准备好了，怎么不早点来这边，让江然也一起过来。”

谈野一想也是。

江然小声说：“这么早啊？”

谈野有理有据地道：“不早，还有一个月时间，得买一些东西，装饰一下房子。”

江然和他不同，对一个未知的城市有些忐忑：“我们去那么早，那我住哪儿，酒店吗？”

谈野不满道：“我会让你住酒店？我家房间挺多的。”

江然很快就点头：“好！”

江然和卢敏提了北上实习这件事，卢敏本来是不怎么赞同的，但不知道谈野和她说了什么，江然就发现她改了主意。

周叔把江然的东西大包小包地整理好，全都寄到了谈野家里，其中一些细碎的小东西是江然自己整理的。

江然本来准备带很多东西，但收拾好后，他又犹豫起来。

周叔问：“这些都不带吗？”

江然转了两圈，说：“不带了，要是缺什么，到那边再买，带一些衣服就可以了。”

卢敏去江然房间的时候，看到了桌上的户型图。这么多年来她也有很多积蓄，平时也没什么花大钱的时候，她找到了小区售楼部的电话，准备买下那个房子。

没想到售楼部的员工说:“对不起女士，这间房子不久前已经卖出去了。”

卢敏：……

好吧，她动作慢了。

卢敏精心挑选了另外一套房子，当机立断地买了下来。这事她没告诉江然，等江然到了首都之后，也许在不久的将来，她会告诉他，但并不是现在。

江然和谈野下飞机时已经下午三点多了，两人准备回谈野家。

江然以前一直以为谈野家境一般，后来才发现他的家境应该是非常不错的。

谈野家住的是四合院，谈野提前和家里人说过要回去。

开门的是林心媛，她温婉地笑着："来了呀，快进来。"

谈家的人都在，谈奶奶也被接到了这边，谈父晚上也在家里，江然第一次见到他。

江然紧张得不行，赶紧把带来的东西放在桌上，打招呼："叔叔、阿姨、谈奶奶。"

谈奶奶忍不住逗他："之前不是叫我奶奶的吗，怎么现在又加了一个字？"

江然：……

万万没想到第一个发难的竟然是一向最喜欢他的谈奶奶，这个世界是怎么了？

林心媛亲切地道："小江过来，隔了这么久没见，是不是又长高了？"

"好像是。"江然也没注意。

他的嘴角上扬起来，他很喜欢谈野家里的气氛，美满和睦，是他梦想中家的样子。

江然被谈野的父母抓着问了很多零零碎碎的事情，一开始他硬着头皮回答，后来越来越放松，就不觉得紧张了。

"小野的妹妹在房间里，你要不要过去看看？"林心媛突然问，"很可爱的。"

"我带他去。"谈野说。

两个人往里面走，走廊上安安静静的，江然问："你妹妹叫什么名字？"

“大名谈蓁，小名蓁宝。”谈野推开门，“小孩哭起来烦死人，不过皮肤嫩，手感很好。”

婴儿房被装饰得很可爱，各种各样的玩具摆在边上，中间是一张摇篮床，床上躺着一个小婴儿。

江然还是第一次如此贴近小孩子，他碰了碰小婴儿的脸蛋，柔滑的触感让他忍不住多摸了两下。没想到小婴儿一下子就醒了，睁开眼看到了离她很近的两个脑袋。

她“哇”地一声哭了。

谈野、江然：……

在外面的保姆听到了，赶紧过来哄孩子，谈蓁可能是饿了，喝了奶就安静了下来。

谈野赶紧把江然带走，两人进了不远处的另外一间房：“我那时候被她吵得可烦了。”

他的房间很久没人住了，但每天都有人打扫，看起来依旧干干净净的，和他在宁城的房间有点不一样，宁城的房间看起来更温馨一些。

两个人在房间里窝了半小时，才有人来敲门叫他们吃晚饭。

北方的饭菜和宁城的很不一样，但是味道很好，江然并不讨厌，反而有些喜欢。

吃完晚饭，谈野被谈父叫去了书房。

客厅里，林心媛对江然说：“小野这孩子，小时候我们和他相处的时间很少，所以他脾气比较暴躁，和他关系好的朋友以前都说过这事，但他心其实是好的。”

江然点着头，他当然知道，谈野可好了。

林心媛没看到江然眼睛里的自豪，像是在回忆：“你们都知道他成绩很好，他小时候第一次得满分的时候，是拿着试卷跑回家的，炫耀了好几天，那时候我们当然都很惊喜。

“后来他成绩一直这么出色，大约是见得多了，我们到后来已经波澜不惊了，他自己大概也发现了。”

林心媛“哎”了一声：“不说这个了。”

江然抿唇没说话，林心媛又接着说：“我挺开心谈野能交到你这样的朋友，如果谈野有做得不好的地方，你就和我说，要是他不改，你别惯着他。”

江然应道：“好。”

“租的那个房子，”林心媛提了一嘴，问，“有没有缺什么？”

“我准备过两天采买。”江然实话实说，“要过段时间再住进去。”

“在家里待一段时间也好。”林心媛点头，“公司离家里也不是特别远，在这里住也行，我们家里就我们几个人。”

江然点点头：“好。”

最后敲定要添置的东西不少，谈野和江然一起抱着一大堆东西去新住处，在阳台上放了几盆盆栽，又在书桌上放了一盆小仙人球。

这间房子不大，有一面落地窗，正是傍晚时分，橙红色的夕阳余晖从外面洒进来，将玻璃折射出七彩的光芒。

江然站在落地窗前看着外面，眼睛一弯：“这里好漂亮，你看到那边了吗，是公司吧？”

“嗯。”谈野站在他旁边。

“真的好近。”江然感慨。

“近不好吗？”谈野说。

江然弯唇：“当然好。”

谈野打开窗，微风习习，他转身问：“有没有什么感想？”

江然思索片刻，兴奋道：“我现在脑子里像放电影一样，很开心。”

谈野也是。

当初他从首都跑到宁城，一晃几年过去，他从未后悔自己当初的选择，宁城的回忆是美好且弥足珍贵的。

而接下来的新生活，无论是他，还是江然，都会从这里开始。

他们的未来还将继续。

番外 / 02 谈蓁

谈蓁五岁时的某一天，爸妈把她丢给哥哥，然后他们去过纪念日了。

那天阳光明媚，天气正好。谈蓁抱着星黛露坐在沙发上，和自己哥哥大眼对小眼，半天才乖乖地叫："哥哥。"

谈野头疼："你困吗？"

谈蓁摇头："蓁宝不困！"

她的小名就叫蓁宝，别人这么叫她，她也这么自称。

怎么带娃，谈野不知道，他和谈蓁相处的时间不多，但谈蓁很喜欢他这个哥哥。每次回家，她都黏着他。明明谈野每次面无表情时，别家的小孩子都会被吓哭，谈蓁却不会，还会撒娇。

江然醒来时，就看见一大一小坐在客厅里发呆。

"江然哥哥！"谈蓁立刻叫人，向他招手，"哥哥一直不说话，他是不是哑巴了？"

江然看过去："……没有吧。"

谈野无语道："谈蓁，你别造谣。"

谈蓁不解地问："造谣是什么？"

江然温声解释："就是说假话。"

谈蓁摇头："蓁宝不说谎的，蓁宝只说真话。"

好久不见，江然都不知道谈野的妹妹变得这么可爱了，是个一本正经的小大人。

因为谈蓁的到来，美好的周末休闲时光显然没有了。

谈野和江然商量着带她出去玩。两个人说话时，谈蓁一个人待得无聊，跳下沙发，“蹬蹬蹬”地跑到餐桌边，桌上放着江然昨晚带回来的绘画草稿。

谈蓁刚上幼儿园中班，老师不教认字，但她聪明，平时看动画片、电视剧就知道个别字是什么。看见画上写的几个字，谈蓁念念有词：“蓁宝看懂了！”

江然走过去，说：“蓁宝这么厉害？”

谈蓁仰起小脑袋，指着“暗夜舞会”四个字，特别大声地念出来：“日黑舞会！”

江然忍俊不禁。

谈野一听就觉得不对劲：“谈蓁你好笨。”

江然瞪他一眼，怎么可以这么说小孩子，要鼓励她才行。

谈蓁歪了歪头，不知道自己念的是错的，她被江然从椅子上抱下来，江然问：“带你出去吃饭好不好？”

谈蓁兴奋道：“好！要吃老爷爷！”

谈野问：“老爷爷？”

江然比他先明白过来：“应该是 K 记、M 记吧。”

谈野严肃地说：“不许吃垃圾食品。”

谈蓁小声“哦”了一声，扯了扯江然的衣服：“好吧，哥哥，那蓁宝不吃了。”

江然摸摸她的小脑袋，他忽然体会到了谈野偶尔摸自己头的感觉。

谈蓁虽然思想天马行空，人却很听话，很好带。

吃完饭后，是她日常的午睡时间，谈野要看着她睡觉，她却睁着眼睛说睡不着。

谈野一眯眼，谈蓁立刻闭上眼。等谈野离开后，她又睁开眼，趴在床边看外面的两个哥哥，虽然哥哥很凶，但她还是很喜欢哥哥。

她也喜欢江然哥哥！

江然没事做，正在画画。谈野坐在他对面，就看着他画，一时间家里很安静。

谈蓁盯着看了半天，发现哥哥闭上眼睛，好像要睡着了，还没等她看清楚，又睁眼了。

哥哥肯定困了！蓁宝上课就是这样的！

谈野沉溺于这样的岁月静好，有了睡意。

不知过了多久，谈蓁爬下床，蹭到江然边上。江然发现她，把她抱上旁边的椅子，低声问：“要不要吃水果，橘子吃不吃？”

谈蓁点头。

江然给她剥了个橘子，谈蓁才吃了两口，对面的谈野就醒了，一睁眼就瞧见鼓着脸的谈蓁。

“你不是在睡觉吗？”谈野问。

“她睡不着。”江然替她回答，“没事，你温柔点。”

谈野：……

谈蓁继续嚼自己的橘子，看哥哥虎视眈眈，想了想，费力地站在椅子上。

谈蓁将橘子递过去：“哥哥！给你吃！”她睁着大眼睛：“吃了就不困了！”

谈野当然不会抢小孩子的零食：“你自己吃吧。”

谈蓁失望地收回橘子，很快又窃喜，都是自己的了，小孩的心思显而易见。

在哥哥家真好，没人管她。哥哥凶自己，江然哥哥会凶哥哥！

所以傍晚被妈妈接走时，谈蓁很不舍，她被妈妈抱在怀里，使劲朝他们挥舞自己肉乎乎的小胳膊。

“哥哥，我下次还会来的！”

番外 / 03 时光如旧

虽然已经立秋，但天气依旧有些热。

江然进入电梯不到两秒钟，电梯里面就站满了人，他往里退了退，有人碰他："江然。"

他回头："啊？"

那人问："你朋友没和你一起？"

江然知道他说的是谈野，摇头："他今天来得早。"

他和谈野不在同一家公司工作，但是在同一栋写字楼里，隔着两层的距离。

早在他们入职的第二天，同一层的人就知道了写字楼里来了两个帅哥，一传十,十传百，他们的照片已经传得满天飞了。

江然上班时，经常有不认识的人和他打招呼。

一开始他还很迷茫，不知道怎么回应，后来学谈野随便点点头或者笑一下就过去了。

闻言，对方恍然大悟："哦，是这样啊，我每次都看到你们两个一起，我还以为你们是兄弟俩呢……"

电梯终于到达十楼，江然从人堆里出去，长舒一口气，他感觉自己是不是突然得了社交恐惧症，和不认识又自来熟的人打招呼实在是太心累了。要是谈野在就好了，自己什么都不用管。

明明已经出了学校，江然却感觉自己更依赖谈野了。虽然谈野所在公司的业务和他们公司的不同，但每次他有疑问时，谈野的回答却总能一针见血。

"江然来了啊。"

“吃早餐了吗？”

“有人托我给你带了豆浆包子，喏，放你桌上了。”

一踏入办公室，就有同事和他打招呼。

江然微微皱眉，拒绝：“王哥，下次不要帮别人带东西给我啦，我在家里吃过早餐才来公司的。”

“好啦好啦，我知道了。”王诚摆手，又调侃，“人家就是想追你，你又没女朋友，小姑娘也不丑。”

江然只笑笑，没说话。

他肯定是吃不下对方送的早餐了，好在隔壁工位的同事张皖非踩着点打卡，没来得及买早餐，他干脆送给了张皖非。

张皖非喝了一大口豆浆，含糊不清道：“江然，我要是你，以后早餐都不用愁。”

江然说：“我已经拒绝了。”

张皖非说：“拒绝没用啊，你长这么帅，小姐姐们愿意上赶着。”

江然长得清秀，又乖巧礼貌，和现如今一些仗着自己长得帅就油腻地撩人的男人不同，很是显眼。不说同事喜欢他，就是老板都对他态度很好。

不过，和谈野相比，那还是谈野比较惹眼，两个人一动一静，每次走在一起都是一道风景线。

这个月起，出现在他们这两层的小姑娘都变多了。

江然正要回答，手机响了一声。

是谈野的微信消息：到公司了？

江然回了个“嗯”字。

谈野：今天中午我提前结束，去你那边等你，不要和别人一起走了。

江然已经习惯了他这样的叮嘱：好。

江然的公司是做设计的，常年接一些游戏外包，比如给手游绘制原画。实习生的工作并不重，江然入职一个月，也就给市场上一款乙女类卡牌游戏画过三张 R 级卡，卡面会在明天推出，不知道反响如何。

时间悄然过去，十一点半快到了。

江然往外面看了一眼，虽然看不到谈野在不在。等时间一到，他整理好桌面，比谁都积极，早一步离开了工位。

张皖非拎着袋子，问他："楼下新开了家黄焖鸡，要不要去？"

江然说："朋友在等我。"

话刚说完，他就看见靠在墙壁上，一手插兜、一手玩手机的谈野。走廊上都是来来往往的打工人，而他像个时尚模特。

谈野抬眸，看见他，收了手机："走吧。"

江然扭头，张皖非了然。也不知道这两位是怎么成为朋友的，听说谈野上次和老板杠上了，最后老板却同意他直接跳过实习期。谈野那张脸看起来就很张扬，江然却这么乖。

江然走到谈野边上，问："你等了多久？"

谈野笑着说："问这个干什么？"

江然说："就问问。"

"我还不知道你。"谈野瞥他一眼，"是不是想着下次等回来，真有你的。"

江然：……

他才不承认自己的心思被猜到了。

因为上班族众多，周边稍微好吃点的店都需要排队，还好谈野提前排了号，顶着一众羡慕的目光走进了店里。

"明天你画的卡是不是要推出了？"谈野问。

"甲方是这么说的。"江然说，"不知道被改成什么样了。"

在学校时，他想画画，妈妈不同意，但现在他凭自己的能力找了一份他喜欢的工作。

谈野靠在椅子上，说："改丑了说明他们没审美。"

江然抿唇笑："你这话不能被甲方听见。"

谈野依旧吊儿郎当的："反正我又不在你公司里。"他似乎是想到了什么，手搭回桌面："听说今天还有给你送早餐的人？"

“我给张皖非了。”江然实话实说。

“这还差不多。”谈野表示满意。

“难道你没有吗？”江然质疑。

“当然没有。”谈野笑嘻嘻，“表情凶一点，她们就不敢送了，她们把钱省下来自己喝奶茶都比送我好。”

江然摇头：“我对女生凶不起来。”

而且她们也是好意，他怎么可以凶巴巴的。

吃完饭后，两人各自回自己的公司。

江然本以为自己未来一周的生活都会如此，没想到当晚就出现了变化——班群里在说同学聚会的事。

毕业后，江然和袁丁他们也会聊天，但因为有各自的工作，联系并不多，三两天才聊一次。

袁丁正在群里问这周末要不要聚会，不少人附和，就连班长宋桥都说可以。

“他们在群里说要办同学聚会。”江然抬头，问谈野，“你去吗？”

谈野正在敲键盘，随口问：“你去不去？”

江然想了想：“去吧。”

谈野说：“那就去呗。”

江然刚在群里回了一句，袁丁就兴致高昂地道：@谈野，你来不来？江然都说来了！

谈野回复：ok

聚会那天，见江然和谈野是一起来的，包厢里的人都愣了一下：“这么巧，一起来的？”

江然点头。

谈野道：“我们俩现在还是室友，当然一起来。”

袁丁竖大拇指，又偷偷问江然：“你有没有被逼着洗碗做饭、打扫卫生？”

江然还没回答，袁丁的椅子就被谈野踢歪了。谈野睨他：“说什么呢，别带坏江然。”

袁丁十分委屈：“我哪有带坏他，我就问问，你也太凶了，也就江然受得了你。”

谈野说：“毕竟江然不像你事多。”

袁丁：……

江然在一旁觉得好笑，虽然有一段时间没见，但大家调侃起来还是有以前上学时的味道。

脱离了学校，聚会比以前开放许多，袁丁他们还叫了酒，几乎人手一杯。

江然对酒没兴趣，袁丁本想怂恿乖乖学生尝尝的，“都工作了”一出口，瞅见谈野盯着他，又改口：“……酒桌文化要不得，嗯，要不得。”

“袁丁，你是傻了吧！”

“怕谈哥就直说，笑死我了。”

江然也被袁丁的前后变化逗乐，之前有人递给江然一小杯啤酒，就放在他面前，他趁谈野不注意，偷偷尝了一口，味道不好。

谈野拍了江然一下，江然心虚，推给他：“给你的。”

谈野都不想戳破他。

吃完饭后，大家准备去唱歌。

有个别同学提前走了，江然和谈野倒是没事干，跟着过去了，不过两个人都没唱歌。一个懒得唱，一个不唱歌。

袁丁他们又喝了些酒，几个人醉醺醺的，唱的歌也变得千奇百怪，甚至开始说唱。

包厢里的醉鬼们东倒西歪时，谈野拿了话筒，他随手点了一首英文歌。

江然没听过这首歌，也没听谈野唱过，他只是偶尔听谈野哼过一些小调，还以为谈野不唱歌的。

整个包厢里似乎只有江然一个正常听众。

谈野的声线很适合这种开头旋律缓慢的歌，又深情又低沉，江然乍一听只觉惊艳。他拿起桌上的工具摇晃，发出拍掌的声音。

谈野坐在高椅上，像一个真正的歌手，不时撩起眼皮看台下。

最后一段逐渐消失的旋律，如耳畔呢喃，伴着谈野的嗓音回荡在江然的耳边。

谈野扔了话筒，坐回他边上：“怎么样？”

江然眼睛亮晶晶的：“好听。”

谈野勾唇，显然很受用。他瞄了一眼沙发上的其他人，又皱眉，叫代驾把他们一起送去了酒店。

忙活完，两人一起步行回家。

路过一座天桥，下方车水马龙，他们站在上面，几乎将整个市中心的景色收入眼中。

“谈野，你以前怎么不唱歌？”江然问。

“你又没让我唱。”谈野理直气壮地答。

江然语塞。

谈野转身，眼皮一抬，笑着说：“你喜欢听啊，那我可不免费唱，要收费的。”

江然瞬间重回学生时代，那时的他羞涩、胆怯，生怕谈野拒绝自己的请求，为了提高一分两分努力许久。

回过神来，江然点头：“好啊。”

他们还是和以前一样，无论时光怎么流逝。

图书在版编目（CIP）数据

小同桌 / 姜之鱼著 . — 武汉 : 长江出版社 ,2021.11
ISBN 978-7-5492-8028-5
Ⅰ . ①小… Ⅱ . ①姜… Ⅲ . ①长篇小说 – 中国 – 当代 Ⅳ .
① I247.5
中国版本图书馆 CIP 数据核字 (2021) 第 212003 号

小同桌 / 姜之鱼 著

出　　版　长江出版社
　　　　　（武汉市解放大道1863号　邮政编码：430010）
选题策划　漫娱图书　王　琼
市场发行　长江出版社发行部
网　　址　http://www.cjpress.com.cn
责任编辑　罗紫晨
特约编辑　郭　昕 杨宇峰 买嘉欣 张哲睿
总 策 划　ZOO工作室
装帧设计　大　倪
印　　刷　武汉鸿印社科技有限公司
版　　次　2021年11月第1版
印　　次　2024年9月第12次印刷
开　　本　880mm × 1230mm　1 / 32
印　　张　8.25
字　　数　255千字
书　　号　ISBN 978-7-5492-8028-5
定　　价　46.80元

电话：027-82926557（总编室）　027-82926806（市场营销部）